亲 爱 的 路 人

Dear Strangers

十年，当所有的光阴悄然远去。

你会不会知道，

我还在原地等你，

世界上还有一个人，

而你却已经忘记

那么喜欢你，

曾来过这里。

拿了命去珍惜你。

亲爱的路人

梅子黄时雨 —— 著

湖南文艺出版社
HUNAN LITERATURE AND ART PUBLISHING HOUSE

博集天卷
CS-BOOKY

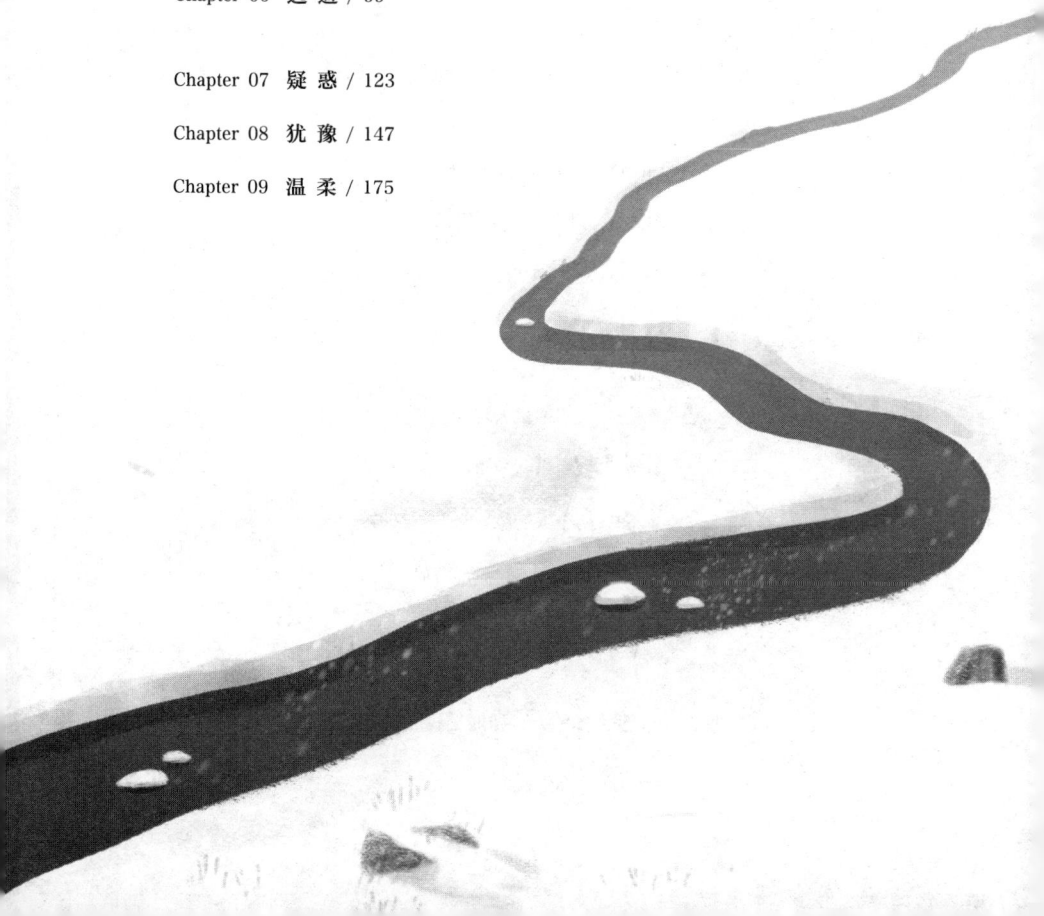

Chapter 01 初 见 / 1

Chapter 02 月 光 / 21

Chapter 03 意 外 / 33

Chapter 04 搬 家 / 51

Chapter 05 心 事 / 73

Chapter 06 逃 避 / 99

Chapter 07 疑 惑 / 123

Chapter 08 犹 豫 / 147

Chapter 09 温 柔 / 175

C o n t e n t s

目 录

Chapter 10　思　念 / 199

Chapter 11　那　时 / 215

Chapter 12　离　别 / 237

Chapter 13　一　生 / 255

番外一　一切都是天意 / 279

番外二　极简婚礼 / 283

番外三　两个人的细水长流 / 287

番外四　文嘉丽的秘密 / 291

梅子的话　那么多的人，为何是我们相遇？ / 293

苏微尘遇见楚安城，

是在洛海遍城蝉声的一个季节。

全世界就这么一个你，我拿了命去珍惜。

爱的练习曲，每一个音符都在弹奏着爱你的旋律。

苏微尘，要有多坚强，

才能放弃对你的念念不忘……

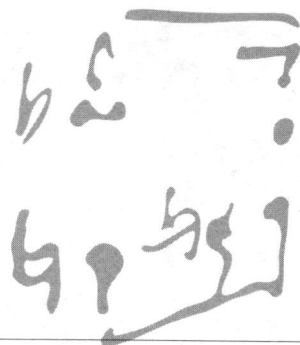

Chapter 01

初见

据说

上帝在为你关上门的时候，

必定会在一个地方

为你打开一扇窗。

时光留不住，毕竟东流去。阳光亦是一样，再厚再密的帘子，照样挡不住每天早上的晨曦。

　　苏时是被一阵"丁零零"的闹钟声唤醒的，他倏然睁眼，探手按下了闹钟关闭键。他随后进浴室，有条理有节奏地刷牙、洗脸、换衣服。

　　数分钟后，他已经衣衫洁净地站在苏微尘的卧室门前，也不敲门，径直推门进去，又着腰对着那被子的隆起处喝道："苏微尘，起床了。我去煎蛋了，十分钟后出来吃早餐。今天一早要拍摄，再拖你就迟到了。"

　　床上睡意浓浓的那个人，唯一的反应只是翻个身，把被子拖至头顶，将自己深深地埋在软暖的被窝里头，不耐烦地嘟囔道："知道了……知道了……"

　　"唰唰"两声，窗帘被拉开，屋子里头瞬间充满了清晨特有的微黄光亮。苏时双手抱胸，眉头紧蹙："苏微尘，你好意思天天迟到吗？！要是丁兄哪天真恼了，不肯跟你合作，我们就要去喝西北风了。"

　　苏微尘在他喋喋不休的炮轰声中，总算是掀开了被子，睡眼惺忪地揉着长发坐起身："他敢！"

　　苏时弯腰捡起了她踢掉的抱枕，甩手扔给了她："他怎么不敢？苏微尘，拜托你去照照镜子吧。你都快三十岁了，知道女人三十豆腐渣吗？！你们这个模特行业本来就是吃青春饭的，跟你竞争的女孩子都是十七八岁。三十岁的老女人跟十几岁的小姑娘，让我来选，也会选十几岁的小美女，更何况那些老男人了！再说了，现在这年头，年轻漂亮的女孩子就像割韭菜一样，一茬接一茬地冒出来……你是没有危机感，每天得过且过的，但是我想想都替你冒冷汗。你要是失业了，我怎么办？我才念小学……"

苏微尘双手捶床，发出一阵"呜呜呜"的悲鸣声："我不活了。我不活了。哪儿有做姐姐的每天被弟弟这么唠叨的！"

她从床上爬了起来，愤愤不已地揉着一头长发："苏时！我起床。我起床还不行吗？！你这个追命小鬼。"

苏时冷哼了一声："苏微尘，做人要有良心。要不是有我这个小鬼啊，你能每天吃香的喝辣的吗？"

苏微尘被他逗笑了，趿拉着拖鞋，"吧嗒吧嗒"地上前，双手捏着他两边脸颊的肉肉，狠狠地用力往外拉："是啊。做人要有良心！死小鬼，当年要不是我……"

苏时吃痛，"哇哇"直叫："是啊，当年要不是你一口饭一口粥地把我喂大，我早就不在人世了！我都会背了……苏微尘，别再揪我的脸了！疼！疼！疼！"

苏微尘又重重拧一把才心满意足地松开手："这是老姐的台词。不！许！抢！"

苏时龇牙咧嘴地揉着"受伤"的脸蛋："苏微尘，十分钟内你不下来的话，我就把你的煎蛋倒垃圾桶里。"

苏微尘叉腰跺脚："苏时，你敢！"

苏时转身而出，很"霸道总裁"地留给她一句话："十分钟。否则后果自负。"

十几分钟后，苏微尘手忙脚乱地出现了小客厅，苏时已经端坐在小餐桌前了。他拿着刀叉，校服外围了格子围裙，慢慢地切着煎蛋。随着他的动作，可见晶莹剔透的蛋黄正在白玉似的凝固蛋白上盈盈晃动。

这是苏时最喜欢的单面煎蛋，而苏微尘喜欢双面煎蛋。

苏微尘总是很怀疑："苏时，你确定真的跟我是同一个爸妈生的吗？亲姐弟怎么会差别这么大？！"

苏时一般的反应只是面无表情地抬头看她一眼，眼底深处是浓浓的不屑："苏微尘，我比你更怀疑！"

有的时候，苏时会继续吃他的煎蛋，喝他的牛奶。吃完喝完后，他缓缓地用纸巾擦嘴角："苏微尘，如果你对我的饮食有意见的话，我晚上就可以让出主厨一职，让你担任。"

这个时候的苏微尘基本就如一只被针戳破的皮球，瞬间瘪了。她会赶紧闭嘴，识相地低下头吃自己的早餐。

她煮出来的菜，用苏时的话来说，连狗也不愿吃，哪怕是条快饿死的狗！！

有这么夸张吗？！好歹她也把他养到了八岁，虽然她做的菜确实不好吃，但他总归是无惊无险地活到现在了啊。

拍摄工作对苏微尘来说，已经驾轻就熟了。在认识了数年的丁子峰面前，她可以放松地做出娇痴、可爱、妩媚、娇俏、冷艳等各种姿态。

于是，这一天的工作很顺利地提前结束了，本来预计要做到晚上九点的工作提前到了七点。苏微尘特地让丁子峰绕了远路买了苏时最喜欢的番茄意大利面，美其名曰：孝敬老弟。

苏时虽然有的时候人小鬼大，把她气得牙痒痒，但更多的时候却懂事得叫人心疼。

五岁那年，苏时幼儿园的音乐老师无意中发现了他的天赋，她随便弹一首简单小曲，苏时就能记住旋律，且不出半点错。她便好奇地让苏时上去试弹钢琴。那个时候苏时喜爱看《喜羊羊与灰太狼》这部动画片，结果苏时便弹出了《喜羊羊与灰太狼》主题曲的调子。

音乐老师以为他学过钢琴，起初也不以为意，但问了几句后，就被孩子稚气可爱的回答惊到了。这个孩子居然是第一次触碰到钢琴，家里甚至连架电子琴也没有。

音乐老师很是惊愕激动。在那个炙热的秋日午后，喜爱音乐也略懂钢琴的音乐老师便把苏微尘叫了过去："苏时姐姐，苏时这孩子有音乐天赋，你可要好好培养。"

那音乐老师姓朴，对洛海钢琴界的老师十分了解。她也爱才，十分重视地对苏微尘说："苏时姐姐，洛海有两个全国有名的老师，一位叫吴天爱，一位叫周明仁，以前都是洛海音乐学院的教授，手里出过不少牛气的学生。如今钢琴界的好多名人，比如邱起林、隋蒙，还有这几年红得发紫的楚安城，都是他们的学生。不过呢，他们如今都退了，不轻易带学生了……

"但苏时这么好的天赋，或许他们会破例……"

经朴老师的推荐，他们有了一次与吴天爱老师见面的机会。见面那天，吴老师就把话说得很直截了当："小朴的爱人跟我侄子在同一个单位，他们跟我推荐了几次，说你弟弟有天分，是个小神童，无师自通会弹曲子。我不知道这事情是真是假。来吧，弹给我听听。这是骡子还是马啊，拉出来遛一圈就知道了。"

吴天爱瘦瘦小小的，瓜子脸板着的时候，看上去有些凶。苏时不免有些胆怯，苏微尘揉了揉他的头发，鼓励道："苏时，随便弹，你只要想着弹琴是跟喜羊羊、美羊羊它们一起玩就行了。"

虽然这么鼓励他，让他放松，但是苏微尘自己紧张极了，一直偷偷地观察吴天爱老师，想从她严肃的表情里瞧出一点赞许。可是没有，直到苏时弹琴结束，吴天爱才淡淡地开了口："几岁了？"

苏微尘不知道吴天爱这样子开口其实就已经表示愿意收下苏时了。她战战兢兢地回答了几个问题。

吴天爱便起身道："每个星期三、星期六晚上过来吧。"

苏微尘不敢置信，呆了几秒才惊喜万分地反应过来，拉着苏时的手，再三躬身道谢。

苏微尘听说过很多孩子学钢琴的故事，据说都是父母大棒加胡萝卜敲打利诱出来的。她也担心苏时坚持不下去，还特地去杂货铺子买了一根鸡毛掸子，以备不时之需。

然而苏时奇怪极了，仿佛就是为钢琴而生的，他非常喜爱弹钢琴，从来不需要苏微尘的叮嘱。每天早上六点就起来弹钢琴，然后再由苏微尘送去学校。而下午一放学回来，又会端坐在钢琴前一直练，练到自己觉得满意为止。

丁子峰与他们刚认识的时候见苏时各种主动练琴，都会觉得不可思议："苏微尘，你们家苏时怎么这么乖！要知道，一般小孩子学钢琴，哪怕是女孩子，也都需要父母每天耳提面命外加鸡毛掸子。"

苏微尘"嘿嘿"一笑，脸不红心不跳地自吹自擂："那是我这个姐姐教育有方。"

后来混熟了，丁子峰每每会用一种奇怪的眼神打量她，然后摇头晃脑地补上一句："苏微尘，你确定苏时真是你弟弟？"完全一副苏微尘根本配不上苏时的样子。

虽然苏微尘也偶有这样的怀疑，但佛争一炷香，人争一口气，怎么可以这么被人看扁呢！苏微尘总是不甘示弱地瞪他："不是我的，难道是你的？！"

丁子峰总是会咻咻地笑："苏微尘，说不准哦。反正你不记得以前的事。"

苏微尘的反应基本都是双手叉腰，一副准备开揍的姿势："丁子峰，你这是找死的节奏是不是？！竟敢占我便宜。"

丁子峰哈哈大笑："好吧，我承认，就你现在这姿势跟苏时还是有点像的！"

丁子峰的车很快便驶到了苏家楼下。苏微尘道谢下车。

丁子峰照例嬉皮笑脸地回了她一句："说了不用谢。你以身相许就可以了。"

"好滚不送！"

即便是被骂，丁子峰也是乐呵呵的，笑容满面地探出了头："明天早上我来接你。"

沿着楼梯而上，一路都是从自家传来的泉水般叮咚的钢琴声。这是他们家乖巧得让人心疼的苏时正在练琴。

进了家门，苏微尘把番茄意大利面和带回来的报纸往小餐桌上一搁："苏时，吃过饭再弹吧！"

苏时依旧专注于练琴，根本没有注意到她。苏微尘便轻手轻脚地进了洗手间卸妆，不去打扰他。

不过片刻，琴声渐低，仿佛乳燕呢喃，迂回盘桓，最终结束，四周都静了下来。在这份安静中，苏微尘突然听见客厅的苏时发出了"啊"一声惊呼。

什么事情居然可以让素来波澜不惊、老成得像大人一样的苏时发出这种惊叫呢？难不成家里进贼了？苏微尘顾不得脸上卸了一半的五颜六色，环顾四周，抓起浴室里的马桶刷，冲出了洗手间："贼呢，贼在哪里？"

却见苏时完好无损地站在客厅里，把她买来的报纸举在面前，激动得快语无伦次了："苏微尘……苏微尘，是楚安城，楚安城啊。楚安城大神要来洛海大剧院开演奏会！"

由于苏时的缘故，苏微尘对这个在古典音乐界大名鼎鼎的楚安城并不陌生。

在第二十届肖邦国际钢琴比赛上，二十岁的他以一首肖邦的《E小调第一钢琴协奏曲》惊艳全场，以傲视琴坛的姿势站在世人面前，最后一个音符淹没在了观众如潮的掌声之中，由二十三位来自世界各地的音乐权威组成的评委团起身为他鼓掌。他毫无悬念地夺得了第二十届肖邦国际钢琴比赛的金奖，此前的金奖空悬了三届。楚安城成为开赛以来最年轻的金奖得主，也是第一个获此殊荣的中国人。

楚安城仿佛彗星，横空出世！至此横扫整个古典音乐圈。

评论家对他，给出了许许多多不可思议的评论："这是震惊世界琴坛的一大壮举。苏安城是百年才出一个的奇才。"

"楚安城是伟大的钢琴天才。"

"他把那些曲子诠释得如此完美，你简直找不到任何瑕疵。"

"是真正的自然的来自天才的声音。他证实了自己是在掌握肖邦演奏风格方面最完美、最富有诗意的钢琴家。他几乎完美地掌握了各种音乐因素的平衡。"

此后，他以精湛绝伦的演奏，清隽贵气的容颜，古典浪漫的气质被誉为"钢琴王子"。这十年来，在钢琴界，无人敢与其争锋。

苏时放下报纸，"噔噔噔"地跑进卧室，抱出了自己的记账本和珍藏已久的储蓄罐。

苏微尘诧异道："苏时，你这是要干吗？"

苏时忙着查看记账本上的金额，头也不抬地回答她："把它砸碎了啊。不然我怎么有钱去听大神的演奏会啊。"

苏微尘的嘴巴张成了"O"形："这可是你最喜爱的储蓄罐。你说了里头存的是你的老婆本。"

"为了我心目中的楚大神，没老婆就没老婆吧。"说完，苏时就准备砸。

不就听个演奏会吗？搞得像荆轲刺秦王一样，大有风萧萧兮易水寒，壮士一去兮不复返之势。苏微尘于心不忍："算了，不要砸了！老姐帮你出钱好了。"

苏时眼睛顿时一亮："真的吗？苏微尘，你请我去听演奏会？"

苏微尘笑得像只偷腥的猫："比珍珠还真。不过呢，这钱还要从你的工资里头扣哦。"

闻言，苏时顿时又没了精气神，"切"了一声："那还不是我的钱？等于分期付款。"

他每天煮饭可不是白煮的，苏微尘按月结算，付他工资。

苏微尘"嘿嘿嘿嘿"地奸笑："那你要不要？不要就拉倒。"

苏时当然懂得什么叫形势比人强："要，当然要。"但心底终究是愤愤不平的，抱了储蓄罐恨恨地转身："苏微尘，我现在确定以及肯定我是捡来的。"

关于这个储蓄罐的故事，发生在苏时七岁的时候。某天姐弟两人经过商场，苏时就站在这个可爱的小猪储蓄罐前不肯离开，执意要买。

苏微尘问他为什么，苏时居然一本正经地回答她："苏微尘，按照你目前这种换工作的频率，我们能吃饱饭就不错了，以后怎么供我念书、娶老婆啊？我还是现在开始存钱吧。虽然到时候也存不下多少钱，但有总比没有强。"

营业员阿姨被苏时人小鬼大的话逗得哈哈大笑："呀，这个小孩子真是好玩，这么小一点点居然已经懂得存老婆本了。"

在破碎家庭长大的孩子是不是都会特别早熟？苏微尘没有比较，所以也得不出什么结论。但苏时就是这么早熟懂事，小大人一般，常常"语不惊人死不休"。

不过，那一刻的苏微尘则尴尬极了，只好抱起了那小猪储蓄罐拖着苏时一路低头去付钱。

没想到回家后的苏时倒是很认真，一有钱就往里头塞。

每次看着苏时在自己的本本上算钱，一个个硬币往小猪肚子里塞的时候，作为长姐的苏微尘心里头不是不伤心难过的。但她伤心难过也没有用啊。她不知道自己以前的二十几年是怎么过来的，她竟然无一技之长。做饭吧，她煮饭不是太烂就是夹生。就连最简单的炒蛋，不是炒焦了，就是太咸或者太淡。

很多时候，连苏微尘自己都觉得她能平安地活到现在简直是人类史上的一个奇迹。

苏时某次站在旁边，看她手忙脚乱地倒菜进锅，被溅起的油星吓得惊声尖叫外加远跳数步之外。苏时实在看不过去了，忍无可忍之下，就挺身而出："苏微尘，可不可以让我来试试？"

结果这一试，当晚他们竟然吃到了一顿味道很不错的番茄炒蛋盖浇饭。此后，便一发不可收了！苏微尘在羞愧、内疚、纠结、敬佩中拱手让出了苏家主厨的宝座。

那一年，苏时八岁。

然后说工作吧，苏微尘一直不停地换。她做过超市收银员，一个月却总会有几次账目不对，每回都不得不自掏腰包垫损失；她做过营业员，可是不懂得看顾客脸色，也不懂得顾客心理，卖掉的东西寥寥可数，经理不得不请她另谋高就；她也做过服务生，可是老连盘子也端不稳，砸了不少的碗碟，她也是第一次知道托盘上面搁了东西，要一只手托着，拿得稳稳当当，难度系数一点也不低；她还做过文员，失误亦是多多，最后不得不回家吃自己。

反正，无数的工作无数次离职。直到她做了淘宝模特，家里的收入才总算有了盈余，不用再为每个月的房租和苏时学琴的费用发愁了。

据说上帝在为你关上门的时候，必定会在一个地方为你打开一扇窗。所以呢，苏微尘还是有自己的特长。她可以把家里收拾得干干净净的，可以用家用小缝纫机给自己和苏时做各种衣服，也会做各种漂亮的抱枕、餐桌布、椅套，甚至配套的窗帘，可以养活各种据说很难养的花花草草，把家里装扮得清新可爱。

跟她合作到现在的摄影师丁子峰每次来了她家，都会忍不住"啧啧啧"地夸她一句："苏微尘，你把家捣鼓的，让我想起水乡乌镇的广告词。叫什么来着……"他想了想，拍着脑门道，"来过便不曾离开！"

说来奇怪，她有苏时这么小一个·弟弟，旁人几乎从来都不相信。丁子峰一开始就不相信。

第一次见面是在丁子峰和他朋友田野的摄影工作室，苏微尘带苏时来拍一组照片。

那一天，她刚被辞退，拿了一笔工资。走过街头的时候，她被工作室橱窗的照片吸引了，想起可怜的苏时从小到大居然没有一套生日照。

苏微尘从来就不是一个精打细算的人，摸了摸兜里的钱，当即冲动地决定给苏时拍一套照片，留个童年回忆。

那日，丁子峰正好在工作室，闲得发慌的他便想掌镜玩玩。苏时拍了几张后，在旁一直观看的田野邀请苏微尘："这位姐姐，你要不要跟你弟弟一起入镜？"

苏微尘有点心动，但让她纠结的是价格："可以吗？可是，双人和单人的价格好像是不一样的？"

田野大概看出了她的顾虑，大方地道："你放心。我给你们拍双人套装，收你单人的钱。"

居然有这种好事！苏微尘自然一口答应："那我肯定OK。"

田野转了话锋："不过呢，我有一个小小的要求。"

苏微尘瞧着他，眼睛深处有些戒备："什么？"不会有什么过分的要求吧？！

田野给自己的助理使了个眼色，助理心领神会，很快地推了一排衣服过来。田野说："你换上这几件衣服拍，可以吗？造型好看了，拍起来也会更上相！"

苏微尘垂眼瞧了瞧自己的白T恤和牛仔裤，才明白自己以小人之心度君子之腹了。人家只是好心借她拍摄的衣服而已。于是，她欣然答应，在镜头前跟苏时配合着做出了亲昵、生气、搞笑等各种表情。

不过，那个时候她并没有注意到田野和丁子峰之间的眼神交流：挖到宝了。这个女孩子镜头感极强。

田野当然是别有用心的。苏微尘跟苏时前脚才跨出工作室，他后脚就把照片传给了一个重要客户："我发你几张毛片。她不是专业模特，但气质不错，身材和镜头感也很好，将你们衣服的品质感和设计感表达得淋漓尽致。"

客户收到后，不过半个小时，便给了田野答复："这个模特OK。我们一致决定用她。"

第二天上午，田野便打电话给苏微尘，说照片好了，想上门去让她选片。苏微尘不疑有他，就把住址报上。

田野带了丁子峰登门拜访，把来意相告。苏微尘先是一愣，而后把头摇得跟拨浪鼓似的："不行，不行，我不会做模特。"

田野十分有耐心："苏小姐，你可以尝试一下。昨天拍照的时候，我发觉你虽然没有受过专业训练，但你的镜头感极强，十分具有表现力……"

无论田野怎么说，苏微尘都是一口拒绝。

那个时候他们住的是一室一厅的蜗居，田野其实一进门就大致知道了他们家的境况，遂开口道："苏小姐，你好好考虑一下。淘宝模特虽然跟平面模特、电视模特比起来，收入低很多，但是跟普通的上班族相比，收入不低，且时间相对自由。而且现在都网络化了，淘宝模特以后的发展机会很多……"

他们果然得到了自进门后苏微尘的第一次正眼相待。

田野知道她感兴趣了，便赶紧趁热打铁："苏小姐，一般一次拍摄最起码有数百到一千元的收入。如果你红的话——我这里红的意思是淘宝的卖家和买家都认可你——每次拍摄的价码会更高，且会按时薪或者衣服件数算价格。"

一听到这个价目，苏微尘不由得瞠目结舌："你们确定没骗我？"

田野双手抱胸，缓缓微笑："你试一次不就知道了。"

田野自然不会骗她，第一次拍摄了一个上午，她就拿到了三百元。这可是她平时工资的八分之一。苏微尘拿着三张粉红钞票的时候，犹自不敢相信，数了又数，数了再数，直到苏时忍无可忍地上前，一把夺过那些钱："苏微尘，我确定这里是三百块，你不要再数了，数得我都要头晕了。"

不过苏微尘自然也不知道，那时的丁子峰也是被田野硬押着上场的："这一系列的服装，就由你帮忙拍摄吧。"

丁子峰说："不行。说了我只出钱不出力的。"

田野说："好歹你也是老板之一啊。你知道那个客户有多难搞，你不救场谁救场。再说了，你无所事事闲得发慌也是半天，就当玩玩吧。"

这句话倒是说到了丁子峰的心坎里。反正最近也无聊透顶，就拍着玩玩吧。丁子峰最后答应了下来。

结果照片出来，客户极为满意。于是，苏微尘跟田野、丁子峰就这样稀里糊涂地合作上了。

用苏微尘的话来说："是一不小心误上了他们的贼船！"

一来二去，也渐渐熟悉了，丁子峰偶尔也会问她："苏微尘，苏时真的是你弟弟？"

苏微尘一般会"嘿嘿"地笑，故意打岔："煮的。"

而此时，苏时则会幽怨地补充道："丁兄，对于我的身世之谜，目前有三个版本。"

"三个版本？"丁子峰饶有兴趣。

苏时掰着手指说给他听："苏微尘的第一个版本呢，说我是路边垃圾堆里捡来的。当时我全身臭得要死，她帮我洗了三天才洗干净。

"第二个版本呢，说看到我在马路上迷路，像只小狗一样地乱转，就把我领回家了。

"第三个版本呢，她说我是隔壁老王家的小孩子，因为隔壁家不要了，所以她就抱过来养了。"

丁子峰听后笑得直打跌，问苏时："那你觉得哪个版本可信度比较高一点？"

苏时的表情每每欲哭无泪，哀怨无比："我觉得没一个版本是可信的。"

他话音还没落，苏微尘的"栗子"已经弹上来了："臭小子，居然敢不相信你老姐的话。"

苏时抱头哀叫："苏微尘，你别老打我的头，我会被你打笨的。"他越是这样讲，苏微尘越是喜欢弹他脑门。反正到最后，必定还是以苏时讨饶收场："好吧，苏微尘，是我不对，是我的错。我认错还不行吗！"

虽然经常跟丁子峰贫嘴，但在内心深处苏微尘却是一直非常感谢丁子峰。如果没有他和田野的话，她怎么有能力供养苏时学钢琴呢？估计也只有看着苏时被埋没的份儿了！

楚安城的车子停在了洛海城一处极清幽的社区。他环顾四周许久，才缓缓地踏上了台阶，按下了门铃。

萧关笛打开门便看到了如今这个红遍全球的年轻人，不由得愣在了门口："安城……"

楚安城含笑将手里的鲜花递了过去："师母，好久不见。"

是自己最喜欢的白色百合，难为这孩子这么多年了还记得。萧关笛欣喜地接过花:"快进屋,快进屋坐。"她转头扯着嗓子喊周明仁:"老头子,你快出来,看看谁来了!"

喊了两遍,戴着银框眼镜的周明仁才负手从琴房徐徐踱步出来:"谁啊?瞧你,都一把年纪了,还这么火急火燎的……"他的话在瞧见了楚安城后戛然而止。

如回到往昔岁月,楚安城垂着手,恭恭敬敬地朝他鞠躬:"周老师。"

周明仁一时不由得怔在了原地,而后他老怀宽慰地笑了:"安城啊,难得你有心,还记得老师我,特地来看我。"

楚安城微笑道:"周老师,这么多年了,第一次来洛海看望老师,是我不对。"

"逢年过节的,不是都给我打电话了嘛!老师知道你忙,全世界地跑。这十年来啊,还是第一次回洛海。"周明仁亲亲热热地拉着楚安城的手坐了下来,"几年不见,人比以前开朗了不少。来,跟老师说说这些年你的情况……"

"老样子,除了巡回演奏还是巡回演奏……"

"傻孩子,要懂得惜福。你的这种忙碌,多少学琴的人求都求不到。"

"是,周老师。所以我把每一场演奏都当成最后一场。每次演奏都尽我全力。"

萧关笛忙着泡茶切水果,在厨房客厅进进出出,一个劲地招呼楚安城:"安城,喝茶。安城,吃水果。"

两人聊了许多往事,又聊起了钢琴界的现状。说着说着,周明仁便说到了现在的学生,免不了叹息:"如今的孩子,很多都是父母逼着学钢琴,不是自己的兴趣。有些条件还是不错的,但是由于父母逼着,反而生了叛逆之心,不肯下苦功学习。这样一来,一棵好苗子就浪费掉了,实在是叫人惋惜……"

周明仁忽地"哎呀"一声:"说到这儿,我想起来了,等下还有个孩子要见……"他长叹了一口气:"我真是老了,居然把这件事情给忘得一干二净。"

楚安城欠了欠身:"既然老师有事,那我先告辞了。"

周明仁摆手笑道:"这哪儿算什么重要的事。难得来一回,我可不许你走。不过是有个朋友介绍了一个小孩子过来，说是个好苗子。跟着她学习了几年，但因她身体出了问题，所以教不了这个孩子了。她拜托我一定听听这个孩子的弹奏，若是可以，就收下。她说这个孩子先天条件很好，手指长，机能好，弹性好，能跨十二度……我本是不愿再收学生了，可一听倒是来了兴趣，说见见就见见。这不，就约在今天下午。"

楚安城一听，倒也被勾起了几分兴趣，沉吟着道："这样的先天条件，若是基本功扎实的话，还是很有前途的。"

周明仁点头微笑："安城啊，你若是下午没事的话，就帮老师一起瞧瞧这个孩子。我记得啊，你小时候也是这样的好条件，十根手指啊，弹奏的时候软起来像面条，硬起来像钢棍，什么都难不倒……"

楚安城应了下来："好，那我就陪老师见见他。"

周明仁说："你老师我啊，都这岁数了，也不准备多收孩子了。若是这孩子真的条件好的话，我就收下来，做我的关门弟子吧。"

苏时来了后，倒是给楚安城留下了颇为不错的印象。他一进来就朝周明仁来了个九十度的鞠躬，声音清脆地叫了一声："周老师好。"

周明仁朝门口瞧了几眼，没见家长，有些诧异："你一个人？"

这么小的孩子独来独往，倒是不多见的。且不论今天这个见面的重要性，如今的孩子，家长们都是捧在手里怕摔了，含在嘴里怕化了，外出的时候跟得紧紧的，生怕碰了撞了丢了。

那孩子答道："是的，周老师。我一个人过来的。我姐姐有工作，抽不出时间。"那孩子仿佛这时才注意到坐在一旁的楚安城，他无意中瞅了一眼后，顿时便愣住了："啊"一声张大了嘴："请问……请问你是楚安城吗？"

楚安城微微一笑："是。"这些年来，他已经习惯在各种场合被粉丝认出来，询问、签名、合照等。

那孩子惊喜激动不已："请问……请问你可以给我签个名吗？我……我是你的铁杆粉丝。"

周明仁笑着说："安城啊，你看你现在真的是红遍全球了，到哪儿都有你的粉丝。"说着，他从沙发上起身，拍了拍孩子的肩头："来吧，孩子，弹一首拿手的我听听。要是弹得好，跟他合照都没问题。"

闻言，那孩子登时眼睛发亮："真的吗？"

楚安城点了点头。这个孩子举止有礼，长得亦是眉清目秀，叫人看一眼就很欢喜。

孩子搁下了书包，随着周明仁来到了钢琴室。他在钢琴前坐下来前，又向周明仁和楚安城鞠了躬，以示尊敬。

周明仁瞧在眼里，越发欢喜了几分："不要怕，放轻松了。就像在家里一样，把我们当成角落里的花草或者南瓜，想怎么弹就怎么弹。"孩子"嗯"了一声，端端正正坐了下来。

明媚的光线里，孩子那粉粉嫩嫩仿若玉雕的小手指，温柔灵巧地拂过琴键，仿佛是夏日午后飞舞着的蜻蜓频点水面，音乐随着水波荡漾而来。试了一串音后，他开口道："周老师，我开始了。"

那是下午三点左右光景，夏日午后的阳光热烈地穿过纱帘，照进了琴房，在孩子舞动的指尖跳跃闪耀。

仿佛身处一望无垠的浩瀚沙漠，忽地大风刮过，四周顿时黄沙弥漫，遮住天际。孩子的手上仿佛配备了电动的马达，李斯特的一首《匈牙利狂想曲》被他弹得犹如疾风骤雨来袭。

那孩子一开始还是很拘谨的，但很快地，他便进入了自己的节奏，越弹越得心应手，仿佛真的听从了周明仁的话，把这里当成了自己家，他们两人仿佛不存在一般，那么放松自然，完完全全地融入了音乐之中。

这孩子确实是一个出色的苗子！周明仁与楚安城对视了一眼，楚安城清楚地看到他眼底跳跃着的惊喜激动之色。

在艺术界，一个好学生想要遇到一个好老师很难。殊不知，一个好老师要遇到一个好苗子，同样难！看来周老师这个关门弟子这回是收定了。

《匈牙利狂想曲》最后一个音落下，苏时深吸了口气，方缓缓抬头瞧着身旁的周明仁。

楚安城一眼就看出了那孩子眼底的担忧之色，他怕自己弹得不够好，他怕周明仁不收他。

周明仁压抑着内心雀跃的惊喜，缓声道："孩子，能不能再弹几首？慢慢弹，自己想弹什么就弹什么。"他说完，这才记起自己还不知道这个孩子的名字，便问："你叫什么名字？几岁了？"

孩子恭恭敬敬地回道："周老师，我叫苏时。苏州的苏，时间的时。我今年十岁了。"

周明仁在嘴里咀嚼了一遍："苏时。十岁。"可造之才啊！他抬头望向了楚安城，却只见楚安城神色一窒，似在发怔。

第二首，苏时弹的是《绣金匾》。这首曲子的技术难度系数就低多了，跟刚刚那首《匈牙利狂想曲》的难度不可同日而语，但是这首曲子通俗易懂，曲调欢快，让人听起来悦耳亲切。大约是这个缘故，孩子弹起来便如一条在鱼缸里摇曳生姿的金鱼，从容欢快。

最后，周明仁缓缓地睁开眼，他瞧见了楚安城眼里不加掩饰的赞叹。

这孩子只要好好培养，日后整个世界琴坛都将为他震惊！周明仁的眼前甚至出现了这个孩子身着礼服，小绅士般捧着奖杯的画面。

他慈祥地摸了摸苏时的头："苏时，要不要喝口水，休息一下？"

苏时有些惶恐地起身，他不知道周老师这样子，到底是什么意思。吴老师说过，这位周明仁老师是个非常非常厉害的老师。只要周老师肯收他做徒弟，以后他一定可以成为一个钢琴家的。

周明仁扬声唤老伴："小萧，你带孩子去喝口水。"

萧关笛原先也是音乐学院的一位老师，教的是长笛，与周明仁结婚几十年了，耳濡目染之下，自然也成了半个钢琴老师。她早已经听出了那孩子弹奏得好，知道自家老头子心动了，于是笑吟吟地应声而来："来，孩子，跟我来。"

萧关笛拉着苏时出了门，还贴心地给琴房里的师徒两人关上了门。

门一掩上，周明仁就开了口："安城，你觉得这个孩子怎么样？"

"老师不是已经决定了吗？"楚安城缓缓一笑，清朗俊逸的脸上有了些温润的味道，"看来我是要多一个小师弟了。"

周明仁正色道："安城，说吧，老师想听听你对这个孩子的看法。"

楚安城这才说出了自己真实的感受："这孩子的乐感非常好，对音乐理解的深刻度不像是他这个年纪应该有的……音乐变化也达到了很高的程度……

"还有，这孩子弹奏的时候给人一种非常舒服的感觉，这是一种天赋，可遇不可求。基础打得也很好。对了，是哪个老师介绍过来的学生？"

周明仁似被这问题问住了，顿了半晌，方道："是吴天爱。"

楚安城挑了挑眉毛，脱口而出："是她？这么好的苗子，她居然往外推，不可能啊！"

据楚安城所知，吴天爱是周明仁早年在音乐学院的同事，同时也是周明仁一直以来的"死对头"。两人是音乐学院钢琴部的"瑜亮"，从学校资源抢到生源，从国内的奖项斗到国外的奖项。哪怕退了休，也是王不见王，后不见后。她怎么会舍得把这么好的学生让给自己的死对头呢？

周明仁似陷入无穷回忆，语气黯然惆怅："她得了癌症，才发现。可已经是中晚期了……唉！所以特地给我打了电话过来。她说她教不了这孩子了，也看不到这孩子成才了。可这孩子实在是棵好苗子，是块璞玉……她给孩子讲弹琴技巧，讲乐理，孩子一点即透，接受能力极强。她给孩子留曲，留的量再大，孩子也能消化……

"说让我好好打磨，日后前途不可限量。我其实早一口答应了，也下定了决心一定要把这个孩子培养出来……但你是知道你师母个性的，我怎么着在她面前也得给个交代，便说让这孩子先来弹奏一曲。"

吴天爱与周明仁当年的一段感情纠结，楚安城多多少少也听说过。今天周明仁的一番话，倒是间接证明了那些故事的真实性。

不过能让性子刚烈的吴天爱放下多年恨意，放下面子打周明仁的电话，可见她亦极看重这个孩子，是真心喜爱这个叫苏时的孩子。

苏时安静乖巧地坐在客厅的沙发上，忐忑不安地等待着周明仁，也等待着他未知的命运。

前些天吴老师说自己生病了，在国外的女儿让她过去治疗，说她以后没办法教他了，让他来这里找一个姓周的老师。他听了，含着泪不说话，却怎么也不肯答应。

平时非常严肃的吴老师那天异常慈爱，对他说了许许多多温柔的话："那位周老师是一个很棒的老师，比吴老师更棒。"

苏时只是不停摇头："不，我不要别的老师，我只要吴老师教我。"

吴天爱笑了，语重心长地对他说："你这个倔萝卜头，这点倒是很像我！其实吴老师没你想的那么棒。等你到了一定程度上，就需要更高水平的不同老师予以指导。在音乐这个世界里头，其实跟别的都一样，要多听听多学学，要学习别人的长处，反思自己的短处，取长补短，才能不断进步。以后要是你成了一名钢琴家，也一定要记着老师今天对你说的话。一个人哪，无论到什么时候，无论到什么份儿上，都不能自满，要活到老学到老。"

吴天爱停顿了半晌，摸了摸苏时的头，轻轻地说："他是一个很好的人，一个很好的老师。以后你跟着他好好学习，就错不了。我们小苏时啊，只要好好努力，以后一定可以一飞冲天，一鸣惊人的！"

苏时眼睛红红的："那等吴老师从国外回来，一定要再教我，好不好？"

吴天爱微笑着点头："好。"

苏时伸出了手："来拉钩！"

吴天爱缓缓地伸出了手，苏时钩住了她的小指，来回晃动："拉钩上吊，一百年不许变！盖个章，敲个印！"

苏时不知自己在客厅等了多久，是几分钟还是几十分钟。萧关笛自然看出了他的紧张，便跟他聊天："苏时，你家在哪里啊？"

苏时答："我住在城西牧羊桥那里。"

"哦，那里我知道，那里有个牧羊公园是不是？"

两人一问一答的，孩子渐渐放松了些，但他一看到周明仁和楚安城从琴房出来，便赶忙从沙发上站了起来，礼貌地站在一旁。

周明仁端起案几上的茶杯，喝了一口茶，方慢条斯理地道："在哪个学校上学，几年级了？"苏时答："我在音乐附小读三年级了。"

周明仁说："城西离这里有点远，每天下课后过来学琴方便吗？"

苏时闻言，骤然抬头，呆望着周明仁，一下子竟不知道回答了。

萧关笛轻轻地推了他一把，满脸慈祥的笑意："傻孩子，你周老师收下你了。"

苏时这才反应过来，望了望周明仁，又望了望站在周老师身后的楚安城，看到了他眼里温和的鼓励与微笑，他赶忙向周明仁鞠了三个躬：

"谢谢周老师。我一定跟您好好学习，天天向上。"

周明仁威严地道："学钢琴不难，但学好钢琴是很难的。既要靠天分又要靠自己的努力。钢琴大师傅聪先生说过：一天不练琴，自己知道；两天不练琴，师傅知道；三天不练琴，全世界人都知道了。所以啊，每天努力练琴是必需的。老师我有句话先说在前头，学琴不是一天两天的事情，是要靠你长期坚持的，是要吃苦头的。要是你吃不了这个苦头，不如趁早放弃！"

苏时乖巧地应下来："是，周老师，我知道。我一定好好学习，每天好好练琴。"

周明仁这才点了点头，指着楚安城说："这是你楚师兄。有机会让他也教你几手。"

苏时立马张口，声音清脆响亮地叫了一声："楚师兄。"

周明仁含笑道："刚才还说跟他要签名，现在他是你师兄了，拿一书包都没问题。"

苏时到底还是孩子，乐蒙了，也没有察觉自己被忽悠了，仰着头问："一书包这么多？楚师兄，真的可以吗？"

楚安城也被他逗得微笑了起来："咱们的老师都发话了，必须是真的！"

此时，门铃"叮咚叮咚"地响了起来，萧关笛起身去开门。

门口处站了一位浓妆艳抹、身段妖娆的年轻女子，萧关笛上上下下地将她打量了一番，一时眉头大皱："请问你找谁？"

那女子微微一笑，露出一口米粒般的好看牙齿："你好，我找一个叫苏时的孩子，他今天来这里弹琴考试……"话音还未落，客厅里的苏时已经听到了她的声音，撒开腿欢快地跑了过去："苏微尘。"

因为姐弟间特有的默契，苏微尘立刻从苏时开心的嗓音中知道了这次考试的结果。她顿时大松一口气。

苏时对萧关笛介绍道："师母，这是我姐姐苏微尘。"

萧关笛闻言，不由得眉头微蹙，十分不解：苏时怎么会有这样一个姐姐？这身打扮也太让人浮想联翩了吧。

苏微尘客气礼貌地向周氏夫妇问好，说："我们小时年纪小不懂事，以后要是有什么不对的地方，您该打就打，该骂就骂，我绝不心疼。"

在看到苏微尘的第一眼，周明仁也愣了，但他很快敛下了那一闪而过的失态："你放心，我会好好教导他的。"

苏微尘连连鞠躬，再三表示感谢。

一直到苏家姐弟告辞出门，萧关笛才言简意赅地说了一句："这苏时的姐姐礼貌倒是挺周全的。"妻子话里头暗含的意思，周明仁自然明白，道："以后啊，你可得多多关心苏时这个孩子。这么好的苗子，可千万不能把路给走歪了啊。"

萧关笛应了一声，才想到冷落了一直坐着的楚安城："安城啊，今儿就留在师母这里吃饭吧。师母记得你以前最爱喝师母炖的汤了，今儿啊，你一定要喝足三大碗。"

楚安城抬头，清俊的脸上淡笑如风："好啊，谢谢师母。"

Chapter 02

月 光

当最后一个音结束，

苏微尘依旧闭着眼，

仿佛还深深地沉浸

在那一片如水的

月色之中。

这一日，苏微尘下了班，便到周老师家去接苏时。她远远地看到苏时蹦跳着朝她走来，也不知遇到了什么开心的事情，笑得两眼弯弯如月牙："苏微尘，这回我不用跟你贷款，也不用花我的老婆本了。"

　　苏微尘极度诧异："你不去听演奏会了吗？！你不是说那个楚大神这么多年第一次在洛海演奏，哪怕砸锅卖铁也一定要去……"

　　苏时挥了挥手上的某物："看，这是什么？"

　　是两张演出的门票，最显眼处印有"楚安城"三个大字。然而，苏微尘第一眼注意到的却是楚安城的眼睛。这个冷傲贵气的男子，拥有一双漆黑纯净的眼眸，淡淡的，如一潭古井，仿佛再大的风，也起不了半点波澜。

　　犹记得那日与苏时从周老师家出来，苏时兴奋地拉着她的袖子："苏微尘，楚大神是不是棒棒的？"

　　楚大神？哪位啊？苏微尘有些摸不着头脑。

　　苏时呆了："你不会是没注意吧？坐在周老师对面的那个，就是楚安城楚大神啊！"

　　苏微尘瞠目结舌，顿时后悔不已："天哪！天哪！那个人是楚大神吗……我真没注意。我只是觉得那个人有点面熟而已……"

　　"要不，我们假装忘记拿东西了，回周老师家，我再好好瞧瞧？"苏微尘犹在懊恼中。

　　苏时没好气地横了她一眼，扯着她的袖子："可不许你这么丢我的脸。走啦，回家。"

苏微尘一步三回头："苏时，真不带我回去再看看？我好想近距离看看楚大神啊……"

苏时额头上无数条黑线滑过："回家！"

此时，苏微尘拿着门票，仔仔细细地端详着楚安城，不得不承认：此人上辈子肯定是拯救了整个银河系。长得好，气质好，明明可以靠颜值吃饭的，他却偏偏还拥有惊世才华。

人比人，真是要气死人啊！

苏时指着票上的号码，兴奋不已："苏微尘，你看，第一排的中间位置哦。这可是有钱也买不到的好位子哦。是师母特地留给我的，她还叮嘱我，让我带你一起去。"

苏微尘含笑低头，替他整理领子："那你有没有好好谢谢师母？"

苏时点头："有。"

苏微尘赞了他一声："乖啦。"她又语重心长地细细叮嘱道："别人对你的好，哪怕是一点点，也要牢牢记住。日后有机会，就要好好报答他们。这就是古书上说的滴水之恩，当涌泉相报。周老师和萧师母对你这么好，这么疼爱你，所以你要更加用心学习，好好练琴，知道不？"

苏时重重地点头，抬手行了一个很是标准的军礼："遵命，苏微尘！"

苏微尘揉了一下他的头发："走吧，回家。"

"苏微尘，明天时间很赶，来不及做饭，我们在外头吃一顿，打打牙祭吧。"

"好啊。你想吃什么？"

"苏微尘，我们去吃牛排吧。好久没去吃了，我有点想吃耶。"

苏微尘捏了捏他的脸，怜爱万分："好吧。那我们明天就去吃牛排！"

苏时欢呼："耶！真好！苏微尘万岁！"

苏微尘嘴巴一嘟："我才不要万岁呢！那不成了万年老妖了！"

苏时此时的嘴甜得像是抹了蜜："不会啦，苏微尘在苏时心目中永远都是最美的！永远永远哦！"

每个女人都喜欢男人夸自己漂亮。哪怕这个小男人只有十岁！苏微尘被苏时哄得乐飞了，再度拧了拧他柔嫩的脸蛋，学着他的口吻："苏时在苏微尘心目中也永远是最帅的！永远永远哦！"

苏时被感动了，小小的手指牢牢地握着她的手："苏微尘，我会永远爱你的。"

"你当然得永远爱我啊，因为我是你一辈子的老姐啊！"

红彤彤的夕阳像个熟透了的橙子，仿佛随时能捏出清新甘甜的橙汁。赤橙红黄的暮色里头，姐弟两人手拉着手的身影越行越远。

"那苏微尘会不会一辈子爱苏时啊？"

"不会。"

"为什么啊？"

"因为苏时不乖，又不听苏微尘的话，所以苏微尘决定不要永远爱他了。"

"苏微尘，你好坏。人家都已经说永远爱你了，你居然耍赖！英文课本里面，不是这样说的吗：I love you。回答就应该是：I love you, too。"

苏微尘答："课本里头都是骗人的，不可全信。"

苏时顿时愤愤不平："那你还老叫我背。"

"不背不行呀，要应付考试。"

苏时觉得越来越跑题了，他努力地把话题扳回来："苏微尘，我明明是想问你到底爱不爱我！"

"不爱！"苏微尘这次回答得更干脆了。

"一点点也没有吗？"

"半点也没有。"

"苏微尘，你太坏了。大坏蛋，我不要理你了。"

"好吧，好吧。那苏微尘就爱苏时一点点吧。"

"才一点点，我不要啦，我又不是乞丐。"

"这样啊。那就再多爱一点点吧。"

"不要！讨厌的苏微尘，你赖皮，不带你这样的！"

…………

夕阳渐渐隐了下去，那对可爱的人也消失在了苍茫的暮色里头，语不可闻声渐消。

这一晚，洛海大剧院舞台上方打出了一条长长的横幅，写着"本场演奏会献给最爱的周明仁恩师"。

舞台的灯光暗了下来，身着白色无尾燕尾服的楚安城从舞台一侧走了出来，步履优雅地来到了舞台中央。一束灯光打在楚安城身上，随着他的脚步移动。他的四周，是一片漆黑，而他仿若那无边苍茫黑色中烘托而出的一颗沧海明珠，遗世独立。

那一刻，叫人想起"面如冠玉，长身玉立，风度翩翩，玉树临风，清俊如王子""宗之潇洒美少年，举觞白眼望青天，皎如玉树临风前"等，所有美好的字眼，仿佛用在他身上，亦有所不及。

会场爆发出热烈掌声，如潮水般此起彼伏，经久不息。

托了周明仁老师的福，苏微尘和苏时坐在第一排中央的位置，紧挨周明仁夫妇。由于近，苏微尘可以清楚地看到楚安城的手指如蜻蜓点水般灵巧地掠过琴键，一个又一个的优美音符跳跃而出。仿佛是花间蹁跹的蝴蝶，仿佛是夏日午后彼此追逐着的蜻蜓，翩翩舞动着迎面而来，转瞬又消散于暗凝的空间里头。

一首《悲怆》被他弹得如泣如诉，让观众听得欲罢不能。第一乐章从黑暗沉默、紧张惊惧到舒缓平静温柔收场，第二乐章不安迷惑、压抑狂躁，结尾处怅然得让人心碎，仿佛秋日黄叶满地，世间一切俱已成灰。

仿佛是无底旋涡，苏微尘被牢牢地吸引住了，坠入了琴声所营造的世界里头。她一动不动地瞧着台上的楚安城弹奏。她觉得很奇怪，隔了那么远，她仿佛看得到他眉头紧蹙的忧伤神情。那么一个光鲜靓丽，活在世界巅峰的人物，似乎早已经历经风雨，饱经沧桑了。

在中场的时候，楚安城说了一段话感谢周明仁："今天，在这里呢，我要特别感谢一个人，那就是我的恩师周明仁。他的辛苦培育，为我打下了最坚实的基础。在我最困难最失意的时候，他鼓励我，陪伴我。如果没有他，就没有今天的楚安城……"他刻意地停顿了下来，目光落在了第一排最中心的位置。

此时，灯光师将另一束清亮的光线笼罩在了周明仁的座位处。周明仁起身，楚安城向他深深地鞠了一躬，全场观众给予两人最热烈的掌声。

"下面这一首德彪西的《月光》，是我这些年来最常弹奏的一首曲子，献给我的老师，祝他永远健康快乐。"

舒缓优雅的节奏，让人犹如置身于幽静安宁的深夜之中，皓月当空，清辉淡淡，清风阵阵，树叶婆娑……当最后一个音结束，苏微尘依旧闭着眼，仿佛还深深地沉浸在那一片如水的月色之中。

楚安城令人惊艳的演出获得了巨大的成功，最后全场观众起身为他疯狂鼓掌，一直持续了半个小时。退回后台的楚安城再三出来，从容优雅地跟各位观众一再谢幕。

周明仁这一晚是真正老怀欣慰，快活不已："苏时，想不想去演出后台看看你师兄？"

苏时又惊又喜："真的吗？太棒了！"说出口才发觉忘记征询老姐的意见，于是皱着鼻子转头，露出一副讨好的笑容："苏微尘，可以吗？"

苏微尘自然是同意的。姐弟两人随着周明仁夫妇进后台的时候，楚安城还被乐迷们堵着在签名。

苏微尘这晚特地穿了一条湖蓝色的真丝斜肩长裙，一头长而微卷的秀发波浪般地垂在脖子一侧，她的皮肤本就白嫩，在蓝色的衬托下整个人显得十分清灵动人。

楚安城大约是没料到周明仁会带他们进来，见到苏微尘的时候，表情明显显一怔。不过他很快便恢复如常，含笑招呼周明仁："老师，师母，你们稍坐片刻，我去换套衣服。"

周明仁说："安城啊，别招呼我们了，快进去换衣服吧。老师记得你演出前啊，是从来不吃任何东西的，哪怕再口渴，也只喝一两口水润润喉。现在啊，肯定是饿坏了。换了衣服，老师和师母带你去吃饭。"

苏微尘见楚安城的目光微闪，显然被周明仁的话感动了。数秒后，她听到他轻轻地答了个"好"字。

毕竟跟这位楚安城先生没有熟稔到可以同桌吃饭的程度，于是苏微尘便客气地欠身："周老师，时间不早了，我和苏时就先回去了。"

因为苏微尘今天大方得体的打扮，萧关笛对她的印象倒是改观了不少，加上她着实喜欢苏时，便挽留道："苏时姐姐，明天是星期六，难得苏时不上课，一起去吧。苏时啊，可喜欢他这个楚师兄了，天天在他周老师面前念叨。"

苏时确实很喜欢这位楚安城先生，不仅把他当偶像，更将他当作自己的榜样。苏微尘瞧见苏时的眼里透着浓浓的恳求，加上萧关笛这般客气，也不好再推辞，便点头道好。

楚安城很快便换上了轻便的T恤牛仔出来，用流利的英文跟自己的经纪人说了几句话，然后就对周明仁道："好了，老师，我们走吧。"

周明仁夫妇早预订了洛海环湖路的老字号广式粥店。萧关笛亲自给楚安城盛了一碗热气腾腾的粥："安城，快吃吧。"

楚安城应了一声，低下头吃了起来。萧关笛又招呼苏微尘："苏时姐姐，你不要客气。"

到底是名人，哪怕是饿极了，连喝粥也是不紧不慢，从容自若，优雅得体。苏微尘盯着楚安城看了几眼，可她没料到这么短短的几秒内，对面的他会抬头，她的目光一下子与他的撞在了一起。楚安城有一双比照片上更黑亮深沉的眸子。他一动不动地盯着她，眸光里头却空洞洞的，透着一种莫名的凌厉冷意。

苏微尘默默地垂下了眼帘，心中暗叹不已：大神果然高冷啊！

苏微尘有一下没一下地喝了几口粥，偶尔帮苏时擦擦嘴角的粥渍，听着周明仁夫妇与楚安城的聊天。

周明仁问楚安城下半年有什么计划。楚安城表示今年的巡演已经结束，他想趁机休息休息。

楚安城说："这些年来，从一个国家赶到另一个国家，从这个城市赶到另一个城市，没一刻是空闲的，没一天是真正属于自己的。刚开始的时候，充满了兴奋感，日子一天又一天，也觉得过得很充实。可这两年也不知道怎么的……"他停顿了片刻，半晌后，方轻轻地道："整个人突然觉得很累很累。我正在考虑是否要停下来，休息一段时间。"

哪怕是苏微尘这样与他根本不熟悉的人，都能从他低沉的声音里头听出浓浓的倦怠。

周明仁语重心长地道："如果累的话，就停下脚步，休息一下再出发。或许会有不同的体会，也会有不同的风景。这就是俗话说的：进一步有一步的美丽，退一步有一步的风景。"

楚安城点了点头："我想我接下来会在洛海待一段时间。"

苏时听到这里，欢快地道："太好了。楚师兄，这样的话，我是不是可以再见到你？"

橙黄微暖的灯光下，只见楚安城嘴角露出一抹客气的浅笑："当然可以。"

他的目光扫向黑漆漆的窗外："这么多年不见了，洛海改变了很多。"

萧关笛道："是啊，这几年变化可大了。安城，你正好趁这段时间，好好逛逛，感受一下洛海的变化。"

楚安城应了一个"好"字。

楚安城再一次看到苏时姐弟俩是在洛海单氏医院的楼下。

那是个下雨天，他正欲下车，却瞧见从移动门里出来一对熟悉的姐弟，正是苏微尘与苏时。显然他们也是得了周明仁心脏病发的消息来探病的。

雨下得极大，黄豆般地打在风挡玻璃上，"吧嗒吧嗒"地响，而后四下蜿蜒纵横。楚安城一直坐在驾驶座上，如中了定身法般，纹丝不动地瞧着前方。

他有一刹那的失神，再看时，却瞧见停在他前面的车子有人推门下车。有个打扮时尚的高大壮硕型男士打着伞快步走上前去。那男子的手亲昵自然地搭在苏微尘的肩上，并体贴地将整个雨伞都移在苏微尘姐弟头上。全然不顾滂沱雨水顺着雨伞，粗绳般地流淌在他身上。

很快地，载着苏微尘姐弟的车子发动离去，渐渐地消失在楚安城的视线里。

对于周明仁这次的发病原因，师母萧关笛倒也没瞒他："是言川，为了女朋友的事，与他父亲在电话里头大吵了一架。他也不知会我们一声，就从学校擅自休学了，如今连个人影也找不到……"

周言川是周明仁与萧关笛唯一的儿子，比楚安城小六岁，从小跟随周明仁学钢琴，如今在美国著名的钢琴学校念书。楚安城与他一起练过几年的钢琴，彼此很亲近，但凡楚安城去言川所在学校附近演出，都会与他聚聚。

平心而论，周言川在钢琴上是有些天分的，但或许是周明仁夫妇过于望子成龙，从小对他要求太过严苛了，像弹簧被压得太厉害了都会反弹一样，周言川反而对学琴产生了厌恶之情。很多次他都向楚安城表明：他学钢琴只是因为父母的意愿。

楚安城当即拨打了言川的手机，但已经关机了。楚安城说："师母，言川有可能会去哪里？要不我飞一趟美国？"

萧关笛满脸的愁容，又气又急："我在美国的弟弟已经去学校处理这件事情了。言川的性子从小就倔……一直逼着他学钢琴大概已经逼到极限了……加上女朋友的这件事情，他便爆发了……唉！

"安城，这件事真不能怪你老师生气。言川现在才大三，居然说要退学结婚，他爸能同意吗！两人就这么杠上了……

"真是无仇不成父子啊！"

楚安城知道师母因为老师的病，想找人倾诉，便默默地坐在一旁倾听。

天下父母心，皆是望子成龙望女成凤。没有一对父母的出发点不是为孩子好的。然而孩子有孩子的世界，有他们经历的人和事，也有他们喜欢着的人，父母永远不可能代替他们去爱，去生活。楚安城不知道言川的具体情况，但他相信，言川要娶那个女子必定有他的理由。

第三日，周明仁的病情略好转了些，楚安城去探病的时候，他强撑着羸弱的身体，抓着他的手臂交代了一件事情："安城，老师有件事情想拜托你。"

周明仁这一病，顿时便像老了数岁，鬓发根根皆白。楚安城见他说得这般慎重，没等他说清楚是何事，便一口应承了下来："老师你尽管说，只要我能做到。"

周明仁叹了口气，方道："安城，你帮我带苏时一段时间。"

楚安城一愣。他没想到周老师卧病在床，心头依旧牵挂着苏时这个新收的学生。他更没料到周老师会提出这个要求。

周明仁说："苏时的基础不错，又有天赋。春节前有一个全国少年钢琴大赛，我原是准备让他去参加一下，增加点大赛经验的。但哪怕不去参加比赛，这半年的时间对苏时这孩子来说也太重要了。一定要有人好好指点他——"

周明仁见妻子萧关笛不在房间，便袒露了心迹："我年轻的时候不懂得珍惜，错过了天爱。这次她得了重病，不计前嫌地把苏时托付给我，无论如何，我一定要把这个孩子带出来。

"安城，你帮老师我好好带他，好不好？"这般言语切切地恳求，让楚安城如何能够拒绝。于是，他便郑重地点头："好！"

周明仁见他答应，便长长地出了一口气。他休息了片刻，方又道：

"学钢琴本身就是一件很辛苦的事，除了要有天赋、有毅力、有决心，还要有好老师，更重要的是自己喜欢，自己想要。从言川这件事情上，我更是看清楚了，要逼孩子成才是不可能的。最重要的还是孩子自己热爱钢琴，想要在这方面有作为。所以啊，我更是舍不得苏时这个懂事的孩子，怕他在别人手里毁了。

"安城啊，你先帮老师带带，等老师我病好了，还是要好好教导他的。"

楚安城说："老师你放心，我会的。"

苏微尘是在入睡前接到楚安城的电话的，电话那头的声音低沉："我找苏微尘小姐。"

因是陌生来电，陌生嗓音，苏微尘便客气地道："你好，我是苏微尘。请问是哪位？"

那头顿了顿后，方回答："楚安城。"

苏微尘明显一怔，张嘴咀嚼着他的名字："楚？安？城？"一秒之后，苏微尘惊讶至极地反应了过来，"呀，楚先生，是你啊！你好，请问有什么事吗？"

楚安城便告知了她有关周老师的托付。想不到周明仁老师如今生病住院还依旧惦记着苏时的钢琴学习，惦记着接下来的比赛。苏微尘感动之余，对着电话那头的楚安城连声道谢："麻烦你了，楚先生。以后我们家苏时就拜托你了。"

楚安城也不客套，只说："你把地址发到我手机里。我明天晚上就过去。"

苏微尘依言照做。

良久后，她收到楚安城"收到"两个字的简短回复。

第二天，因冷空气突降洛海，整个城市笼罩在一片潇潇风雨之下。

苏时老早就在客厅候着了。他的小心脏经历了一天的剧烈跳动，此刻依旧因激动而心绪不宁："苏微尘，楚大神到底说什么时候来？雨这么大，他会不会不来了？"

苏时一整天都坐立难安，此时整个人更像是上了发条似的，一分钟内会机械式地看N次大门。

门铃终于响了起来。苏时"嗖"地起身，一个箭步冲上去开门。

苏微尘转过头，只见楚安城站在门口处，额前头发略湿。他穿了一件驼色的风衣，双手闲闲地插在口袋里，面容沉静。

楚安城身后的背景是灰白斑驳、污渍斑斑的楼道。可是，他就这般站着，什么也不说，什么也不做，所有的一切便都成了一道风景，叫人想起"美好若画"这四个美丽字眼。

"楚师兄，你好。快进来。"平日在苏微尘面前张牙舞爪的苏时，此刻温顺乖巧得如同一只小猫。

楚安城缓缓地抬腿跨了进来。他站在客厅，悄无声息地打量着四周。屋子很小，不过布置得温馨舒适。

苏微尘去厨房泡了杯茶水端给他："楚老师，请喝茶。"

楚安城面沉似水，冷声道："不用了。我是来教苏时弹钢琴的，不是来喝茶的。"

苏微尘端着滚烫的茶杯，只好讪讪地搁在一旁。

楚安城掀开琴盖，试了几个音。一听钢琴的音色，楚安城的眉头几不可察地一蹙，然后示意苏时弹奏一首《车尔尼740》。

苏时认真地弹了一遍。楚安城道："有错音，再弹一遍。"

苏时依言再弹。楚安城还是不满意："再弹。"

一个晚上，那首曲子整整弹了三个多小时。

苏微尘为了不打扰两人，便在卧室里待着，偶尔蹑手蹑脚地出来偷瞧两眼。满室纯净美好的钢琴声里，楚安城站在苏时身边，低着头正耐心指导。

那个夜晚，楚安城离开后，苏微尘收拾屋子时才注意到，搁在一旁的茶水，他真的一口都未喝过。

楚安城对苏时十分严格。一个星期上三次课，每次来上课，他都会给苏时留很多的曲子。以至苏时每天为了消化那些曲子，连星期天都不再出去玩了。

就这样，一日又一日，楚安城渐渐地进入了苏时姐弟的生活。苏微尘由于工作的原因，回家时早时晚，如果早回家的话，会与楚安城见上一面。但楚安城冰冷高傲得很，见到她，眉毛也不会多抬一下。

大半个月下来，苏时与楚安城倒是渐渐地熟了。苏时天天把楚安城挂在嘴上："楚师兄说哦……楚师兄是这样告诉我的……"楚安城的话，每一个字苏时都奉若圣旨。

这一日下午，苏家的琴出了点小状况，弹奏不了。给琴行打了电话来修，但琴行的师傅来了一看，表示手头少一个零件。但这个零件现在他们没货，要订购，最快也得三四天才行。

当时楚安城也在。他了解了情况后，便开了口："我那里有钢琴。"说到这里，他停顿了下来，目光移向了苏微尘，"如果苏小姐不介意的话，这几天，我可以把苏时带回去练琴。"

苏微尘当然不介意啊。楚安城这么尽心尽责，她感谢都来不及呢。于是，她说："那真的是太谢谢楚老师了。麻烦你了。"

楚安城仿佛没有听到，也仿佛对这样的感谢不屑一顾，他面无表情地转过头，对苏时说："走吧，带上你的乐谱。"

苏微尘就这样目送两个人出门而去。

或许是她多心，苏微尘隐约觉得这位楚安城先生对自己非常冷漠。

那晚，苏时从楚大神那里回来后，就"哇哇哇"地对苏微尘嚷嚷："苏微尘，你知道吗？楚师兄的钢琴是特别定制的施坦威，上面刻有楚师兄的名字，有钱也买不到的……最赞的是，每个音都超级超级棒。"

苏时这样欢喜，仿佛很小的时候苏微尘让他连吃两颗糖时的雀跃开心。苏微尘含笑问："有多棒？"

苏时小手一摆，傲娇道："跟你说你也不懂啦。反正就是很棒很棒很棒啦！"

苏微尘不由得失笑："有你楚师兄棒吗？"

苏时似被问住了，想了想，方答："那当然是楚师兄最棒！"

显然苏时对那架施坦威一见钟情了。大约连楚安城也发现了这一点，在苏时的琴修好后，他偶尔还是会把教学地点移到他家里。

Chapter 03

意外

缘分是抢不到的，
是你的就是你的。
如果等不到，
那就不是她的。

这日，苏时在练琴结束的时候，对楚安城道："楚师兄，后天是我们学校星辰杯的选拔赛，我们班推荐了我去参加，获胜的选手可以代表学校去参加全国星辰杯的比赛。楚师兄，你来给我加油，好吗？"

星辰杯是学校间的一个钢琴比赛，规模和影响仅次于全国少年钢琴大赛。

楚安城沉吟了数秒，方答了一个"好"字。苏时本是随口一问，从未想过楚安城会答应。闻言，他自然欣喜若狂："真的吗，楚师兄，你真的来给我加油吗？"

楚安城淡淡微笑："当然是真的。楚师兄什么时候骗过你？"

苏时吐了吐舌头："没有啦。我只是太开心了。"

楚安城道："这次学校的选拔赛，你给我说说你们学校同学的水平情况。"

苏时歪头想了想，道："我们学校有一个叫郑瀚的人，确实是有点厉害哦。他拿过一个全国性的少儿比赛大奖。学校的老师也经常让我们向他学习……还有啊……"

楚安城摸了摸苏时的头，鼓励道："不过是一场学校里的比赛而已。记得要用平常心去面对。不要急，不要怕。楚师兄知道你行的。"

苏时温顺得像条听话的小狗，只差没"汪"一声了。

第二天，苏微尘只拍摄了半天，便早早地回家收拾屋子，给苏时准备明天去学校比赛的服装。

比她岁数略大的白慧经常会提醒她："你别一心扑在你弟弟身上，好歹也要考虑考虑自己，你年纪不小了。一年一年过得飞快，一不小心，就会把自己给耽误了。"

然而苏微尘觉得值得。她不知道以前的自己是怎样的，如今的她却心如止水。对情情爱爱，对相亲结婚，根本没有一点兴趣。

这样子跟苏时相依为命，彼此疼爱，好好地过好每一天，也是很好很好的。

傍晚时分，苏时回来却是一身湿漉漉，落汤鸡似的，十分狼狈。苏微尘愣在门口："苏时，你这是怎么了？"

苏时吸了吸鼻子："好讨厌。隔壁楼有人好没素质啊，从楼上往楼下倒水，淋了我一身。"

这么凉的天，可千万别感冒了。苏微尘忧心忡忡地接过他手里的书包，把他推进浴室："快洗个热水澡。我给你煮碗姜丝可乐。"

苏时洗好澡出来就已经鼻塞了，苏微尘拿着吹风机给他吹头发："苏时，快把姜丝可乐喝了。"

苏时做什么都似个大人，但在吃药这件事情上还是很小孩子气的，一直很讨厌吃药。果不其然，才喝了一小口，苏时就吐着舌头："辣。"

"辣才有效果。快喝光。发身汗就好了！"苏时乖乖地喝光了，乖乖地躺下睡觉。苏微尘关了灯，正欲出去。

苏时说："苏微尘，你可不可以像小时候那样陪我睡觉？"

苏微尘微笑着止步："好。"

"给我唱《小星星》吧？中文版和英文版都要哦！"

听了这么多年，居然还没有腻烦。苏微尘温柔地替他整理了一下睡衣的领子："好！"

"一闪一闪亮晶晶，满天都是小星星……"苏时在苏微尘空灵舒缓的歌声中咳嗽着睡了过去。

哪怕是泡了热水澡，喝了姜丝可乐，苏时还是感冒发烧了。

夜里，苏微尘守着他，给他用降热贴等各种办法降温的时候，他烧迷糊了，说着胡话："你们胡说！我才不是孤儿……我有爸爸有妈妈……

"我有爸爸妈妈的……我还有苏微尘呢！"

苏微尘凝望着他，顿觉鼻酸眼热，心疼不已。

这个傻苏时！这个可怜的苏时！在学校肯定是受委屈了。可他又是如此懂事，怕她忧心烦心，所以从未在她面前吐露一字半句。

这个傻苏时！

乔装后的楚安城到苏时学校礼堂的时候，选拔赛已经开始了，已经有学生在弹琴了。鸭舌帽、墨镜等全副武装后的楚安城远远地找了一个座位入座。

楚安城静静地坐着，两只手交叉搁在腿上，右手食指随着节奏轻叩。在他视线的斜右方，是穿着慵懒休闲的苏微尘。她正在给苏时的衣服别号码条。长长的头发，随意扎个丸子头，露出白皙光洁的额头。远远瞧去，分明只是个高中生而已。

楚安城很快便察觉到了不对劲。苏时一直咳嗽不断，似乎是感冒了。身体状况不佳，这是比赛大忌，没上场便已经输了一半。

苏时焦灼地四下找寻着什么，楚安城抬了抬右手示意，苏时瞧见了，顿时露出一个灿烂的笑容。楚安城做了一个加油的姿势。苏时用力地点了点头。

一个又一个学生上台。一首又一首曲子，从他们指尖流出。

苏时是倒数第三个弹奏的，虽然弹错了数个节拍，但依旧获得了全场的热烈掌声。

不过，比赛结果出来，苏时最后只得了第四名。最后评比老师宣布前三名同学将代表学校参加全国星辰杯的比赛。

礼堂里响起了学生父母稀稀拉拉的鼓掌声，而后大家纷纷起身离开。

苏时耷拉着头，一直到楚安城唤他，才委屈万分地抬头叫了一声："楚师兄。"

苏时的眼里隐约有泪光。楚安城拍了拍他的头，温柔地道："没事，一个小比赛而已，以后有的是比赛。楚师兄知道你这次弹得很棒。"

第一次见到楚安城神色这般温软和煦，苏微尘不禁怔了怔。

楚安城的话对苏时依旧如圣旨，他委屈略减，听话地点头，吸了吸鼻子："我去一下洗手间。"

苏微尘望着苏时垂头丧气而去的背影，轻轻地说："苏时为了这个比赛，很用功地准备了这么久。但昨天他全身湿透地回家，夜里发烧感冒。今天是带病上场。"

楚安城双手插兜，侧头瞧着阳光耀目的走廊："比赛有各种突发状况，他要学着适应。凡事有利有弊。对苏时来说，一出道就太过顺利也不一定是好事。任何人想在他所在的那一行出头，都需要有强大的内心与抗打击能力。"

他的话依旧冷冷淡淡，但有着很明显的鼓励安慰成分。苏微尘感激不已："谢谢你，楚先生。"

楚安城慢慢地收回视线，落在她脸上："星辰杯的比赛能参加是最好，不能参加也无所谓。我和周老师本来也没打算让苏时去参加这个比赛。"

苏微尘惊讶万分："周老师一直说的比赛不是学校的星辰杯吗？"

"不是。"

"那是什么比赛？"

"全国少年钢琴大赛。"

苏微尘一愣之后，喜忧参半："那是国内级别最高的钢琴比赛，苏时可以吗？"

"你觉得我一直是在浪费自己的宝贵时间吗？！"

楚安城这番似讥非讥的话语，叫苏微尘难以回答，两人之间便静寂了下来。

而此时的洗手间内，三个身着同款校服的学生站成了一条线，拦截住了苏时。为首的一个大笑："怎么样？还不是输了！苏时，你这回服气了吧！"

苏时也不理睬他们，转身欲走，但三个男孩包抄了上来，不怀好意地将他围住。苏时被两个男孩压制在墙上，动弹不得。

苏时抬起下巴，气势一点也不弱："郑瀚，男子汉大丈夫，赢就应该赢得光明磊落。要不是你们昨天把我推到水池里，让我感冒发烧，状态不好，我今天怎么可能输给你！"

为首的郑瀚双手抱胸，讥笑道："过程不重要，重要的是结果。而这个结果就是：你输了！"他倾身上前，不轻不重地拍打着苏时的脸："现在拿第一名的是我，代表学校去参加星辰杯比赛的，也是我！不服气是不是？你不服气又能怎么样？！"

苏时怒目而视，眼睛里简直要滴出血来。

郑瀚："来，说一句'我输了'，我就放过你。"

苏时倔强地别过头去："呸！你做梦！想让我认输，下辈子吧！"

郑瀚"嘿嘿"一笑，抬手狠狠地在苏时脸上甩了一记响亮的耳光："不说是吧，嘴硬是吧。好，苏时，我让你以后在这个学校里没好果子吃。

"知道我爸是谁吗？楚天集团的经理。知道楚天集团吗？那是我亲戚家开的。知道学校现在新盖的教学楼是谁捐赠的吗？就是楚天集团捐赠的。苏时，就你一个没爸没妈，没有背景只有背影的孤儿，还想跟我斗！"

苏时"呸"了一口："谁跟你斗了！我什么时候跟你斗了！我只是想好好弹琴。"话音未落，苏时逮着个空当，猛地抬起腿直踹他。郑瀚没防备，被苏时狠狠地踹了一脚。

他龇牙咧嘴，痛呼着后退一步："奶奶的，你这就叫作好好弹琴？"他随手抓起了角落里一个废弃的拖把柄："来，兄弟们，给我好好招呼招呼他。给我用这个抽他的手！"

"打手……"其中一个跟着郑瀚的男孩犹豫着不敢上前："老大，这不大好吧。这手万一伤了，他以后就不能弹琴了……"

郑瀚心一横："废话这么多！我让你打你就打。有什么我负责！"

"这……"

郑瀚顿时暴跳如雷："没用的家伙，给我滚远点。我自己来！"

苏时看着郑瀚一步一步走近，一种前所未有的恐惧击中了他。他剧烈挣扎，拼命地高抬腿低横扫："郑瀚，你个王八蛋！你要是敢打我的手，我们家苏微尘肯定跟你没完……"

正在此时，他忽然听到"啪啪"几下清脆的掌声传来："精彩！这个音乐附小的学生实在是太厉害了。"

正准备下手的郑瀚惊愕地转身，打量着乔装的楚安城："喂，你是谁？"

楚安城一字一顿地回答他："我是苏时的哥哥。"

郑瀚斜眼瞧着他，毫不客气地道："苏时的哥哥？他不是只有个姐姐吗？从哪里又冒出来一个哥哥？"

楚安城双手抱胸，淡淡一笑："这个你就不需要知道了。你只要知道如果你再敢欺负苏时，我就会揭发你是怎么通过一些手段得到这个第一名的。到时候，看是你在这个学校混不下去还是我们苏时混不下去。"

"哈哈哈，就凭你？我告诉你，我欺负他欺负定了。"郑瀚十分嚣张。但他的话还未落音，只见楚安城一旋身，他的鼻尖下已经多了一只脚。别说躲了，他连看都没看清这只脚是怎么踢过来的。郑瀚额头上顿时冒出冷汗。

楚安城保持着随时出击的动作："口说无凭，我怎么也要显示一下我的诚意！"他转过头，闲闲地对苏时道："以暴制暴是不对的。但是，必要的时候还是管用的。苏时，关于这个，你可学可不学。"

苏时一时也被楚安城的这一脚惊住了，他呆呆地扬着小脸，机械地点了点头。

楚安城不耐烦地道："还不快去？"

苏时不解地看着他。

楚安城瞪眼："笨啊！打回来！"

苏时果真听话地上前，慢条斯理地撩起了袖子。

郑瀚在这个学校一直仗着父亲的身份，到处横着走，哪里受过如此侮辱？他铁青着脸，喝道："苏时，你敢！"

苏时吹了吹手掌，笑吟吟地道："我为什么不敢？！"说罢，他扬起手臂，左右开弓，不多不少地对着郑瀚甩了三个巴掌。

楚安城缓缓收回了脚，一字一顿地对为首的郑瀚道："听清楚我刚才说的话了吗？"

楚安城的鸭舌帽压得低低的，黑超墨镜遮住了大半张脸，郑瀚一时吃不准楚安城的来路，捂着脸后退了几步，恨恨地吆喝着自己的两个小弟："我们走。"

"对了，你叫郑瀚是吧？"楚安城唤住了他，"以后少拿楚天集团出来吓唬人。楚天集团的楚随风我也见过不是一次两次，只是不知道他对你跟你爸这种狐假虎威的行为做何感想？！这样吧，下次见面我帮你问问他。"

"你……你认识楚天的楚随风？"郑瀚的气焰此时才算是真正下去了。

"不只认识。"楚安城饶有兴趣地问："听说你父亲是楚天的经理？

哪个部门的啊？姓甚名谁？我有机会去认识认识。"

"不是……不是……我只是随便吓唬吓唬苏时……下次绝对不敢了。"郑瀚也不笨，顿时对楚安城服软了。

"随便吓唬苏时？！"楚安城从鼻子里冷哼了一声，目光锐利地扫过众人，"你，你，还有你，都给我听好了。如果你们再敢欺负苏时，看我怎么收拾你们。别以为你们家老爸有什么了不起，记住了：这个世界，人外有人，天外有天。"

楚安城的声音并不洪亮，他看似漫不经心地一字一句说来，听在郑瀚耳中却比吼声还要可怕。他带着狐朋狗友灰溜溜地跑出了洗手间，迅速消失在校园里。

苏时站在那里，如痴了一般怔怔地瞧着楚安城，眼神怪怪的，仿佛不认识他一般。楚安城勾唇一笑："怎么？手疼了还是脚疼了？"

下一秒，苏时突然上前，一把抱住了楚安城。他的头抵在他的后背处，他的小手很用力，楚安城察觉到腰部传来的痛意。

苏时吸了吸堵塞的鼻子，轻轻地说："谢谢你，楚师兄。"

他的每个字，都说得很慢很认真。楚安城听着，也不知怎么了，心头微动。

自打教苏时弹琴后，他便从苏时口中了解了一些苏家的情况。苏家父母在某次车祸中身亡，只留下了苏微尘和苏时姐弟两人相依为命。苏时那年才四岁。

或许因为如此，再加上爱才，楚安城一直打心眼里怜惜他。

两人走出了男厕。苏时忽然想起一事，他用手指做了一个嘘声的动作："楚师兄，别让苏微尘知道哦。这是我们男人之间的秘密，好不好？"

楚安城爱怜地拍了拍他的头："好。"

"对了，楚师兄，你学过跆拳道吗？"

"学过。不过怕手受伤，只学了最基本的手部格斗。教练给我制订了一套特别的腿部训练计划。"

"好棒啊。刚刚那个旋风腿特别帅哦。"

楚安城不知道的是，经此一事，苏时就狠狠地喜欢上了他。

那天下午，楚安城便在电话里把苏时比赛的情况跟周明仁说了。周明仁也惊诧万分："苏时居然都被刷了下来？这不可能！我绝对不相信洛海音乐附小会有第二个苏时。"

"我还是按老师原来的计划，安排苏时全国少年钢琴大赛的报名。以苏时的实力，老师你不用担心。"

周明仁叹了口气："安城，你素来不喜欢管别人的闲事，但想不到这次会跟苏时这孩子如此投缘。唉，老师我也就放心了。我准备跟你师母去南方静养几个月，那边天气暖和，对身体比较好。我年后回洛海，年前，苏时的一切就托付给你了。辛苦你了，安城。"

楚安城一口应了下来："老师你好好调养身体，早日康复。"

这天傍晚，苏微尘因拍摄时出了点小状况，拖延了拍摄时间。她便提前打电话让苏时自管温饱。

苏时说："厨房里有鸡蛋，我自己做一个蛋炒饭就OK了。放心啦，苏微尘，我不会饿死的。你自己再忙也要记得吃饭哦。不然苏时会心疼，会生气的哦！"

听着苏时人小鬼大的话语，苏微尘心底一片温暖，含笑挂了电话。

曾经一起工作过的白慧，一直待她极好，像大姐似的一直热心地帮她张罗对象。苏微尘其实很抗拒这样认识男生的方式，可碍于白慧的面子也去相过几次亲，每次都是由于各种原因而不了了之。苏微尘倒是大觉松口气，白慧却每每觉得自己办事不力，很是内疚。

她曾经语重心长地对苏微尘说过这么一段话："微尘，你啊，长得漂亮，除了没有一份稳定工作外，其他个人条件都是很不错的。但你啊，就吃亏在有苏时这么小一个弟弟。

"现在这个社会，房价、物价高，大家的生活压力都大。所以人都变得很精明、很现实。一对小夫妻买套房子，勉强付个首付，月月都要还贷款，一结婚还要生孩子。这孩子一生下来啊，奶粉、尿布、保姆费，那可又是一笔开销。工作一般、收入普通的工薪阶层，就已经觉得很累了，可你还带着苏时。苏时现在才十岁，养个这么小的小舅子，不等于养个儿子？到时候，你们再生一个，不等于两个小孩？所以啊，一些条件不错的男人，一听你有个弟弟要抚养，就连见都不愿意见了。"

原来如此。苏微尘对自己的行情"恍然大悟"之余，还不忘安慰白慧："结婚这种事情靠缘分。缘分是找不到的，要等。"

白慧对她无所谓的态度很是无语："等要等到啥时候？现在条件好的男人太少了，这千军万马过独木桥，要靠抢知道不？！"

缘分是抢不到的，是你的就是你的。如果等不到，那就不是她的，苏微尘也不会觉得有什么可遗憾的。

她有苏时。所以哪怕这个世界百孔千疮，她都可以与苏时彼此依偎着互相取暖。

"好，不错。就这样……再来几张！"丁子峰从照相机镜头后抬头。

苏微尘随意从容地摆了几个姿势，任丁子峰按下各种角度的闪光灯。

说到这个丁子峰吧，他和田野合开了一个摄影工作室，下面有不少摄影师。田野主要负责客户和业务这一块，平时不会参与摄影的工作。

"好了，今天就到这里吧。收工。"最后，丁子峰满意地宣布下班。

苏微尘便去了洗手间准备卸妆换衣服。才一到门口，便听到有人在议论自己："那么老的老女人了，居然还好意思化那么可爱的妆，真是装嫩，跟咱们这群九五后抢饭碗。"

"是啊。人老不是她的错，但出来吓人就是她的不对！"

"没办法，谁让她是丁哥罩着的人。"

"对啊，谁让人家是丁哥的人。"

"那传言是真的？她跟丁哥是炮友……"

"肯定是，如果不是，丁哥田哥这几年来为什么这么罩着她！"

"对了。说到丁哥啊，我有个朋友的朋友认识丁哥，说丁哥家里很有背景的。他和田哥开这个工作室的时候，他只负责投钱。以前啊，他从不帮任何模特掌镜的，你看看现在，他简直就是那个老女人的专职摄影师了。说真的，我感觉他跟老女人之间一定不简单！"

"丁哥这么有款有型，也不知道看上那个老女人哪一点了？她哪点比得上舟舟你了！"其中一个模特来气了。

"对，对，对……舟舟，要不你出马把丁哥抢过来？那老女人我每回瞧见就有气。凭什么呀，好的牌子都让她先挑选……凭什么呀，丁哥每回都帮她掌镜……每回拍出的照片都像一线杂志的时尚大片。要是丁哥这么用心帮我拍，我也可以拿我们这行模特里的最高价。"

"就是就是！"

"舟舟，你出马抢丁哥的话，肯定手到擒来！"

"舟舟，为了众姐妹，这事你必须得办。看以后这老女人还怎么在我们面前嘚瑟！"

"你们都别这么说，我觉得苏姐人不错啊，平时也很照顾我们。很多衣服是厂家指定让她拍的，这也不是田哥丁哥能决定的。"舟舟娇嫩的嗓音懒懒响起。但她这句话并没有平息大家的怨气，洗手间一时间反而更加喧哗了起来。

"舟舟，你实在是太单纯了。这指不指定还不是田哥丁哥一句话？他们是老板！"

"舟舟，做人不能太善良。人善被人欺，马善被人骑，知道吗？这机会放在眼前，你要好好珍惜啊。我是知道丁哥的品位的，他啊，最喜欢的就是你这种清纯可爱型的。"

…………

作为旁人口中的"嘚瑟"女主角，这种情况下，苏微尘自然是无法进去了。她蹙眉想了许久，实在没想出来自己到底哪里嘚瑟了。

不过，她所有的照片都是丁子峰掌镜确实是真的。每次拍出来效果都特别棒，客户也满意得不得了。一来二去，她便在这一行小有名气，价格据说也是这个行业内顶尖的。

但说起丁子峰，好像……好像真没看到过丁子峰帮别的模特拍摄……

众模特卸了妆出来后，便簇拥着丁子峰去吃饭。想不到丁子峰左拥右抱之余，居然还记得她，他推开众人，走了过来："苏微尘，一起去吧？就吃个饭。"

饶了她吧！她苏微尘惹不起，但还躲得起。苏微尘便拿了苏时做挡箭牌，一口拒绝："我就不跟大家一起聚餐了，苏时还等着我带饭回去呢！"

丁子峰一听苏时还在家饿肚子，也就不再勉强她了。他转头对众佳人道："你们去饭店点菜等我，我先送苏微尘回家。"

众人顿时一阵"心照不宣"地挤眉弄眼。舟舟则笑吟吟地站在一旁玩手机，不发一言。

苏微尘连连摆手："不用了，我打车回去就行。大家都饿坏了，你们快去吃饭吧。"说罢，她便扬了扬手机："滴滴师傅已经接单了。"

丁子峰无奈微笑："好吧。"

"大家再见！"苏微尘忙不迭地拔腿离开了这个是非之地。

苏微尘在家门口的小饭店里给自己打包了一份饺子。站在楼下的时候，她便听到了熟悉的钢琴声。苏时在家，乖乖地弹琴，乖乖地等她回去。

这种感觉，暖暖的，应该就是幸福吧。

苏微尘微笑着闭眼，静听着琴声琅琅。

楼道的灯也不知怎么坏了，苏微尘在门口摸了半天的包包，也没有找到钥匙，最后索性放弃了。她"砰砰"地拍门："苏时，开门……"

数秒后，门被拉开了，苏微尘毫无防备地撞进了楚安城那双幽黑如潭的眸子里。他的目光如外头的夜，冰凉如水。两人只对视了一秒或者更短的时间，他便已经面无表情地转了身。

"楚先生，谢谢你。"苏微尘一边道谢，一边却在心里纳闷地嘀咕，"今天这位楚先生怎么这么晚还没走？！"

小客厅里，苏时很认真地端坐在黑色的钢琴前，用心练习，对苏微尘回家根本浑然不觉。苏微尘放轻了脚步，蹑手蹑脚地进了小厨房，不打扰楚安城与苏时。

这套五十平方米不到的房子，厨房狭小得只够她和苏时转身而已。苏微尘倒了一杯温水，"咕咚咕咚"一口气喝尽。

淘宝模特的工作虽然可以赚到点小钱，但为了拍出来的照片好看，效果好，她都不敢在拍摄前多吃东西，连水也不敢多喝。所以这一天下来，她只在早餐时吃了一个面包果腹。

饺子已经快凉了，苏微尘夹了一个蘸了些醋送进了嘴里，不顾形象地狼吞虎咽，埋头大吃。饿得太久了，哪怕是素馅的，也觉得油腻难受。苏微尘吃了数个饺子，略觉饱肚后便搁下了筷子，再度给自己倒了一杯水。

她把水杯搁在脸上，温暖的触觉在这样渐凉的秋日让人觉得异常安心。可疲累却排山倒海般地涌了上来。穿着恨天高站足了一天，她后知后觉地到了此时整个人松懈下来，才觉得腰酸腿涨脚疼。苏微尘弯下腰揉捶着小腿肚，默默地叹了口气。

之前听到的那些对她的议论，令她如鲠在喉。以后的日子到底应该怎么办？！或许她真的应该另想出路了。虽然丁子峰说，模特一职也有很长的寿命，可以一直拍摄下去，拍轻熟系，拍成熟系，拍老年系，每个年龄段都有活接，可是，她也不想自己到了四十岁，还跟一群年轻人抢饭吃。

然而不干这一行，她做什么呢？唉！这个世道，无论做什么小买卖，都是要本钱的。但她存下的钱不能动，那是要攒着以后给苏时去音乐学院的。

苏微尘颓然地揉了片刻，也不知怎么的，忽觉四周异样。她缓缓抬头，竟意外地瞧见了楚安城。

他双手抱胸站在厨房门口处，正若有所思地凝视着她，墨一般乌黑的浓眉微拧着。他眼中有一抹很奇怪的微漾风景，仿佛风吹湖面，涟漪圈圈。大约是没料到她会突然抬头，楚安城也是一怔，眼中的那抹东西未等苏微尘仔细辨认，楚安城便已敛下睫毛，将一切都掩盖在了其中。

楚安城抬手搁在唇边，假意咳嗽了一声："苏小姐，有关苏时的事情我想跟你谈谈。"

苏微尘松开揉捏的手，站直了身子："什么事？楚先生，你请说。"

"苏小姐，你知道苏时的梦想是什么吗？"

"苏时的梦想？"苏微尘觉得他的问题很奇怪，苏时的梦想她怎么可能不知道呢。她回答道："他想成为一个钢琴家。"

楚安城冷哼了一声："那苏小姐知道成为一个钢琴家，最基本的条件是什么吗？"

苏微尘此时已经明白楚安城话里有话，她不作声。果然，下一秒，楚安城冰凉锋利的目光牢牢地盯着她，一字一顿地说了出来："是手，是一双健全健康的手。这是一个钢琴家最重要的、赖以生存的条件。"

而后，他又字字尖锐地诘问她："苏小姐，你身为苏时的姐姐，请问你是如何保护他，保护他的双手的？"

苏微尘闻言顿时一僵。

可楚安城并不打算放过她："你居然让他烧菜做饭。且不说他的年纪这么小，要是他的手被刀伤了，被烫坏了，手的灵活度下降了，他一辈子的梦想就玩完了。你知道吗？！"

虽然他说的是假设性的情况，但苏微尘亦听得心惊肉跳："我一直买超市里洗切好的菜，从来不敢让他切菜的……而且我们也经常吃外卖……"在楚安城如刀刃般凌厉逼人的目光下，苏微尘讪讪地把自己没说完的话咽了回去。

事实上，苏微尘也知道这是她的不对。她都不知道以前的她是怎么过来的，也不知自己为什么会那么笨，无论如何努力，总是没办法做出一顿可口的饭菜。

屋子里霎时间静默了下来，耳边唯有琴声连绵不绝。

楚安城后来说话了，语气非常冷："苏小姐，我既然答应了周老师帮忙教苏时，就绝不会让他在我教他的这段时间里受伤的。从今天起，再不许你让他做这种事情了。如果你有任何意见的话，我就不教了。"他的话说得斩钉截铁，竟无半分商量余地。

苏微尘傻傻愣愣地看着他修长俊逸的身影转身离开。楚安城走了数步，也不知道想到了什么，蓦地停住了脚步，语气略缓了一些："对了，苏时寄去的弹奏带子和文件资料都已经通过全国少年钢琴大赛组委会的审核，可以参加比赛了。正式通知书，这几天就会寄到。"

这真是一个好消息。苏微尘从愣怔中回过神："谢谢你，楚先生。谢谢你的帮忙。"

楚安城淡漠地道："你不必谢我。我并没有帮忙。"顿了顿，他又说了一句："苏时最近的学琴进度很好，如果你不介意的话，我想让他每天下课后去我那里练琴。"

苏微尘连忙道："我当然不介意啊。只是不知道会不会太麻烦楚先生你？"

楚安城耸了耸肩，不置可否地道："无所谓，反正离比赛也就几个月时间了。"

大概这位楚先生的意思是，几个月后的比赛后，他与他们也再无什么关系，就拜拜了吧。苏微尘除了赔笑之外也不知道能说些什么。

就这样，苏时开始每天去楚安城那里练琴。

楚安城的房子在洛海老城区一个闹中取静之地，安保做得很严密，每次对访客都详细盘问登记好才准入内。苏微尘在洛海待久了，自然知道这里是洛海城最早开发的几个别墅区之一，住在里头的人非富即贵。

苏微尘与楚安城也没什么交集。唯一有的接触，就是接送苏时按门铃的时候，楚安城来开门。苏微尘每次都会客客气气地打一声招呼："楚老师，你好。"

而楚安城则从来都是面无表情，连一个字也欠奉，仿佛苏微尘只是空气。时间久了，苏微尘也渐渐习惯了他的高冷，每个人待人接物的习惯都不同，自己做到礼貌周到就好。

这一日，苏微尘在拍摄的间隙，接到了楚安城的电话："苏小姐，你有时间吗？我有事想跟你谈谈。请你尽快来一趟我这里。"楚安城的语气冷洌肃穆，仿佛有什么极重要之事。

不会是苏时出什么状况了吧？！苏微尘心里惴惴不安。

于是，工作一结束，苏微尘连妆也来不及卸掉，便匆匆地拦了出租车直奔楚安城的家。她在一幢两户的联排别墅面前停了下来，按响了门铃。

门前草坪绿草如茵，大门口的土陶花瓶上插着一丛盛开的粉色蔷薇，与隔壁的排屋只用白色的木栅栏相隔开，很是干净清新。

空中还飘浮着一串串流畅悠扬的琴声——是苏时在弹琴。苏时没事。苏微尘悬着的心放松了下来。她轻轻闭了下眼，因眼前的美丽，一天工作下来的疲乏似乎也消除了许多。

简简单单的白色套头衫配一条飘逸的长裙，轻盈地站在那里，小脸上扬，眼眸轻合，还有落日前特有的柔和光线——楚安城看到的就是这么一个如电影慢镜头般的美好画面。

苏微尘睁开眼时却惊了惊，不知何时，楚安城已经打开了门，面无表情地站在她面前，目光深邃地瞧着她。

他目光里头的探究味道太浓了。苏微尘面上一热，喃喃道："楚先生，不知你这么急找我什么事？"

楚安城侧身让她进屋，他的语气跟他的脸色一样沉，哪怕是说客套话："苏小姐，请坐。"

苏微尘拘谨地在沙发上坐下，楚安城在她对面坐下后，毫不客气地用不带善意的目光上上下下地打量了她一番。

最后，他冷冷地开口："苏小姐，你知不知道，今天苏时来我这里上课的时候，过马路时差点被一辆车撞了……"

"什么，苏时差点被车撞？他现在怎么样了？有没有受伤？"苏微尘被吓到了，有些语无伦次。

楚安城目不转睛地盯着她，缓缓地道："幸好那司机刹车及时，所以他除了跌在地上膝盖有点擦破外，其他没有什么大碍……"

闻言，苏微尘顿时大松一口气。

"苏小姐，我不否认苏时确实很独立。可他再怎么懂事，再怎么独立，也不过是个十岁的孩子而已。苏小姐，既然你是苏时的姐姐，是他的监护人，你就有责任保证他的安全。"说到这里，楚安城停了下来，好一会儿才道，"苏小姐，为了苏时，也为了周老师，我想把他留在我这里住。"

什么！他让苏时住他这里？苏微尘骤然抬头，以为自己听错了。但是，没有。她看到了楚安城脸上不容置疑的表情。

"你要是不同意，就把苏时带走吧。现在的孩子都金贵得很，若是苏时在来我家的路上出了什么事情，我担不起这个责任。"楚安城不冷不热地扔下了这句话，便头也不回地走进了琴房，把苏微尘一个人晾在了客厅里。

苏微尘倒也明白楚安城的忧虑。只是，苏时与他非亲非故，留在这里也太麻烦他了吧？

半晌后，钢琴声停了，苏时拉开琴房的门，看到了客厅里的苏微尘，愣了愣后，撒开腿跑了过来："苏微尘，你今天怎么这么早来接我？是不是想我啦？"

苏微尘抿嘴微笑，伸手捏了捏他软软的脸："是啊，想我们家小帅哥呀。对了，楚先生说你差点被车撞了，给我看看膝盖。"

"没事没事！你看，就蹭破了点皮，楚师兄给我擦过药酒了，还贴了创可贴。"苏时卷起了裤子。

还好不是特别严重，膝盖上除了破皮，还有几团乌青。苏微尘捏着他的脸，再一次叮嘱道："过马路要特别注意安全，知道吗？！"

苏时这回也没跟她计较捏脸的事情，两眼忽闪忽闪："苏微尘，楚师兄说要我加强练习，让我留在这里，还说你同意了，真的吗？"能跟偶像大神同吃同住在一个屋檐下，苏时觉得自己简直是在做梦。

苏微尘审视着苏时脸上的每一个细微表情，试探道："那你愿意吗？"

苏时重重地点头："愿意愿意，当然愿意啊！"

瞧他，乐得嘴角都歪了。看来苏时太愿意跟楚安城一起住了。有了这个认知后，苏微尘心里也有了决定，便再三叮嘱苏时："好好跟楚先生学习。不能偷懒哦，要每天按时练琴。要是他不喜欢你，不肯教你，你就惨了。

"还有啊，不要老是麻烦楚先生。知道吗？

"还有……"

苏时心情大好地附和了几声"好，知道了"，最后还不忘说她："苏微尘，你都没老，就这么唠叨了。这以后要是老了，可如何是好啊？！"

苏微尘被他逗笑了："臭小子，要是我老了，还是继续唠叨你啊！难不成你到时候有了老婆就想把我给甩了！告诉你，门也没有！苏微尘要赖着你一辈子。"

苏时被她这句话给感动了，伸出手搂着她的脖子，撒娇说："苏微尘，我也会一辈子赖着你的。

"苏微尘，你去找那个对的人吧。我已经这么大了，不会再吃醋了。"

苏微尘做感兴趣状："你这建议不错。趁我现在还年轻，应该还可以钓个高富帅的。"

苏时"切"了一声，很不屑地鄙视她："苏微尘，你想得太美了。你又不是白富美，能找到个屌丝就已经不错了，还高富帅？你怎么不去照照镜子。"

苏微尘捏他的鼻子，哈哈大笑："有你这样的弟弟吗！老这么泼你姐姐冷水。"

苏时"嘿嘿"地笑："苏微尘，我这是挫折打击性教育哦。先让你认清自己的位置，找个靠谱的，然后不击则已，一击必中……其实啊，我一直觉得丁兄不错啊。他知道你所有的缺点，还对你这么好。虽然说兔子不吃窝边草，但你还是可以考虑一下的……"

"他对我好？他哪里对我好了？"苏微尘诧异万分地探手掀他的眼皮，"苏时，你是不是近视了？你不知他在拍摄场地对我有多挑剔，这个不对，那个不行……"

苏时躲避着她的"贼手"："苏微尘，你才近视了呢！丁兄要不是对你有意思，怎么会一直这么照顾你，连我也一并照顾了？这是爱屋及乌，你懂不懂啊？！你好笨啊！"

居然敢说她"好笨"！小样，看来最近胆肥了不少。苏微尘抬手便给了他一个"弹栗"："苏时，你给我说清楚，他哪个地方照顾我了啊。再说了，他三天两头换女朋友，那些个前女友都快能把洛海城绕几个圈子了。这种火坑，你也好意思推你老姐我下去啊？"

苏时龇牙咧嘴地揉着"受伤"的额头，故作深沉地学着电视剧里的台词："苏微尘，这年头，哪个男女没有一段过去呢！"

苏微尘不禁莞尔："说什么呢！人小鬼大！"

苏时做鬼脸问她："苏微尘，你到底是对他没感觉呢，还是觉得太熟了，不好下手啊？"

苏微尘被他逗乐了，不搭理他。苏时就自说自话："没事，苏微尘，现在的兔子，都流行吃窝边草的！"

话音刚落，苏微尘的"栗子"又弹了上来："苏时，你最近到底有没有好好学琴啊，脑子里怎么净想这些乱七八糟的事！你给我过来，我保证不打死你。"

苏时"哇"地摸着自己的额头，抗议道："苏微尘，你能好好说话不？！我说的可都是发自肺腑的真心话。丁兄对你有意思。我百分之百确定以及肯定！"

"你谈过恋爱吗？你怎么确定以及肯定？"苏微尘反驳他。

苏时捂着额头，哼哼道："那你谈过？"

苏微尘顿时哑了。她蹙眉想了想，说："我肯定谈过啊。你看我，长得沉鱼落雁闭月羞花的，怎么可能没有招惹过狂蜂浪蝶呢？"

苏时回答她的仅是"呵呵"两声笑。于静寂无声中，特别刺耳。

苏微尘再度以迅雷不及掩耳之势，赏了他一个栗暴："看来真是胆肥了，居然敢笑话你老姐我。"

苏时捂着额头跳开三步，以防止苏微尘偷袭："苏微尘，咱们还能愉快地做朋友，愉快地聊天不？"

"不能！你是我老弟，我又不想跟你做朋友。"

苏时顿觉词穷："……"

苏微尘忽然敏感地觉得有些幽微的怪异，她抬头，便瞧见楚安城双手抱胸，不知何时开始竟然静静地站在不远处的落地窗前，凝神远眺。

屋外已是黄昏，他瘦削的侧脸就这样隐在帘子后那半明半暗的光线里头，神色莫名其妙。

Chapter 04

搬家

他一动不动地
凝望着苏微尘，
素来冷漠的目光
不知不觉地柔和
了下来。

苏时第一次离开这么久，家里一下子清冷寂寥到了让人直欲发狂的地步。苏微尘一个人吃饭，一个人睡觉，一个人起床。没有苏时聒噪的催促声，没有熟悉的钢琴声，她不习惯极了。

　　她总感觉自己身上少了某样东西似的，连工作的时候也魂不守舍的。

　　别说她了，连对门的方老头方老太，在楼梯上碰到她的时候，都关切地问："苏小姐，你们家苏时怎么最近都没弹琴啊？"

　　要知道这方老头方老太在苏微尘刚搬来的时候，那可是天天敲门抗议苏时弹琴的。说什么他们岁数大，神经比较衰弱，经不起琴声的"连番轰炸"，每日一副"求放过，请他们搬家"的模样。

　　苏微尘又是赔礼又是道歉。最后与他们约法三章，白纸黑字地写清楚苏时的弹琴时间。

　　后来住久了，两家渐熟。他们也看到苏时的勤奋用功，便也就不再多说什么了。苏微尘和苏时也自觉得很，每天只在上午、傍晚时分和晚上九点之前这三个时间段练习，以免打扰大家。

　　这一日傍晚，在楚安城家的苏时练完琴给她打了一个电话。两人煲了半个小时的电话粥，在苏微尘正欲挂电话的时候，苏时忽然说："苏微尘，我有点想你耶！"

　　就这么简简单单普普通通的一句话，却叫苏微尘一下子红了眼眶："臭苏时，我也有点想你。"

　　苏时说："臭苏微尘，你才臭呢！"

"苏时最臭！"

"苏微尘才最最臭呢！"

这是两个人素来的斗嘴，斗了这么些年，依旧未分胜负。

从小在她身边长大的苏时，对苏微尘来说，是弟弟又似自己的半个儿子。

才搁下手机起身，手机熟悉的铃声又响了起来，苏微尘以为还是苏时，便柔声接起："又怎么了？"

那头却是房东太太的声音："苏小姐，你好。我是李太太。"

苏微尘惊讶道："李太太，你好。找我有事吗？"

房东太太欲言又止了数秒："唉，苏小姐，不好意思啊……其实我打这个电话呢，是让你找房子搬家的……我因为手头紧，所以把你们住的那套房子卖了。买家那边呢，也急着住。所以他们要求你们这个星期六之前搬家。"

闻言，苏微尘差点跳起来："什么，这个星期六之前？今天都星期二了，就三天时间我去哪里找房子啊？"

房东李太太的态度非常好，在电话那头频频道歉："苏小姐，真是不好意思。对不住啊，合同我已经签了。要不我少收你半个月房租吧？"

这不是房租的问题，是她跟苏时要无家可归的问题。苏微尘气急败坏又无可奈何地挂了电话。

怪不得古人说无片瓦遮身最是凄惨。

第二天是一整天的拍摄工作，苏微尘起得比鸡早，睡得比狗晚。到家的时候已经是深夜十点多，却没想到房东太太在家门口等她。

一个月不见，胖墩墩的李太太消瘦了不少，见了苏微尘，她立刻满脸堆着笑上前，歉声道："苏小姐，不好意思，不好意思啊。这里是你的押金，还有，这是我退给你的房租。"

俗话说，伸手不打笑脸人。人家还多退了她半个月房租，她能拿房东太太怎么办？苏微尘又累又乏，无奈地道："李太太，不是我不肯搬。你能跟买家商量一下吗？多给我们一点时间，哪怕是多给一个星期也行啊。"

房东太太搓着双手，为难道："苏小姐，我这房子租给你也不是一天两天了。你交租一向准时，屋子打理得比我们自己住的时候还干净舒服，也从不给我们添任何麻烦，若是我能跟人家商量，我肯定是会商量的。我签合同的时候也提了这事，可买家说一定要这个星期腾空房子，不然他们就不买了。

"唉，苏小姐，都到这份儿上了，我也就实话实说吧。都怪我们家那个死老头上了人家的套子，赌博欠了一屁股的债，那些债主凶神恶煞般地上门来要钱，又是喊打又是喊杀的……我们实在没办法……不止你住的这套房子，连我们自己住的那套房子都给卖了……我……"房东太太说着说着，想起了自己的伤心事，一时便红了眼，直抹眼泪。

"苏小姐，实在对不住你了，这两天你就帮帮忙搬走吧……我们都收了人家的定金，若是违约，是要赔双倍的……我们实在赔不起……你就当行行好吧。"

苏微尘素来就是个心软的，见房东太太哭得如此伤心，知道房东家也确实遇到了难处。她摸出了纸巾递给房东太太，柔声道："你别哭了。我搬就是了。"

可房东太太才跨出门口，苏微尘就头痛了。才这么短的时间，去哪里找自己满意的房子啊？

苏微尘第一个想到的自然是丁子峰，这家伙认识的人多，路子广，可以让他和田野帮忙问一下身边的朋友是否有空余房子要出租。

丁子峰接到电话先是一愣，继而在那头吊儿郎当地笑："怕什么，大不了你跟苏时搬到我这里住啊，反正我这里有房间。"

苏微尘顿时气结："丁子峰，你到底想不想帮忙？不帮就算了，我跟你友尽。"

丁子峰还不怕死地道："苏微尘，我是说真的。你搬来跟我同住吧。我不要你房租，还包你三餐！"

苏微尘大为光火，她恶狠狠地吐出了个"滚"字，挂断电话之前还气呼呼地特地补了"远点"两个字。

而另一头的丁子峰却幽幽地叹了口气，对着已挂断的手机，轻轻地说："苏微尘，我说的一字不假。"

苏微尘这个人迷迷糊糊，大事不精明，小事更糊涂，居然可以带着苏时安安稳稳地过了这些年。丁子峰经常觉得这是人类第九大奇迹。

丁子峰不知道自己是何时喜欢上苏微尘的。起先他是因为工作室的摄影师不够，在田野的软硬兼施下，勉为其难地答应给工作室暂时掌镜一段时间。但时日一久，他便觉得苏微尘这人不错，性格单纯，工作勤恳，态度认真。而且两人的合作，得到了业内外人士的高度肯定，甚至连一些很不错的杂志都开始给他发来邀请。虽然他不差钱，没考虑就拒绝了，但那种被专业人士肯定的满足感还是很让人愉快的。

不知不觉中，被田野戏称为"吊儿郎当无所事事混吃混喝等死的二世祖"丁子峰居然开始期待每一天的工作了。

确认自己喜欢苏微尘的那天，丁子峰记得一清二楚的。那日拍摄的时候，道具砸下来，苏微尘被砸中了手臂。丁子峰瞧着她白嫩手肘上头的斑斑血迹，没来由地一阵心疼，大怒之下便把工作室的几个工作人员狠狠骂了一通。

回到家，他还是辗转难眠，牵挂不已。在那个夜晚，丁子峰第一次惊觉自己的不对劲。

他发现自己爱上了苏微尘。

丁子峰被这个后知后觉的发现给惊到了。

自己身旁什么类型的美女没有，怎么会爱上苏微尘呢？丁子峰百思不得其解。

但如今的丁子峰则觉得自己是得了现世报。或许是他过往对男女关系太随便的缘故，所以上天派了一个苏微尘来对付他。对苏微尘这个人，他根本无法用一贯追女生的手法，甚至都无法跟她表白说："苏微尘，我爱你。"因为那绝对会吓到她，然后她就缩进自己的乌龟壳里，甚至可能连他的模特也不肯做了。

左思右想下，丁子峰觉得只有走"男闺密"这一条路，慢慢地侵入她和苏时的生活。除了温水煮青蛙，水滴石穿外，别无其他选择。

而另一厢，苏微尘又找了好友白慧出主意。时间这么赶，连素来主意多的白慧一时半会儿也被难倒了，只说："微尘，要不，你先找个地方搬了再说，先安顿好再慢慢挑？

"你也别太着急，我明儿也帮你去问问朋友。"

苏微尘为了搬家一事头疼得几乎一夜未眠。第二天一早起来，就赶着去找房屋中介。然而中介推荐了几套房子，不是租金太高就是太远，她都觉得不合适。

其中有套小房子在苏时的小学边上，中介巧舌如簧地把优点一一介绍："苏小姐，这套房子大小合适，离学校近，租金也合理，再合适不过了。你好好考虑一下。"

位置确实是不错的，接送苏时也方便，只是人群的品流有点过于复杂。但这已经是目前最适合他们的房子了。苏微尘表示考虑一下再给回复。

与中介人员分别后，苏微尘看了时间，正好可以逛到学校去接苏时。

洛海已是深秋，风吹枝丫，梧桐叶缓缓坠下，在马路上铺成一地金黄。

美景当前，苏微尘亦不能好好欣赏。如今的她，心心念念的都是房子房子房子。

下课铃声响起后，学生们便潮水般地轰然涌出。一式一样的校服，密密麻麻的人头，然而苏微尘一眼便看到了苏时，扬手唤道："苏时，这里。"

苏时听到她的声音，一顿之后便四下寻找，见到了她便开心地笑了，背着书包一颠一颠地跑了过来："苏微尘，苏微尘——"

不对！有浓浓的鼻音……苏微尘蹙眉捧起他的小脸，心疼地连声发问："苏时，你感冒了是不是？有没有看医生，吃药没？为什么不告诉我？"

苏时道："你别担心。楚师兄叫私人医生到家里来给我看了病，配了药，我每天都乖乖的，全部吃光。"

此时，有车子停在了路边，车里人按下了车窗："苏时……"

苏微尘牵着苏时的手徐徐转身："楚先生，你好。"

戴了墨镜的楚安城仿佛这时才看到她，他的目光隐在黑色的镜片后面，只淡淡地说了两个字："上车。"

一路上，司机静静地开着车子，楚安城与他们坐在一起，侧头凝望窗外，一直静默不语。苏微尘只觉得气氛有些尴尬，幸好苏时依偎着她，跟她说起了一些学校的事情，使得气氛缓和了不少。

进屋后，楚安城叫住了苏时："去把点心吃了再弹钢琴。还有，设好闹钟，过半个小时吃药。"

餐桌上有一个造型好看的白瓷碟，上头搁了一块诱人的提拉米苏和一杯牛奶，还有两个药瓶。

苏时用小银勺取了一小勺蛋糕喂苏微尘："苏微尘，是你最喜欢的口味，你尝尝看。"

大约是两人相依为命的缘故，从很小的时候开始，苏时就懂得与她分享。这本是习惯了的事，但这一次大约是别离了数日的缘故，苏微尘却觉得莫名地感动。

苏微尘忽然很感谢楚安城，竟然细心地帮苏时准备了这么多。她转头，却见楚安城侧身对着他们，正怔怔地看着相框里的照片。他清冷沉静的侧脸，完美如雕塑。

苏时离开了苏微尘几天，现在见了面缠她缠得很，连练琴也一定要她陪着。苏微尘什么都应从他，坐在一旁陪他弹琴。突然身后传来了楚安城淡淡的声音："苏小姐，能出来一下吗？我有点事情想跟你聊一下。"

苏微尘便跟着他出了琴房，并在他的目光示意下入座。楚安城看了她几眼，才开了口："苏小姐，我这个人不会拐弯抹角，一般有什么我就说什么。"

苏微尘讪讪地赔了个笑脸："艺术家一般都是这样的。楚先生有什么就请直说。"

楚安城闻言却嘴角一勾，缓缓地笑了，仿佛听了什么极好笑之事。可那个笑容看在苏微尘眼里却仿佛有着一种讥讽的味道。

楚安城很快地收了笑容，开口道："苏时说他这几天很想你。他说他从来没有离开你这么久过。"

苏微尘没想到他说的是这个，一愣之后，露出了一个笑容："是啊，他从来没有离开我这么长的时间。"

楚安城不知何故，仓促地侧过脸，移开视线。苏微尘顺着他的目光，看到了角几上搁着的照片，主角是一个穿了白上衣、牛仔裤的清雅少年。有侧脸远眺的，有无言背影的，有沉默抬头的。唯有一张背景在海边的，少年脸上挂了一抹淡而温柔的宠溺笑意，探出手想遮住脸，仿佛要躲避镜头，但还是被抓拍下了那个动人瞬间。

楚安城停顿了良久，方道："苏时这个孩子确实很棒，我也很想好好教他。不过年前他就要参加比赛了，时间很紧，我想给他加强训练，但是……"

但是什么？他不会是不想教苏时了吧？苏微尘被他说了一半的话弄得心都悬了起来，忙道："楚先生，连周老师也说我们苏时是块好料子……"

楚安城瞥了她一眼，冷冰冰地截断了她的话："我没有说我不教他。"

有话就一次说完，干吗吞吞吐吐地吓人？苏微尘吊到嗓子眼的心虽然是落了下来，但忍不住腹诽。

楚安城修长的双腿交叉着，两手相扣搁在腿上，两根食指有一下没一下地互击着："但是我不想他为了你分心。为了苏时，也为了不白白浪费我的时间……所以我有个条件……"

苏微尘刚放下的一颗心又被他吊了起来："楚老师，有什么条件请你尽管说。"

楚安城黑沉的眸子再度望向了她，将茶几上的一个信封推给了她："这是我家的钥匙。接下来这段时间，请你搬过来照顾苏时。"

苏微尘触电一般地看向他。她怀疑自己是不是听错了：搬到他家？！

楚安城不动声色地盯着她，眼底却一片冰凉："苏小姐，你没听错。为了苏时学琴方便，也为了我自己方便，可以随时随地教导他。至于让你搬到我家暂住，是因为我一个大男人实在不懂得怎么照顾一个孩子。苏时搬过来这几天就已经感冒了，万一接下来的时间，他因为缺人照顾一直生病的话……还不如索性别学了，学了也是白学，也浪费我的时间与精力……"

楚安城果真有不想教的意思。周老师又去了南方休养，也不知道何时能康复……这……这可如何是好？可要是搬过来的话，在洛海这种排屋的租金均价是多少？她要付多少租金呀？

苏微尘在脑中搜索了一圈，根本没有答案。她咽了口口水，结结巴巴地说："但是……我怕我负担不起房租……"

楚安城开口，依旧是那种冷冷的，满不在乎的语调："我无所谓的。反正房间多的是，空着也是空着。

"当然，搬不搬随便你！"楚安城扔下了这句话，起身离开。

这真是个荒谬绝伦的世界！她正在愁搬家的事情，结果马上就有免费的房子砸下来了。

苏微尘目瞪口呆地瞧着楚安城远去的身影，她根本来不及消化他所说的。

苏微尘自然是要跟苏时商量的，她把房东要求他们搬家和楚安城方才说的话都一一告诉了苏时。结果一说出口，苏时立刻就举手赞成了："苏微尘，反正房东让我们搬家，那你索性就搬到楚师兄这里吧。这样的话，你不用再愁搬家的事情了。我也不用跟你分开，又可以随时跟楚师兄练琴了啊！苏微尘，楚师兄的琴可是施坦威！

"而且我们也可以慢慢找房子啊。找房子好烦的……"苏时儿时记忆中的那几次搬家，每次都像战争，兵荒马乱，一片狼藉。

一般家庭都不大会跟小孩子说金钱上的事，但苏时从小在这方面就跟一般孩子不一样，加上两人相依为命的缘故，姐弟俩素来都是有商有量的。于是苏微尘说出了她的犹豫："可是他说无所谓租金……这不大好吧……咱们跟他非亲非故。"

苏时圆圆的眼珠子骨碌碌一转，嘻嘻一笑："哦，原来你是担心这个啊。楚师兄说了无所谓就是让我们白住啦。不过苏微尘你要是觉得不好意思的话，我倒是有一个办法哦。"

苏微尘问："什么办法？"

苏时人小鬼大地说："苏微尘，你虽然不会做饭，可是打扫打扫卫生，洗洗衣服，整理整理房间还是可以的啊。你如果觉得我们白住不好意思的话，平时没事就帮楚师兄做做这些，就当付他房租了。"

苏微尘很是怀疑这个提议的可行性："这个行吗？他不是请家政阿姨了吗？"

苏时只差没打包票了："放心吧！我看楚师兄不是个计较的人。"

苏时拉着她的袖子来回晃动："苏微尘，搬来吧，搬来吧。我喜欢楚师兄，想跟楚师兄一起学琴，也想跟你一起住。你搬来的话，我就可以天天看到你，不用再每天想你了。"

苏时这番撒娇的话说得苏微尘心都酥软了。她就苏时这么一个亲人，叫她粉身碎骨都愿意，何况是搬过来为了他更好地学琴这种小事？

但她还是小小地挣扎了一下："可是……他是男的，我是女的。孤男寡女共处一室，好像不太好吧？！"

苏时说："苏微尘，你当我不存在是不是？我也是个男人。m-a-n，man，男人，知道不？"说话的同时还不忘做出手臂有"鸡肉"的动作。

苏微尘被他逗笑了，沉吟了数秒，方道："好吧。那我们就搬来这里吧。"

当苏微尘把决定告知楚安城的时候，楚安城只是简简单单地说了四个字："我知道了。"仿佛在他意料之中，又仿佛她搬不搬过来，他根本无所谓。

帮忙搬家的丁子峰只知道苏微尘找到房子了，并不知她具体会搬到哪里。等他的车子行驶进小区的时候，不由得一惊："苏微尘，这可是洛海最好的地段，闹中取静，真正的寸土寸金！苏微尘，莫非你彩票中奖了？居然搬到这么好的房子里。这房租可是相当高啊！"

苏微尘"嘿嘿"直笑："是啊，是啊。中了五百万，交了一百万的税，还剩四百万，买了房子。"

丁子峰"切"了一声："四百万怎么够买这里的房子，你当我傻啊。苏微尘，你吹，你继续吹吧。"

苏微尘哈哈大笑："还贷了不少款，所以目前还欠了一屁股的债！"下一秒，她双手合十做出一副可怜兮兮的表情："老板，求加拍摄工资。"

这样百变的古灵精怪表情，说苏时不是她亲弟，还真冤枉她了。丁子峰又好气又好笑："滚！"

苏微尘撇了撇嘴说："好啦好啦。我坦白，我承认，这是我租的。买不起，租一间住住还是可以的吧。"边说边推他下车："去，快搬纸箱去。今天没搬运师傅，就指望你这个劳动力了！"

丁子峰"哀怨"道："苏微尘，你对我还真是不客气。"

苏微尘"嘿嘿"一笑："你不是一直号称我的男闺密吗，跟闺密还有什么好客气的。别多话了，快搬吧你。"

"苏微尘，看在我平日被你呼来喝去的分儿上，咱们打个商量，让我也在这屋子住几天呗！"

苏微尘歪头认真考虑了半天，对他说："丁子峰，你想得倒挺美的。可是……不行！"

丁子峰做无赖状，索性一屁股坐在了门口台阶上："那我不搬了！"

苏微尘卷起了袖子，双手叉腰做威胁状："丁子峰，你敢！"

丁子峰斜眼瞧着她，乐了："你不让我同住，我就不搬。"

苏微尘笑："丁子峰，就算我有这个贼心也没这个贼胆啊！你那么多的女朋友，到时候一个个提刀杀来，我可如何是好啊！"

丁子峰邪邪一笑："苏微尘，要是你同意我搬来同住，那些女朋友我都不要了。"

苏微尘摇头摆手，讨饶道："丁大人在上，求你饶了小人一条贱命吧。你那些个女朋友，我可是招惹不起的。"

丁子峰忽然严肃了起来，望着她的眼，认真地道："苏微尘，我真没有女朋友。那些人真的都只是女性朋友而已。"

苏微尘根本不信，漫不经心地"哦"了一声，用脚踢了踢面前的纸箱："喂，丁子峰，这几个箱子，你到底是搬还是不搬？"

丁子峰拍着裤子起身："我这个人向来说话算话，说了不搬，就是……不敢不搬……"说完抱着箱子上了台阶，楚安城已经拉开了门。丁子峰顿时愣住了。

楚安城侧过脸对苏微尘道："你的卧室在苏时隔壁，二楼西面。"而后他又说了一句："你们慢慢搬，我先失陪了。"

丁子峰目送着楚安城顾长挺拔的身影消失在琴房。他浓眉紧皱，语气不善："苏微尘，你疯了，你怎么搬到他的房子？"

苏微尘这才把事情的经过原原本本地告诉了他。丁子峰仿佛心情仍旧不大好，目光牢牢地盯着她："那等比赛结束后就搬出来？"

苏微尘没好气地道："当然啊。不然呢？这又不是我的屋子！"

丁子峰也不知道怎么的，突然笑了："这倒也是。"

苏微尘瞧着蜿蜒而上的楼梯，拍了拍他的肩膀："辛苦了，男闺密。佛曰：你不入地狱谁入地狱。"

丁子峰："……"

最后，丁子峰深吸了口气，弯腰抱起了纸箱："走一个先。"

二楼的中央有一个起居室，透明的落地玻璃墙，素色沙发，靠墙的白色木几上，有悠然盛放在花瓶里的花朵和数个银质的相框。

另有门直通阳台。一踏入，苏微尘就愣住了。起居室的阳台极大，是每个女孩梦想中的那种阳台。被主人设计成一个小型花房，错落有致地搁了一些盆栽，地上则铺上了彩条的地毯，四把椅子，各配着色彩艳丽的抱枕。

冷冬暖春的午后，初夏深秋的清晨，窝在这里捧一杯热气腾腾的清茶，或者喝一杯浓郁醇香的咖啡，简直是一种难以言喻的奢侈。

二楼有四间卧室。其中有两间卧室的门大开着，显然就是苏微尘与苏时的房间。

苏微尘的房间是白色与深绿的完美搭配，每个设计都恰到好处，连家具摆设都是价格不菲的牌子。丁子峰顿时黑脸：这也布置得太好了吧，哪里像是住几个月的样子？不过转念又想，这肯定是整体设计装修的时候一并弄的，可能是他太多心了吧！

但下一秒，丁子峰脑中闪过楚安城那张英俊高傲的脸，心中大觉不爽。

而苏时的房间则是深蓝与浅蓝的搭配，一看就是早就设计好的儿童房。丁子峰的心情这才略略好转：看来真的是他想太多了。这种房子肯定是一次性装修的，楚安城也没那个时间专门为他们两个装修吧。

免费搬运工丁子峰在搬完大包小包后，便一屁股瘫坐在起居室柔软的沙发上休息："本人已死，有事烧纸！"

这句话是丁子峰的口头禅，可苏微尘每次听都会觉得不舒服。此时的她，还是忍不住抬腿踹了他一下："喂喂喂，怎么说话呢！童言无忌，大吉大利。"

丁子峰"嘿嘿"一笑，也不驳她，舒服地将双手枕在头下，从敞开的卧室门，看着她忙碌着收拾衣物的身影。

除了二楼偶尔传来的几声话语，楼下空荡荡的客厅里只有琴声盘旋。楚安城站在一大片落地窗前，瞧着太阳一寸寸地西移。

他一直默不作声，如一地默不作声的斑驳光影。

苏时的钢琴课一结束，便撒开腿，"咚咚咚"地跑上楼："丁兄，你们什么时候来的？"

丁子峰亲热地拍了拍他的肩膀："才到不久。"他又问："饿了没有？晚上你想吃什么？今天丁兄我请你们大吃一顿，庆祝你们乔迁之喜。"

苏时吐了吐舌头，露出垂涎三尺的可爱表情："苏微尘，今天可以敲诈丁兄吗？我要吃文火小牛排。"

苏微尘但笑不语。

丁子峰自然是一口答应："好好好。丁兄心甘情愿被我们的小时敲诈。最好我们小时天天都来敲诈我。"

苏时这个小吃货，从小也不知怎么的，特别喜欢牛排。环湖路一号那家的文火小牛排，据说是进口去骨红标牛小排，用了洛海的做法，加了红酒和本地大坛酱油，文火慢炖而出，肉质酥烂，细腻清甜。

苏时笑得见牙不见眼："我就说还是丁兄靠得住。"他顿了顿，道："对了，丁兄，我能带个人吗？"

丁子峰逗他："带谁？小女朋友？不错嘛！我们苏时都交女朋友了！"

苏时最近对女朋友这个话题极度敏感，他涨红了脸，大声反驳："人家才没女朋友呢！我是想请楚师兄跟我们一起去。"

丁子峰这才恍然："当然OK啊。不过楚先生可是大名人，我们请得动吗？"

"当然请得动啊！"苏时的屁股已经离开沙发，乐颠颠地下楼去找楚安城了，"我去找楚师兄。"

不过片刻，苏时就垂头丧气地回来了："楚师兄说他晚上有事，不能跟我们一起吃饭。"

丁子峰说："楚先生贵人事忙。走吧，我们去吃饭。"

离开时，苏微尘听见琴房里传来的琴声呜咽低缓，那是楚安城在弹奏。

苏时轻轻道："楚师兄在弹柴可夫斯基的《悲怆》。"

丁子峰不由得赞了一句："今天真是赚大发了，听了楚大神的免费弹奏，大饱耳福啊。"

用过晚餐，苏微尘和苏时在小区门口与丁子峰挥手告别。姐弟两人手牵着手，慢慢地走进小区，在楚家门口，听到了一阵清新的音乐声。

苏时闭上眼，凝神静听了片刻，赞叹不已："苏微尘，你听，这首《月光》楚师兄弹得可真好啊！什么时候我能像他一样呢？"

柠檬黄的路灯下，苏微尘看见了苏时小小的脸上满满的崇拜之色。

苏微尘轻轻道："只要有这份心，好好努力，总有一天你也可以的。"

那天晚上，楚安城的琴声似乎一直不断，反反复复地弹奏《月光》与《悲怆》。欢乐喜悦有之，温柔动人有之，苦闷压抑有之，惆怅叹息有之，心痛心碎有之。

他弹得可真好啊！苏微尘在软软的被子里翻了个身，在琴声中沉沉地坠入了梦乡。

　

苏微尘搬家的第二天，就主动提出帮楚安城搞卫生整理家务作为未付房租的补偿，楚安城只是眉目不动地听了半晌，转身离开前丢下一句话："随便你。"

说实话，楚安城这个人有点高冷。他对所有的人都冷冷淡淡的，仿佛同任何人都隔了一个透明的玻璃罩子。因已相处了一段日子，苏微尘也有些习惯了。听说艺术家都有些怪癖，楚安城这应该还压根算不上怪癖呢！因为毕竟他跟她一点也不熟，自然也没啥可聊的。

楚安城对苏时却是很不错的，谆谆教诲，耐心有加。他甚至给苏时制订了每天的时间表，规定了每天的跑步时间，亲自在健身室陪苏时运动。他对苏时说："没有健康的身体，就没有未来。无论你的琴弹得有多棒，身体不好，一样成不了钢琴家。"

偶尔苏微尘早回来，通过微开的琴房门，听见楚安城教苏时弹琴，嗓音一点也不冷，甚至很温柔。甚至有一次她还看到楚安城摸了摸苏时的头，舒舒朗朗地微笑。她甚至记得那天黄昏的光线，带了秋天独有的淡淡的金色流光。

由于苏微尘回家的时间不定，虽然是同居一套房子，但与楚安城打照面的机会并不是特别多。

这日是星期六下午，苏微尘回家很早，洗澡卸妆后，将长鬈发扎成个丸子头，换了一身宽松的家居休闲服下楼。

她买了几个当季的石榴。安静舒适的午后，苏微尘系上了格子围裙，在餐桌旁坐了下来，取了刀和白瓷碗，剖开石榴。

晶莹剔透的石榴籽仿佛粉色水晶，头碰头地靠在一起。苏微尘尝了一颗，酸甜可口，鲜美清爽。苏时肯定会喜欢的！

她戴了透明的一次性手套，专心致志地把剥好的石榴籽一颗颗地搁进白色的瓷碗。

琴声时断时续地传来，楚安城在教学："弹贝多芬跳音的时候，不能那样蹦蹦跳跳……"他随即弹奏了片刻，再详细解释："我弹这种，你听听……自己感觉一下。"

作为门外汉的苏微尘侧耳倾听了半晌，一脸茫然，什么也听不出来。可琴房里头的苏时试了一遍后，却"呀"一声，惊喜万分："楚师兄，我觉得这样非连跳地弹更接近贝多芬的风格。"

楚安城没有说话，眼底却是一片赞许："那今天你的任务就是好好练习，学会怎么把这个非连跳弹好。我明天要验收成果。"

苏时向他行了个军礼："遵命，师兄！"

楚安城转身出了琴房。拉开门，他一眼看到了餐厅里正温柔地低着头，专注剥石榴的苏微尘。他整个人顿时便怔住了。

叫人欢喜的温暖阳光透过干净透明的落地玻璃，清清静静地洒进来。在婉转动听的钢琴声里，客厅里越发显得安静。

他一动不动地凝望着苏微尘，素来冷漠的目光不知不觉地柔和了下来。

苏微尘剥了两个石榴，揉着又僵又酸的脖子抬起头。她的视线就这样毫无预料地跌进了楚安城幽深如海的眸光中。

苏微尘客气地微笑："楚先生，要吃石榴吗？"

楚安城的眼神在一瞬间冷了下来，他倏然收回视线，上楼而去。

自打接触以来，楚安城就一直是这副不冷不热的模样，苏微尘也已经习惯了，她不以为意，收拾好了垃圾便去给花草浇水。

她把原来出租屋的所有花草都搬来了这里，让大阳台以及屋子的各个角落都充满了绿色。无论多忙碌，苏微尘也总会抽出时间照料这些花花草草。

楼下的花草浇好后，照例是去楼上。经过起居室的时候，她看到了楚安城，他正静静地靠在起居室的沙发上闭目养神。

他眼帘轻合，仿佛极为倦怠。苏微尘怕影响他休息，便轻手轻脚地下楼了。

家政罗姐提了菜开门进来，看见苏微尘下来，客气地打招呼："苏小姐，你下班了啊？"

苏微尘微笑："是啊。"

罗姐说："你忙，我进去做饭了。"

苏微尘说："我来帮你吧。"

罗姐赶忙摇头摆手："不用，不用。我一个人就行。再说了，这可是我的工作。"

苏微尘不顾她的拒绝，不声不响地在厨房帮她打下手，做些择菜叶、洗菜的杂活。

罗姐每天过来煮两顿饭，每星期负责搞一次大扫除。所以苏微尘只要有空，就尽量每天抽时间出来打扫整理一下。再说了，为了苏时的健康，她也必须把这里弄得干干净净的，让苏时可以在舒适的环境里学习。

罗姐十分客气："苏小姐，你有什么忌口没有？有的话，可一定要告诉我。"

苏微尘说："没有，我什么都喜欢吃。"

罗姐笑道："现在这年头啊，像你这样好养活的女孩子实在太少了。我啊，可是遇到过很多人，葱不吃，香菜不吃，芹菜不吃，胡萝卜不吃，洋葱不吃，猪肉不吃，海鲜河鲜都不吃，我每次去菜场就是转圈，完全不知道可以买什么。"

苏微尘但笑不语。

罗姐说："今天我煮猪蹄汤。小苏时他天天练琴，手的工作量太大，要给他以形补形，好好补补。"

人与人之间是可以交心的，苏微尘一下子便感动了："谢谢你，罗姐。我真是糊涂，从来没想到过这些。"

罗姐笑着摆手："你可千万别谢我，是楚先生特别交代的。要谢啊，你谢他去。我可不敢领功。"

苏微尘轻轻地"哦"了一声，不再言语。

罗姐道："看得出来，楚先生跟苏时很投缘，很喜欢苏时。"

也不知道是不是罗姐有些地方误会了，苏微尘一时也不知道怎么接话，只好低头择菜，当作没听到，打着马虎眼过去了。

罗姐利落地做了三菜一汤，临走时叮嘱苏微尘："苏小姐，汤用小火煨着，等吃的时候关掉就可以了。"

苏时练好琴，在苏微尘的许可下，看了一会儿电视。苏微尘则用热毛巾给他敷了手，舒缓手部神经。这样来来回回地敷了几回，苏微尘瞧了瞧时间，见楚安城还不下来，便搁下毛巾，对苏时道："菜都要凉了，你上去喊你楚师兄吃饭。"

罗姐做了凉拌木耳、辣子鱼块、清炒蔬菜，外加煲了一锅热气腾腾鲜香味美的火腿笋干猪蹄汤。每个菜都很对苏家姐弟的胃口，苏时喝了两大碗汤，还吃了满满一大碗的饭。

楚安城吃饭总是细嚼慢咽，十分斯文优雅，这回也是，只吃了一碗饭便搁了筷子。苏微尘不着痕迹地暗中观察他，发觉真如罗姐所说，楚安城看样子是真心喜欢苏时，他看着苏时大口喝汤的时候，嘴角竟不由自主地露出一抹温柔笑意。

可她的注视最后还是被楚安城发觉了，两人四目相对，她眼睁睁地看着楚安城嘴角的那一抹微笑一点点地消失。身为女性的直觉，让苏微尘一直感觉这位楚先生似乎不大喜欢自己，甚至有点讨厌自己。

住进来后，丁子峰经常旁敲侧击地问苏微尘她跟苏时住得怎么样。于是，苏微尘便把这个困惑讲给丁子峰听。

丁子峰听后反而大笑："苏微尘，你想太多了吧！你又不是人民币，怎么能奢望每个人都喜欢你呢。"

苏微尘当然明白丁子峰所说的道理，她却一直不明白为什么。她总不能傻兮兮地跑到楚安城面前问他："楚先生，你是不是对我有什么意见？还是我哪里做得不对？"于是就只好一直这样下去。

吃过饭，整理好厨房的苏微尘穿了围裙戴好了手套，取了小喷壶和小剪刀，给盆栽修剪枝叶，培土浇水。最近又长了好多小多肉，她便在餐桌上铺上大报纸，用了小瓷盆移栽。

这时苏时拿了几张票跑了过来："苏微尘，楚师兄有好多音乐会的赠票，说要带我去欣赏，说这也是一种学习。苏微尘，你要不要陪我们一起去？明天晚上就有一场。"

苏微尘拿下手套，探手揉了揉他柔软的头发，故意把他的头发揉成了一团马蜂窝："好吧，我就勉为其难地陪我们家苏时一起去吧。"

苏时躲避着她的"魔爪"："臭苏微尘，再弄乱我的头发，我就不喜欢你了。"

苏微尘跟他对着干："苏微尘就是喜欢弄乱苏时的头发。"

苏时抱头躲避："苏微尘，大坏蛋。我再也不要理你了！"

苏微尘乐得哈哈直笑。

"厨房里有剥好的石榴，快去吃吧。"

"好的。"苏时转身折进了厨房，端出了白瓷碗，"咚咚咚"跑上了楼，"楚师兄，吃石榴啦！"

楚安城正在起居室翻阅一本关于音乐方面的理论书。他从书本中抬头，目光定定地落在颗粒饱满的石榴籽上，如凝固了一般，许久未动。

"楚师兄，可好吃了。"苏时把碗递到他面前。

楚安城这才回过神，淡淡地道："你吃吧，师兄我不吃石榴已经好多年了。"

苏时颇为好奇："为什么？苏微尘说石榴很有营养。"

良久，楚安城的声音才淡淡地响起："以后有机会，师兄再告诉你。"

吃过晚饭，苏时穿了苏微尘给他准备好的格子小西装和黑色小大衣，拍着苏微尘的门："苏微尘，快点哦，就等你了。"

"好了好了。"苏微尘补了点唇色，拉开了房门。

看着眼前一大一小的两个人，她不禁一愣。同样穿了黑色大衣的楚安城与苏时站在一起，似兄弟装又似父子装，给人好有爱的感觉。

苏微尘默默地低头瞧了一眼自己手上拿着的黑色呢子外套，内心纠结不已：自己是不是应该去换一件其他颜色的外套？不然三人活脱似穿了亲子装！

楚安城抬腕看了看手表："走吧。快开场了。"

大神发话了，苏微尘咽了口口水，默默地打消了回房间换衣服的念头。

路上，楚安城对苏时细心叮嘱："等会儿你在欣赏音乐的时候，留意一下钢琴手怎么处理跟乐队的关系。"

苏时听话地应了一个"好"字。

苏微尘有时候不免会有些吃醋。苏时这家伙平时对她这个亲姐姐可没什么尊敬可言，可是对他的楚师兄，则乖巧得像只小白兔，楚安城指东，他绝对不会往西。

音乐厅里暖意融融，苏微尘第一时间帮苏时脱了外套，又细心地帮他整理了小西服。苏时做了一个耍帅的动作："苏微尘，我帅不帅？"

苏微尘随口答他："摔！摔得碎掉了！"

苏时问："苏微尘，那楚师兄帅还是我帅？"

苏微尘没料到他会问这个问题，一时被问住了，呆了两秒。楚安城像座塔一样矗立在旁，再丑她也得说有气质吧！更何况，他本身就是个自带光芒的个体。于是，苏微尘掩饰般地微微一笑："呃……都帅。"

苏微尘说完抬头，没料到楚安城正怔怔地瞧着自己，便直直地撞进了楚安城深沉的目光里头。不知为何，他的目光怪异得紧。苏微尘觉得有些莫名的脸燥耳热，便闪躲着收回了目光，掩饰一般地挨着苏时坐了下来。

苏微尘穿了一件基础款的黑色小礼服裙，围了一条驼色的羊绒围巾。不知是楚安城的目光太灼人还是室内温度过高的缘故，平素柔软服帖犹如第二层肌肤的围巾，此时却仿佛裹了沙砾，粗粗地扎人。苏微尘强忍了许久，终于还是忍不住，把围巾摘了下来。

她的V领其实并不低，只裸露了一截白瓷般细腻的脖子，但领子仿佛向下无限延伸，让人心荡神驰。楚安城坐在苏时身畔，搁在一旁的手掌捏握成拳，面上一点表情也无。

方才，苏时问了那个帅不帅的问题后，他便屏住呼吸在等待。最后，终于等来了她那漫不经心的敷衍答案。

平日里的音乐会，台上的演奏者弹错一个音符，楚安城通常都会蹙眉。但那一晚，他整个人仿佛中了邪般，完完全全在音乐之外徘徊。别说听错漏了，偶尔连弹奏的是什么曲目，他都要缓缓凝神细听几个节拍方能想起。

听完音乐会，楚安城道："苏时，说说你的体会。"

苏时说："今天的指挥对音乐速度、色调、节奏都把握得特别好。"

楚安城点了点头："对。每个细节都处理得细致分明，布局严谨，层次分明。弹奏每一部作品都要心怀虔诚，要有敬畏之心。"苏时认真受教。

车子停在了一个红绿灯路口，楚安城忽地问："苏时，你饿不饿？"

苏时摸摸瘪瘪的肚子，诚实地点头："有点饿了。"

楚安城淡淡地微笑："师兄带你去吃夜宵。有一家火锅店，他们家的汤头和自制调料天下无敌。"

苏时这个小吃货顿时眼睛发亮："天下无敌的调料，我和苏微尘必须去尝尝。"

不过苏微尘怎么也没有料到，楚安城这样身份的人会带他们七拐八绕地进了一家弄堂小店。

店里的装潢极简陋，好在是白墙木椅，环境十分洁净。此时虽然已经是深夜了，但这家店依旧人声鼎沸。

楚安城熟门熟路地来到店里唯一的一张空桌旁坐下，然后利落地点菜："牛骨清汤锅，加份生牛肉，然后蔬菜随便来四份。另外再来一份这里的特色牛杂。"

瘦瘦的老板响亮地吆喝了一声："好，这就上锅。"

是最老式的小炭炉，砂锅往上头一搁，不过片刻，便听见用牛骨头熬制的汤头在砂锅里头"噗噗"地冒着热泡。

只是看着就很有冬天的感觉，更别提诱人的香味了。香味调动了苏时的全部感官，他小狗似的嗅着，皱着鼻子微笑："苏微尘，看着就好好吃的样子。"

苏微尘替苏时盛了一碗，吹凉了才递给他："慢点喝，当心烫着。"

苏时尝了一口后，发出了一声惊叹："苏微尘，这汤真的好鲜好好喝啊。你尝一口。"他舀了一勺浓汤递到她嘴边。苏微尘张口喝下，果然极其醇厚鲜美。

这就是他们家的苏时。每次有什么好吃的好玩的，总是会第一时间想到她，想与她分享。

苏微尘凝望着苏时垂下的乌黑长睫毛，温柔地微笑。

这世上，抬头而见的日月星光，低头而见的细草繁花，忽然相见的雨水彩虹，随风偶遇的树木芬芳，匆匆而过的相视一笑，还有这有缘品尝的美食，都是生活中潜藏的微小幸福。只要用心，就能感受到！

对面坐着的楚安城因她嘴角绽开的那一抹微笑而骤然捏紧了勺子的瓷柄。

店里当日新鲜的牛肉，肥瘦相间，切成薄片，搁在沸腾的汤锅里轻轻一涮，吃起来肉味浓郁，鲜美无比。

苏时大快朵颐，心满意足地再三夸赞。

"那下次师兄再带你去别的地方吃好吃的，去不去？"煦暖灯光下，楚安城眉目间是从未有过的温柔。

苏时笑眯眯地说："必须去。跟着师兄有美食。"

回程的路上，吃饱喝足的苏时打着哈欠很快便靠着苏微尘的肩膀睡着了。车子里一下子安静了下来。

在静寂无声的半明半暗中，后座的苏微尘抬头便会瞧见楚安城的侧脸轮廓。

她总是不明白，为什么他看她的眼神里总是隐隐带着厌恶。

车子到家停下后，苏微尘本想摇醒苏时的，但楚安城拉开了车门，弯腰探了进来，默不作声地一把抱起苏时，便往大门走去。

苏微尘负责开门。进门的时候，楚安城停下了脚步。苏微尘这才发现，他今日穿了系带休闲鞋，现在这情况他自己根本无法脱鞋。苏微尘便蹲下身，替他解鞋带。

很快，苏微尘便解开了鞋带，她取过了搁在一旁的拖鞋放置在楚安城的脚边。但楚安城许久没有反应，苏微尘抬头，只见楚安城垂着眼怔怔地站着，也不知在想些什么。

苏微尘叫道："楚先生。"

楚安城似被人从梦中唤醒一般，倏然回过神。下一秒，他面无表情地伸脚穿上了拖鞋，抱着苏时径直上了楼。

他又回到了平日的冷漠。仿佛方才吃饭时的温柔不过是昙花一现，转瞬即逝。

苏微尘望着他上楼的背影，沉默无言地跟了上去。

楚安城把苏时搁到床上，沉睡着的苏时一点也没察觉。他只是侧了侧身，找了一个自己舒服的姿势，再度入眠。

苏微尘拧了热毛巾，帮苏时擦脸擦手。最后，她又给苏时披好了被子，才俯身在他额上轻轻落下一吻："晚安。"

转过身，她才愕然发现楚安城双手抱胸，靠在门口，一直未曾离开。不过，两人的视线在空中交会不过一秒，楚安城便如往常般，冷淡地收回了视线，转身而出。

苏微尘在他身后低声道谢："麻烦你了，楚先生。"

楚安城停下脚步，背对着她，停了停，才道："不客气。"

他说的是不客气三个字。

但事实上，每一个字，都淡漠客气得很。

Chapter 05
心事

仿佛

一个人迷失在

无边无际的黑暗中，

找不到方向，

亦不知前路在何方。

又一个星期六，苏微尘一清早就被苏时唤醒了："苏微尘，苏微尘，陪我和楚师兄去湿地公园跑步吧。"

苏微尘困倦地翻身："不去，不去。"

苏时站在她床头叉腰道："苏微尘，快起床。你必须去！你可是个模特啊，不但管不住嘴，还老是不好好管理你的身材。再这样下去，你可真要失业了啊！"

苏时的"魔音穿脑"之功越发精进了。苏微尘无奈地揉着长发掀被而起："好吧，好吧。我去，我去还不成吗！"

苏时这才满意地出去："我跟楚师兄在楼下等你。给你十分钟梳洗换衣啊。"

苏微尘匆忙梳洗，换了套运动服下楼的时候，整个人还是哈欠连连昏昏欲睡的状态。与她形成鲜明反差的是，苏时和楚安城两个人精神奕奕，容光焕发。

早晨的洛海，花草含露，空气清新。三个人沿着湿地公园的湖泊慢跑。

楚安城的运动细胞极佳，一边跑还一边矫正苏时的跑姿："苏时，腿再抬高点，手的摆动幅度再大点——跟上！"

苏微尘气喘吁吁地跟在两人身后。苏时还不时地转头吆喝她："苏微尘，快点，再快点。"

楚安城晨练之际还不忘教育之重任："苏时，要成为一个钢琴家，把琴弹好是必需的。可这个世界上弹钢琴好的人多了去了，你怎么才能与众不同呢？”

苏时摇摇头。

楚安城说：“这个就要靠每个人的悟性和体会了。属于你的喜怒哀乐，这世界上的每一处美好：如品尝美食的幸福，旅行带来的感受，不同文化的冲击，甚至是一朵花开，一首动听的音乐，一本书——要记得打开自己，好好去体验生活中的各种美好。一个人经历得多了，他所呈现出来的东西便会与旁人不同。”

“楚师兄所说的，其实也不一定都是对的。在学琴这条路上，更需要你自己的努力与体会。”

虽然这位楚安城先生似乎不大喜欢她，但苏微尘还是不得不承认，楚安城确实是用了十二分的心在教苏时。在专业上对他严格要求，细心调教。与此同时，他又尽力地保护苏时的天性和本性，给予他足够的空间，让他在音乐中充分表达。

而楚安城自身更是个榜样。虽然如今他早已经功成名就，但他每天练琴的时间从来都没有少于两小时的。

“还有，身体一样重要。只有拥有健康的身体，才能更好地弹琴，才能在这条路上走得更长更远。对不对？”

苏时重重点头，那表情只差没跪舔了。苏微尘看在眼里，再一次感慨：自己这个老姐在苏时心里恐怕早已经被楚安城挤得全无一点立足之地了。

正默默接受自己“悲惨命运”的苏微尘，右脚突然被台阶一绊，踉跄地扑倒在地上，跌了一个狗吃屎。

苏时忙扶她起来：“苏微尘，你没事吧？”

穿得厚厚的，手脚都无碍。只是跌得画面“太美”了，实在是不敢看。苏微尘尴尬地吐了吐舌头：“没事没事。”

今日穿了一身黑色运动套装的她，肌肤莹润白皙似羊脂白玉。楚安城本来就控制着自己尽量不将目光移到她身上，此时见她吐舌头，可爱呆萌，活脱一个高中少女，楚安城忽地一呆，他旋即沉下脸转身：“我们今天的运动量差不多了。去吃早餐吧。”

这好好的，他怎么又黑脸了？！苏微尘感觉莫名其妙。

一路往回走，在小区不远处，有一个早餐摊，老板娘正利落地收拾着桌面，瞧着倒也干净。

那做早餐的夫妻胖胖黑黑的，脸上有着日晒雨淋后的粗糙红晕。摊子边上，他们的小孩正趴在一张折叠小桌子上看书。

那对夫妻见他们三人走过来，便笑眯眯地问："三位吃点啥？"

楚安城说："来两份咸豆花，一份甜豆浆，一个大饼，一根油条，一个鸡蛋饼，再来一个猪油糁米饭。"

苏时听得瞪圆了眼："楚师兄，你也爱吃这些？"

楚安城淡淡地道："这些本来就是洛海最家常的早餐。我以前在洛海，也经常吃。"

苏时似解了疑惑，笑眯眯地说："我们家苏微尘也爱吃。你点的这些，每一样她都超级爱吃哦。"

一直到这时，楚安城才徐徐抬眼，漫不经心地扫了苏微尘一眼："哦，是吗？真是太巧了。"

老板很快端上了热气腾腾的几样早餐："热乎着呢，小心烫着。"

楚安城便将甜豆浆推到了苏微尘面前，自己则与苏时一人一碗咸豆花。苏微尘有些小小的惊讶：楚大神怎么知道自己爱喝甜豆浆呢？

不过她自然没有问。搞不好是误打误撞吧！都说了洛海人都喜欢吃这些。

白底青花粗瓷大碗，豆浆热气腾腾，带着香味向上蒸腾。冬日里，热而微甜的豆浆顺着咽喉而下，瞬间便将全身熏得暖暖的。

苏微尘心满意足地发出了一声叹息："这个世界，只有爱和美食不可辜负。"

楚安城脸色蓦地一凝。好半晌后，他讥讽道："可惜，这个世界上每天都有人在辜负，辜负爱，辜负所爱的人。"

苏微尘微笑："就如同任何一个城市都有富人和穷人一样，我想，也必定有人在珍惜，珍惜爱，珍惜所爱的人。"

楚安城鼻子里冷哼了一声："是吗？"他随即又板着一张臭脸，起身付钱："老板，多少钱？"

他离开前只对苏时说了一句："楚师兄突然想起还有点事要出去一下。"

楚安城在路边拦了一辆出租车，绝尘而去。

自己方才这几句话是不是哪里得罪他了？苏微尘心里头空落落的，实在是一点头绪也无，方才觉得甜暖的豆浆再无半点美味了。苏微尘默不作声地喝着豆浆，直到青花粗瓷碗见了底，她才抬起头。

她对面的那碗咸豆花，翠绿葱花铺在白玉似的豆花上，一清二白，颜色分明。

起身离开时，胖墩墩的老板娘来收拾桌子，见那碗豆花动也未动，便道："这位小姐，我给你打包拿个盒子吧。怪可惜的。"

苏微尘说："好啊，谢谢。"

"不客气。现在国家不都在提倡节约环保吗？我们小老百姓不能为国家做啥大贡献，但尽量做到节约环保吧。"

苏微尘连连点头："老板娘，你说得真好。我应该向你学习。"

老板娘搓着陈旧却干净的围裙，羞涩地笑了。

也不知楚安城何时回来的，下午的时候，她拉开卧室门，发现他和苏时围坐在起居室的木几前打游戏。

你来我往，似乎玩得正起劲。

"快快，射他！"苏时不时惊呼。

"苏时，干得漂亮！"

"楚师兄，快救我。"

"行，这个我负责清场。"

木几上正搁着那个她打包回来的透明塑料碗，豆花已经被吃了个精光。

楚安城眼角的余光扫到了那个伸着懒腰而出的人，她穿了一条长至脚踝的宽松大T恤，印有一只狗，因她的动作，那个大而可爱的狗就在他眼前跳跃。

就这么一会儿光景，苏时就手忙脚乱了，狂按键盘："楚师兄，你在丁吗？你被他们包围了，快开枪！哎呀，你挂了！"

"那就再打一盘。"

日子一天一天，过得极快，搬进楚家不久便到了苏时的生日。

苏时生日当天，早早就说要给苏时庆祝的丁子峰已安排好了一切。

傍晚时分，丁子峰去取了蛋糕，打电话给苏微尘："我十分钟就到，你们可以准备出门了。"

苏时犹豫着问："苏微尘，我可以请楚师兄跟我一起过生日吗？"苏时与楚安城特别投缘，都同吃同住一屋了，似乎还觉不够，恨不得与楚师兄同宿。

"当然可以啊。不过你楚师兄可能有事，不一定有空。"

偶尔他们与丁子峰出去，楚大神都拒绝同行。一来二去，苏微尘心里自然明白是怎么回事。但面对苏时，苏微尘不好点破，只好这样委婉地给苏时先打预防针，以免他期待落空后会难受。

"楚师兄不忙，你看他天天在家里，都不出去。"

苏时说完便跑上楼去问楚安城，不过片刻，他便笑眯眯地下来对苏微尘说："楚师兄答应了，让我们稍等一下。"

这倒是有点出乎苏微尘的意料，她心道：大概是因为苏时今天生日，楚大神无法拒绝吧！

刚进屋的丁子峰没头没尾地听了这么一句，便问："他答应什么了？"

苏时答："楚师兄答应跟我们一起吃饭，给我过生日。"

丁子峰其实是不大想与楚安城一起的，但面上也不好表露出来，只道："好啊，人多热闹。"

也不知楚师兄什么时候下来，苏时无聊地把手伸到苏微尘面前："苏微尘，我的指甲好像有点长了。"

苏微尘从柜子里找出了整套修甲工具，拍了拍地板："过来这里坐。"

苏时的手指甲和脚指甲，从小到大都是苏微尘亲自负责修剪的，从不假手他人。

苏时不止一次地问过："苏微尘，等我十八岁了，你还给我剪指甲吗？"

苏微尘的回答则是拧他的脸："那你想不想苏微尘给你剪？"

"当然想啊！"苏时回答得可快了。可是偶尔他也会忧愁："苏微尘，等我十八岁的时候，你肯定已经结婚，有自己的孩子了。到时候，你就不疼我了。"

苏微尘只是笑："那我也得嫁得出去啊！"

早熟的苏时怔忪不已："苏微尘，你迟早会结婚的。"

从小失去父母的苏时，平时掩饰得再好，内心总是没什么安全感的。因为懂得，所以苏微尘更是对他心疼爱怜。于是，她每次都会揉着他的头发说："苏时，你想太多啦。苏微尘会一直疼你的啦。"

"真的吗，苏微尘？"

"比珍珠还真哦！"

"我们来拉钩吧。"

"好！"

"拉钩上吊，一千年，不许变——"

"一千年——那我们不都成千年老妖了啊？"

"哪怕成千年老妖，苏微尘也必须陪着苏时。"

苏时每每这样说，听得苏微尘心软如棉："好。"

楚安城从楼上下来的时候，丁子峰从客厅的沙发上起身，含着笑伸手做自我介绍："你好，楚先生。上次匆匆见了一面，还未介绍我自己，我是丁子峰。"平日里下班的话，丁子峰会亲自把苏微尘送到门口，但除第一次外，他倒是再未与楚安城见过面。

楚安城高冷地扫了他一眼，方缓缓伸手与他一握。

丁子峰客气地招呼他："你随便坐。"

闻言，楚安城的脸色明显一僵，正在此时，一张可爱的笑脸从沙发边探了出来，朝他招手："楚师兄，我在这里。"

楚安城踱步过去，姐弟两人修甲的画面便映入了他的眼帘。

此时轻柔婉约的淡金色夕阳，从落地玻璃探进来，静静地照在两人身上。地板干净铮亮，苏微尘盘腿坐在上面，抱着苏时的脚，娇喝道："不许乱动。万一我把你的脚趾剪掉，你可就惨了哦！"

苏微尘穿了一件宝石蓝的圆领编织宽松毛衣，露出的一截脖子修长莹润。而她整个人，则是专心致志，全副心思都搁在苏时脚指甲上，似根本没有注意到楚安城的到来。

楚安城如中了定身咒，他一动不动地瞧了几秒，似想起了某事，忽然便一言不发地转身，大步朝楼上走去。

丁子峰错愕地愣在原地："楚先生这是怎么了？他才刚下来。"

苏微尘耸了耸肩，表示不知。

丁子峰压低了声音："苏微尘，这位楚大神真有些古怪。是不是所有的艺术家都这么奇特、古怪的？"

苏时听了，立刻反驳道："哪儿有啊！楚师兄一点也不古怪啊。"

苏微尘则浅浅微笑，回了丁子峰一句："说得你好像不是艺术家一样！"

丁子峰做出大吃一惊的表情："我？你不要吓我了。我什么时候成艺术家了！"而后，他才顿悟，苏微尘说的是他机车皮衣加破洞牛仔裤的"颓废"穿着。

好半晌，楚安城才又折返下来，手上多了一个盒子，他递给了苏时："师兄刚刚忘记拿礼物了。生日快乐！"这话倒有几分像是在解释。

苏微尘大觉不好意思："楚先生，不用破费的。生日年年都过。"

楚安城的声音很冷，跟他墨色的眸子一般，无半点温度："是我几年前收到的一件礼物，转送苏时而已。没花钱，所以谈不上破费。"

苏时双手接过，很有礼貌地躬身道谢："谢谢楚师兄。"

楚安城笑笑："打开看看，喜不喜欢？"

这个笑容是温柔煦暖的，与对苏微尘完全不同。苏微尘知道自己不是多心，但她完全不知道这是什么缘故。

丁子峰将这一切瞧在眼中，却是心中一动。

才一打开盒子，苏时就发出"啊"一声颤音，他吃惊万分地抬眸，简直语无伦次了："楚师兄，这个……这个是……肖邦的手模吗？"

楚安城点了点头。苏时虔诚万分地双手捧着手模，激动喜爱的目光在其上再三流连。可最后，他捧还给了楚安城："楚师兄，这件礼物太贵重了。我不能收。"

楚安城揉了揉他的头发："收下吧。这个手模只有到真正喜欢的人手里才会被好好珍惜。一般的人，还觉得普通至极，搁在家里还嫌占地方呢！"

苏时的目光移向了苏微尘，询问是否真的可以收下。可苏微尘这个一窍不通的门外汉哪里知道这个手模的珍贵程度？便点了点头。于是，苏时便欢天喜地地收了下来。

一行四人去了苏时最喜欢的西餐店。

丁子峰客气地招呼楚安城："楚老师，你喜欢什么口味？"他自己则看也不看一眼菜单，只随口问了苏时他们一句："你们都照旧吧？"

苏时点点头。丁子峰便招来了服务生下单，点了苏时最爱的小牛肋眼牛排、苏微尘的松露牛排、自己的烟熏牛排以及一瓶红酒。

楚安城目不斜视地瞧着菜单，数秒后，他合上菜单，淡淡地道："我也要一份小牛肋眼牛排。"

苏时的牛排是第一份上来的。丁子峰毫不迟疑地把热气腾腾的餐盘移到自己面前，将牛排一小块一小块地切好，才微笑着推给他："吃吧。"

灯光下，丁子峰眼底的宠溺仿佛是流动的溪水，满得几乎都要流泻而出了。

苏时道谢，十分嘴甜："丁兄一向对我最好啦。"

苏微尘失笑："苏时，你这就是典型的吃人嘴软。从小到大我可从没这么教过你啊。"

苏时臭美："我可是一等一的人才，会自学！"

丁子峰给苏时撑腰："我就喜欢苏时这样。多讨人喜欢呀！"

苏微尘不由得摇头叹息："丁子峰，我发现你才是把苏时带坏的罪魁祸首。"

丁子峰说："好好好，责任都在我。谁让我把苏时当自己弟弟呢。"

苏时说："我记得上次还有人把我当成你儿子呢。"

丁子峰笑道："哈哈，我倒是想的。不过，我可生不出你姐姐这么大的女儿。"

因为对面坐着不苟言笑、眉目沉沉的楚安城，苏微尘不好太放肆，否则她很想用脚踹丁子峰。她冷哼了一声："丁子峰，你再继续占我便宜，明后两天我就罢工。"

丁子峰大笑："我发誓，这个我真没想。"

苏微尘瞪他："那你笑得这么张狂干吗！"

丁子峰说："真霸道！难不成我笑也要你批准！"

楚安城忽地拉开椅子，突兀地起身："不好意思，我失陪一下。"

他走后，丁子峰压低了声音问他们："你们真不觉得这位楚大神有点怪吗？！"

苏时摇头："没有啊，楚师兄可好了。"

楚安城消失了数分钟，而后过来，又客气地说了一句"不好意思"。

很快地，他们点的餐一一送了上来。

苏时等大家一起开动，他叉了一块牛排，倾身送到苏微尘嘴边，懂事地道："苏微尘，我完完全全不记得老爸老妈的样子了，如果不是你，我肯定早饿死了。你是我的老姐，也是我的半个老妈。所以第一口牛排，是孝敬你的。你一定要吃哦。"

苏微尘明显被苏时的话感动到了，她垂下微颤的睫毛，盖住湿润的眸子，张口就把牛排吃了。

苏时期待地看着她："苏微尘，好不好吃？"

苏微尘点头："嗯，非常棒。"

丁子峰说："苏时，我的呢？"

苏时也叉了一块给他。丁子峰一边品尝一边连连点头："好吃。"

瞧在不知情的外人眼里，铁定以为这边言笑晏晏的三人是一家三口。

楚安城默不作声地端坐在苏微尘与丁子峰对面，一直眉目低垂，神色寡淡。此时，他轻轻地摇晃着酒杯，将杯中之酒一饮而尽。

丁子峰买的是巧克力岩浆蛋糕。苏时许好愿，切了大大的一块给苏微尘："你最爱的巧克力。今天是我生日，你可以不忌口。"

"臣妾谢主隆恩。"苏微尘做了个鬼脸，津津有味地品尝了起来。

丁子峰指了指苏微尘："苏微尘，沾到这里了。"苏微尘用手随便抹了抹。

"这里还有。"丁子峰的手突然伸了过来。

苏微尘猝不及防，眼睁睁地看着丁子峰的指尖一点点地靠近，温柔地替她擦去。

楚安城一直噙着的淡薄笑容蓦地一凝，瞬间露出了一种恶狠狠的厉色。他整个人呈一种紧绷到极点的状态。但很快地，他深吸了一口气，那丝冰冷不过短短一瞬便消隐了下去，他又恢复如初了。

苏微尘条件反射般地用手再度抹了一下说："谢谢。"她的目光也不知怎么的，下意识地朝楚安城扫去，隔了不远不近的距离，她在他眼里清楚地瞧见那抹若有似无的讥讽笑意。

楚安城随即移开视线，伸手唤来了服务生："这酒不错！再帮我开一瓶。"

一顿饭下来，楚安城吃得并不多，不过他倒是喝了一瓶多的红酒。

丁子峰赞了一句："楚先生真是好酒量。下次有机会一起喝个痛快。"

楚安城执着酒杯，不动声色地抬眼，盯着丁子峰，缓缓地道了个"好"字。

用餐结束后，丁子峰先行离开去取车。

楚安城三人出餐厅的时候，大门口正好有两辆车缓缓停了下来。前面的一辆车，有保镖先下车，为后座的人拉开了车门。

餐厅大门口有一盏颇大的水晶吊灯，亮敞地照着所有的出入贵宾。只见有一个衣着精致的俊美男子扣着外套扣子下车，举手投足间从容不迫。这人在与他们擦肩时，也不知怎么的停住了脚步，侧过头，迟疑地唤了一声："安城？"

楚安城这才慢悠悠地转过身，对着他。那男子缓缓一笑，对身后的人摆了摆手，那些人便退到了一旁。

"我还以为是我自己眼花了。怎么在洛海也不说一声？"

"听说你在大剧院的演出十分成功。可惜那段时间我出差去了国外，没有去捧场。"

楚安城淡然如常："收到你的花篮了，谢谢。"

那人拍了拍他的肩膀："难得你最近在洛海，过几天一起吃个饭吧。"

楚安城微微颔首："好。"

"那就这么说定了。"

两人寒暄时，苏时拉了拉苏微尘的手，轻轻地道："苏微尘，这人怎么会有这么多保镖？"

"可能是传说中的高富帅吧！"

苏时赞了一句："真的好高好帅啊。你看，他跟楚师兄站在一起，居然一点也不比楚师兄差。"

这个时候两人并不知道，此人便是让整个网络上的女生都为之疯狂的"国民老公"——楚随风。

"不过，我还是觉得我们家楚师兄帅。"在苏时心目中，他的楚师兄是天上地下独一无二的。

苏微尘不搭理他。近来也不知怎么了，苏微尘只要碰到任何有关楚安城的事情，她就觉得不自在。特别是方才丁子峰当着他的面做的举动，令她心里有种很奇怪的心烦意乱的感觉。她怕楚安城会误会，可为什么怕他误会呢？苏微尘自己也弄不懂。

此时苏时帅不帅的问题，令她极其不耐烦，她探手拧了一把苏时的脸："你最好看，可以了吧？！你丁兄的车来了，你到底上不上车？"

苏时痛呼着拍掉她的手："苏微尘，我们以后还能愉快地聊天吗？！"

苏微尘直截了当地回他："不能！"

临走前，那男子似笑非笑的目光扫过楚安城身后的苏时与苏微尘，客气地打了个招呼："你好。"

苏微尘礼貌性地回以一笑。楚安城戒备地把身子稍稍移了一下，挡住了那男子的视线。

那男子忽然微笑了起来，露出白皙的牙齿，十分性感。他对楚安城说了一句："放心，我懂的。"

意味不明的一句话，听得苏微尘云里雾里的。

说罢，那男子含笑转身而去。而他一跨步，几个类似助理保镖的人便跟了上去。

三人一上车，苏时就向丁子峰告状："丁兄，苏微尘刚又欺负我了。她老欺负我。"

丁子峰问："她怎么欺负你了？"

"老拧我的脸。"

丁子峰闻言笑了："放心，有丁兄在，下次帮你拧回来。"

苏时大乐："我就说还是丁兄最靠谱。"又转头对苏微尘耀武扬威："苏微尘，我有大靠山，看你还敢不敢随便欺负我！"

谁知苏微尘动手不动口，二话不说，伸出手又拧一把。苏时"哇哇"大叫："丁兄救命，臭苏微尘又欺负我了。"

丁子峰说："苏微尘，不准欺负我们家苏时。不然，这个月扣你拍摄工资啊。"

苏微尘再下了一次"重手"蹂躏了苏时一番后，才肯放过他。

苏时龇牙咧嘴地揉着脸："苏微尘，老这么拧我，以后我要是变成丑男，唯你是问啊。"

苏微尘冷哼了一声："说得你好像帅过一样。"

苏时哑口无言："……"

丁子峰顿时一阵爆笑。

楚安城冷眼旁观着他们三人的欢声笑语，他仿佛是个小丑，误入了完全不属于他的世界。

车子很快便到了小区。楚安城推门下车，欠身对丁子峰说了一句："丁先生，谢谢你今天的晚餐。"一如往常地冷淡客气，不失礼仪。

一进屋，苏时就乖巧地道："苏微尘，很晚了，我去洗刷刷啦。"

"去吧。"目送苏时上了楼，苏微尘转身，准备跟楚安城道声晚安。

如水流淌的灯光下，楚安城侧脸瞧着角几上的那几张白衣少年的照片，俊秀的眉宇间毫不掩饰地浮着一层浓浓的倦色。

苏微尘垂下眼帘，轻轻地道："楚先生，晚安。"

楚安城突然恶狠狠地侧过头瞪着她："你再叫一遍试试！"

我哪里说错了吗？为什么他的样子像是要吃人！苏微尘头一回见到他这般凶恶的神色，不禁后退一步。

楚安城的视线最后停留在她红润的唇畔，他漆黑的瞳仁骤然一缩，而后，他倏然别开眼，深吸了一口气，转身大步进了琴房。

他这是怎么了？喝醉了吗？苏微尘愕然地在原地站了片刻，方移步上楼。

楼下传来一阵沉闷压抑的琴声，仿佛一个人迷失在无边无际的黑暗中，找不到方向，亦不知前路在何方。

那天晚上，楚安城又反反复复地弹起那首《悲怆》，还有德彪西的《月光》，以至苏微尘的睡梦中满满的都是清脆如玉、悲凉如泣的音乐声。

苏微尘第二天醒得特别早。她看了时间，不过是清晨五点多，天空才露出浅浅的鱼肚白色，整个洛海城将醒未醒。

推开苏时的房门，见苏时睡得很香甜，便没舍得叫他，想让他多睡一会儿。苏微尘梳洗后，便蹑手蹑脚地下楼，准备给苏时弄份简易早餐。

所谓的简易早餐，就是煮热牛奶，然后配上家里备着的面包。

谁知她一按灯却被惊到了，楚安城竟然在厨房里！他大约也被突然的灯光惊了惊，转头查看。

苏微尘避之不及，便与他打了照面。厨房的窗大开着，冷风悠悠而来，随之而来的还有一股淡淡的酒味。

楚安城执着酒杯，怔怔地瞧着她。他的目光里头又有了那种奇怪的东西——深迷浅茫，总叫人心跳莫名加快。这次亦是，他那种温软的目光——苏微尘只觉自己的胸口渐渐发闷了起来，仿佛有东西堵塞在那里，令她无法畅快呼吸。

苏微尘也不知道自己到底是怎么了，最近见他，胸口总像压了一块大石头似的，每每堵得她喘不过气来，每次都很想落荒而逃——这是苏微尘的记忆里，第一次对一个男人产生这种奇怪的感觉。苏微尘很是不安，因为她隐约知道那代表着什么。

苏微尘垂下眼帘，客气地道："楚先生，早上好。我要准备早餐，你要吗？"

仿佛是美梦被骤然打破，幻境消失，楚安城眼里的某样东西倏然远去。他缓缓闭眼，再睁眼时，他把酒杯里的酒倒进了水槽，冷冰冰地道："不用，谢谢。"说罢，他便越过她，离去了。

他一直这么怪怪的。苏微尘早已经习惯了，也没太在意，便给苏时加热了牛奶，烤好了面包。等一切都弄妥了，这才上楼叫苏时："苏时，快起来刷牙洗脸吃早餐。"

虽然楚安城说不吃早餐了，但苏微尘还是客气地给他留了一份。楚安城下楼的时候，苏微尘和苏时早已经出门了。楼下客厅空荡荡的，只见餐桌上放着一杯牛奶，一瓶果酱，瓷白的餐碟上是两块简简单单的全麦面包。

良久之后，他缓缓地伸手握住了牛奶杯子。牛奶已渐凉了，只有淡淡微温的一点触觉。楚安城静静地站着，若有所思地用指尖来回摩挲，仿佛想要留住这渐冷的余温。

楚安城一直保持着这个姿势，直到牛奶杯子变得冰冷，他才收回了手指。

他从口袋里取出了手机，拨出了一个号码。

那天之后，楚安城便离开了几天。苏微尘只接到了他打来的一通电话："苏小姐，不好意思，我这几天有要事离开洛海，估计会在圣诞节之后回来。我给苏时布置了作业，等下发到你的手机里，你查收一下。"

苏时知道楚安城离开后，倒是一再地追问："苏微尘，楚师兄没说什么其他的吗？有没有说什么时候回来？"

苏微尘摇头："这是楚老师的私事，不好随便问。"

苏时嘟着嘴，有些闷闷不乐："哦。"隔了片刻，他又轻轻地补了一句："楚师兄都走了一个星期啦，我有点想他。"

偶尔在晚餐的时候，苏微尘也会将目光落在她对面的位置。那里原本一直是楚安城坐的，如今空空如也。

很快便到了圣诞平安夜，苏微尘与苏时在小区边上的大超市购物。苏时做事十分有条理，早早地把要买的物品清单列了出来，一路上，姐弟两人就一边选购一边划清单。

"已经采购好丁兄要的调味料了。最后还剩牛奶、曲奇饼干和纸巾没买。"

"好，那我们先去买什么？"

"先去买纸巾，再去进口食品区买牛奶和曲奇饼干，收银台在食品区边上，正好结账。"苏时年纪虽小，但条理清晰，做事有效率。

苏微尘答了个"好"字，两人推着车子慢慢逛着。

买好了纸巾，来到进口食品区，苏微尘一眼便看中了几款巧克力，于是跟苏时打着商量："苏时，咱们买点巧克力吧。"

苏时正在比对进口牛奶的牌子，头也没抬，直接拒绝："不行，你最近说自己胖了。苏微尘，你平时已经不忌口了，还想吃这种高热量的巧克力，No! No! No! 绝对不行！"

世上还有比她更可怜的人吗？不过是嘴馋想吃块巧克力而已，都吃不到。苏微尘垂涎三尺地望着架子上陈列着的各式巧克力，移不动脚步："那买一包，就一包。怎么样？！"

苏时当作没听见，完全不理睬她。

苏微尘觍着脸，拉着苏时的袖子哀求："好吗？好吗？就一包，我一个星期只吃两块。我保证！"

苏时这时才终于抬了头，一副怒其不争的无奈表情："真是受不了你了。苏微尘，你怎么比我更像小孩子。"

苏时既然这么说了，就表示同意她买一包了。苏微尘一个箭步上前，赶忙拿起最大份的那一包搁进了购物车。

苏时大人般地摇头叹息："苏微尘，你必须说话算话。要是被我发现你多吃的话，以后坚决不给你买了。你怎么说也是个模特啊，脸蛋已经不怎么样了，还不注意自己的身材。唉！万一你失业了，我们怎么办？我怎么也要到高中才能打工啊！"

苏微尘朝他做了个鬼脸，识相地没有回嘴。

苏时拿着两盒牛奶详细研究了很久："苏微尘，有两个新牌子的牛奶，要不要换换口味？"

苏微尘说："我都OK。你慢慢挑，我去拿曲奇饼干。"

到了曲奇饼干处，她和苏时两人最喜欢的口味，架子上只剩下最后一罐了。苏微尘正探手去取，此时却见有只手斜斜地从边上伸了过来，两人拿住了同一罐曲奇。苏微尘正要抗议，然而她一转头便愣住了："楚先生？"

楚安城大约也没料到会在这里遇到她，一时也怔在了那里。苏微尘讷讷解释："我跟苏时正好在大采购。他在那边挑牛奶。"

苏微尘朝苏时挥手，招呼他过来。苏时扔了推车，又惊又喜地跑了过来："楚师兄，你的事情办好了吗？不是说要圣诞节以后才会回来吗？"他见楚安城的目光落在他们满满的购物车上，便解释道："今天丁兄来我们家一起过圣诞节。"

见楚安城神色微怔，他便小心翼翼地问道："楚师兄，你会不会生气？"

苏微尘本以为楚安城会有所介意，毕竟他们现在住在他的房子里，都没跟他这个主人报备一声，便自作主张邀请了别人。谁知楚安城顿了顿后，竟含笑望着苏时问道："我可以参加吗？"

苏时开心极了："当然可以啊。"

采购完，三个人便拎着大包小包一起回了家。苏时挨着楚安城走着，一路有说不完的话："楚师兄，你留的曲子我都练熟了。"

楚安城说："好，那明天就考考你。要是不合格，罚你过节在家练琴，哪儿都不能去。"

苏时满口答应。他又问："楚师兄，你也喜欢吃这个牌子的曲奇吗？我跟苏微尘也最喜欢了。她啊，最坏了，每次都偷吃我的曲奇。有几次还吃光光了呢！"

居然当着帅哥的面大揭她的老底，哪怕她对这个帅哥没有半点非分之想，苏微尘亦大觉不好意思："哪儿有！我是跟你借的。"

苏时回她："你每次都有借无还！"

苏微尘为了表示自己只是借而已，再三举例："那我们家的牛奶基本都是你喝的啊！还有啊，上次买的枇杷都被你偷吃光了……"

"哪儿有！那枇杷明明是你说不想吃的。"

"我没说。"

苏时提了一小袋东西，追了上去："苏微尘，你说了！"

苏微尘提了满满两大袋东西，大笑着躲避他的追赶："我没说。"

"你有！你就是有！你居然污蔑我偷吃！"

"苏时，你明明就是偷吃！"

"臭苏微尘，你才偷吃呢！"

"你偷吃！"

"臭苏微尘，你才偷吃！"

…………

楚安城默默地注视着两个追逐嬉闹的身影，嘴角无力地扬起又落下。

一路上，除了寒风呼啸声、车子喇叭声，便只有这一对姐弟热热闹闹的嬉戏之声。

这样的寒冬，似乎……似乎并不让人讨厌。

进了屋子，苏微尘和苏时便脱下厚厚的外套。在苏时的指挥下，苏微尘把东西归类，搁冰箱的搁冰箱，放储物箱的放储物箱。

楚安城看着他们忙忙碌碌的，只静静地站在一旁。

片刻后，丁子峰来了，随他一起来的是某高级餐厅的外卖。他见了开门的楚安城，略有几分诧异，但他很快便隐下了，笑着打招呼："楚先生，你回来了啊。圣诞节快乐。"

楚安城简洁地回答了一句"圣诞快乐"。

丁子峰自来熟地道："楚先生，你不介意我今天过来一起过圣诞吧？"

楚安城嘴角微微一勾，似笑非笑地望着丁子峰缓缓道："当然不介意。"

丁子峰转头对着苏微尘抬了抬下巴，自得地道："我就说嘛，楚先生这样的大人物肯定不会介意这种小事的啦。"

丁子峰一进厨房，便探了头出来唤道："苏微尘，还不快过来帮忙端盘子。"

屋内因有暖气，所以和煦如春。苏微尘只穿了一件宽松版的粗棒针大毛衣，与丁子峰围了一模一样的围裙，在丁子峰身边转来转去，帮忙倒菜打下手。若是不知情的外人进来一看，还以为这两人是一对恩爱的小夫妻。

每个菜装好盘，苏微尘都会偷吃，美其名曰帮忙先试毒，顺便给出各种评价："还OK。"

"这个好像咸了点。"

丁子峰对她毫无法子，便扬声唤客厅里的苏时："苏时，苏微尘又偷吃了，这回我们怎么罚她？"

在客厅与楚安城装饰圣诞树玩得不亦乐乎的苏时与丁子峰默契十足，转头便大声喊道："罚苏微尘等下洗刷刷！"

丁子峰哈哈大笑："好，就这么愉快地决定了！"

苏微尘跺脚："不行，我不要洗刷刷！我抗议！坚决抗议！"

丁子峰说："二比一。抗议无效。"

苏微尘不依："我抗议到底。今天有四个人，还有楚先生一票。楚先生，我跟你拉票。"

苏时"嘿嘿嘿嘿"地笑："苏微尘，你想多了。楚师兄是我的师兄，肯定帮我的。苏微尘，你就认输吧。"

楚安城凝视着圣诞树上悬挂的礼物盒子，并不作声。苏时说："楚师兄，不说话就表示你同意了。苏微尘，三比一，你输得更惨。哈哈哈！"

苏微尘抗议连连："不带你们这样玩的。这个不算，我们来石头剪刀布。"

苏时说："苏微尘，你每次都愿赌不服输。"

苏微尘反驳："哪儿有！"

"每次都这样。苏微尘是赖皮鬼！"

"你才是。"

"哪儿有！"

在姐弟两人的嬉闹中，菜一个个地端上了桌子。

中国式的圣诞宴是没有火鸡的，但值得安慰的是至少还有鸡肉。

丁子峰倒了两杯酒，给苏时和苏微尘热了椰汁。

苏微尘推了高脚杯给丁子峰："给我倒一点酒，今天难得是圣诞节。"

丁子峰难得地板起脸训她："苏微尘，这几天你怎么能喝酒呢。"

坐在对面的楚安城自然听得懂丁子峰的意有所指，他的眼神陡然一沉。而后，他紧抿着唇角，一点点地抬起头，望向苏微尘。

苏微尘顿时脸上大热，一时目光都不知放哪里好。她尴尬道："不喝就不喝。丁子峰，你这么大声干吗！"

丁子峰说："好，我小声说话。你这几天身体状况不适合喝酒。"

苏微尘抡起拳头就捶他。丁子峰也不躲闪，生生受了她这一拳："好吧。喝一点，就一点。"他在杯底给她倒了浅浅一层。

楚安城吃得很慢很少，偶尔端起杯若有所思地小酌。

中途的时候，楚安城的电话响起，他说了句不好意思，便起身接电话："嘉丽，圣诞快乐。"他说的是美式英语，每个发音都很纯正，十分好听，但后面的话便因他走开而听不到了。

苏微尘注意到他回来入座的时候，嘴角含了一抹未隐去的柔和笑意。这个笑容里有着前所未有的暖意。苏微尘的心顿时似被某物撞了一下，一股没来由的幽麻诡异，极不舒服地从胸口朝全身蔓延了开来。

丁子峰取出了礼物推给苏微尘和苏时："圣诞礼物。你们打开来看看喜欢不。"他歉意地转头："楚先生，不好意思，没准备你的，过几天补上。"

楚安城淡淡地道："谢谢，心领了。"

苏时"哇"一声惊呼："丁兄，这是限量版球鞋。好贵的！"

丁子峰摸了摸他的头："一年才　次圣诞节，不贵。"

苏微尘瞧着手表的牌子傻眼了："我这个是高仿的吧？！"

丁子峰轻哼了一声："必须高仿啊。要是真的，我不得大出血了啊。"

楚安城不动声色地扫了一眼，并不说话。这样的做工与品质，怎么可能是假货！估计也只有苏微尘这样的糊涂蛋会相信丁子峰的鬼话。

果不其然，苏微尘嘻嘻一笑："好吧，高仿的我就收下了。真的我可不敢收啊，万一戴出去会被抢的。要是到时候劫了财却不劫我的色，那多没面子啊，以后我苏微尘还怎么在淘宝模特圈子混啊。”

丁子峰一阵大笑："说的是。快戴上看看。"

还真是好骗！楚安城冷冷地垂下了眼帘，右手伸到了左手的衬衫袖口，懒懒地弹了弹袖口。这是一个看似闲适的动作，只有楚安城自己知道心中火苗暗暗蹿动不已，渐有燎原之势。

白皙的手腕配上红色的真皮带子，一抬一动间，钻石如星星闪烁。苏微尘把表搁在脸畔，微笑着做了几个标准的手表广告姿势。

丁子峰双手抱胸，旁若无人地赞美。

楚安城猛地端起了面前的酒杯，将杯中酒一饮而尽。

丁子峰似笑非笑地瞥了他一眼，道："楚先生好酒量！"说罢，他举起了自己的酒杯："难得有机会跟楚先生一起喝酒，我来敬楚先生一杯。"

楚安城抬眼，与他无声对视。而后，他微微加深了嘴角的弧度，端起了酒杯，二话不说地再度一饮而尽。

丁子峰拿起了酒瓶再度倒满："这第二杯呢，是谢谢楚先生这么照顾小时姐弟俩。我先干为敬。"

楚安城挑了挑眉，淡笑如风："苏时是我师弟，照顾他是应该的。丁先生不必谢我。"

丁子峰"嘿嘿"一笑："要的，我先干为敬。"丁子峰仰头，喝光了红酒。楚安城的眸光无声冰凉地扫过苏微尘，然后端起了酒杯。

丁子峰倒满了第三杯："这第三杯呢，也要敬楚先生，楚先生这么辛苦地教导小时。我还是先干为敬！"他喝完后，将酒杯朝下，以示涓滴不剩。

楚安城不言不语，爽快地再度一饮而尽。下一秒，他嘴角一勾，开口道："来而不往非礼也，我也敬丁先生几杯。"

丁子峰的酒量不错，但楚安城也不差，两人你来我往，一时不分胜负。

苏微尘和苏时则是完全被他们的PK震住了，两个人面面相觑，完全不知眼前的这两人演的是哪一出。

最后也无赢家。

丁子峰醉趴在了大厅的沙发上,一直手舞足蹈地嚷嚷:"来,喝,继续喝。

"我还没醉!楚先生,来,我们来一决胜负!

"我没醉……再喝……"

楚安城不睬他,推开椅子起身,脚步微飘着走向楼梯。

苏微尘见楚安城东摇西摆的模样,想起他说过弹钢琴的人最重要的便是一双手,她只觉胆战心惊:"楚先生,我送你上楼吧。"

楚安城摸着额头踉跄着转过身,斜着醉意迷蒙的眼眸冷冷地瞧着她。他乌黑深邃的眼,此时,毫不掩饰地流露着一种奇怪的愤怒。

苏微尘怕他跌跤,无暇细想,伸出手便想搀扶他。但她的手刚一碰触到他的衬衫,他似乎便清醒了一般,触电般地甩开了她的手臂:"别碰我。我嫌脏!"

没有比这更明明白白,清清楚楚的拒绝了。

原来他一直以来,确实厌恶她!并不是她多心!

苏微尘方才亦抿了几口酒,此时不知是酒劲上头的缘故,还是难堪,只觉面颊耳际火烧火燎地烫人。

苏微尘如被定身了一般,一动不动地站在原地,眼睁睁地看着楚安城蹒跚着上楼去。

最后是楼上"砰"的一声闷响将苏微尘拉回了现实。苏微尘跑上了楼,只见楚安城摔坐在了起居室的地板上。

看来他是真醉糊涂了。也犯不着跟一个喝醉的人计较。

苏微尘上前搀扶:"楚先生,你没事吧?"

"楚先生?你没事吧?"楚安城喃喃地重复着她的话,而后他仿佛抑制不住般地哈哈大笑了起来。那笑声止住后,他一点点地抬眸瞧着她,眼神如刀,冰冷锐利。

被他这样盯着,苏微尘只觉得胸口好似被人用手紧紧掐住了似的,莫名地发闷发紧发疼。方才他明明笑得那么大声,那么开心,但那声音却叫她想起那些受了重伤的动物。

苏微尘想说话,可她张着口,半天都不知道要说些什么。她在他面前,仿佛说什么做什么都是错的。

楚安城撑起了身子,跌跌撞撞地朝自己的卧室走去。

苏微尘完全不知何故，但怕他受伤，只好紧跟在他身后。

　　楚安城到底是喝醉了，进房间的时候，被床边地毯一绊，整个人便直直地朝床角摔去。苏微尘惊呼了一声"小心"，她第一时间伸出手拉他。可是她力气不够，反而被他拽着重重地摔向了床铺。

　　苏微尘重重地跌压在了他身上。她整个人趴在他的胸膛，她的腿夹在他的双腿之间——两人的姿势暧昧到了极致。他的体温灼热——那种热仿佛是传染源，隔着他薄薄的棉质衬衫蔓延至她的手心，如焰火般腾腾地四处蹿起。

　　楚安城仰躺在床铺上，定定地看着她，目光也不知怎么的竟一分分地深幽温柔了起来。他伸出了右手，慢慢地触碰到了她的脸。而后，他用双手捧住了她的脸，他仰起头，一点点地接近她……

　　耳边似有"轰"的一声响，苏微尘只觉自己仿佛被浇上了一桶石油，点燃了大火。而她整个人完全处于真空失重状态，连呼吸几乎都已经停止了。

　　就在彼此的唇就要碰触到的那一刹那，苏微尘忽地清醒了过来。她面红耳赤地推开了他，忙不迭地从他身上爬起来。

　　楚安城缓慢地撑起了身体。他瞧着她，嗤声冷笑："你还真会装纯情。你跟丁子峰没玩过吗？还是需要我给你什么报酬，比如也送份值钱的礼物给你？"

　　这般带有鄙视侮辱性质的伤人话语令苏微尘僵在了原地。

　　自己因为担心他跌倒所以扶他，被他看成了送货上门吗？还是因为自己这样轻易地搬进来，与他同住在一起，所以他才这般瞧低她？

　　一时间，苏微尘只觉血液翻涌着往头顶冲，整个人难堪至极。她不假思索，扬手便甩了上去。

　　楚安城没有闪避，也或许是因为醉后反应迟钝，来不及闪避。只听"啪"一声脆响，她结结实实地打中了他的左脸。

　　楚安城摸着自己的脸，一动不动地瞧着她，忽然无声无息地笑了。在苏微尘还未回过神的时候，他已恼羞成怒地一把捏住了她的手。

　　他表情似要吃人，苏微尘被他吓到了，想要后退。可下一秒，她只觉眼前忽然一黑，楚安城已经吻了下来。

　　他带着排山倒海之势，怒气冲冲地在她唇上重重碾压——苏微尘只觉得又热又痛，她唯一可以动的手在推打他的时候，一并被他抓住，反剪在了身后。

他在她唇间这样那样，肆意妄为——四周都是楚安城身上强烈的气息，如黑色浓雾，漫山遍野地将她包裹其中……

就在苏微尘觉得自己即将被吞噬的时候，楚安城忽然停止了所有动作，他喘息着，重重地一把推开了她，仿佛她是一种碰触不得的瘟疫，一脸的厌恶。

世界上再无比此更难堪之事了！

苏微尘仿佛听见"啪啪啪"被打脸之声。

楚安城后退一步，远远地瞧着她，眼底亦是痛苦不堪。但苏微尘来不及细看亦来不及细思，她如被恶狼追赶般拔脚便跑，逃离那个让她心跳欲狂的地方。

第二日她起床的时候，已是中午了。丁子峰已经离开了。

不过苏微尘并不知道丁子峰离开前，与楚安城有过一段对话。

丁子峰收起了往日里的嬉皮笑脸，十分严肃："楚先生，苏微尘说过比赛一结束马上就会搬走。"

楚安城双手抱胸，表情似有一丝恼怒。他与丁子峰对峙着，不言不语不动。

丁子峰毫不示弱："楚先生，苏微尘是我的。我也已经默默地守护她好几年了。你最好是没有什么想法，如果有的话，也请你及时收回。谢谢。"说罢，他便拉开门，头也不回地离开了。

客厅里的楚安城一直保持着眉眼不抬的那个姿势，脸上没有任何的表情。

苏微尘再见到楚安城的时候，是她上楼，而他从楼上下来。

苏微尘一瞥见他，昨晚所有火热画面便倏然袭来，心跳一下子乱了节奏，她极不自然地移开了视线。

而楚安城一直目不斜视，一副如常的高冷表情。在两人即将擦肩的时候，她听到他淡淡地说了一句："不好意思，我昨晚喝多了。"

这么短短的一句话，应该就是他为昨晚的事情道歉吧。

那个瞬间，苏微尘听见了自己的心轻轻龟裂开来的细小声响。

昨晚一整夜，苏微尘总是控制不住地想：他这么厌恶她，为何还要吻她呢？！只是因为他醉糊涂了吗？

她自然是无法得出任何答案的。所以她告诉自己：他肯定是喝得太醉了！

是的，他醉糊涂了！苏微尘一再地这样告诉自己。

但是告诉归告诉，当亲耳听到楚安城这样子轻描淡写地跟她表示歉意的时候，苏微尘竟还是会觉得很受伤。她仿佛看见自己内心深处那些隐隐约约闪动着的小火苗，被冰水当头浇下，一下全熄灭了，只余几缕青烟……

苏微尘一直垂着眼，视线所及之处是楚安城的家居拖鞋，大大的驼色萌狗，乌黑无辜的两只萌萌大眼。与她的，与苏时的，是同一个系列的。

那还是她住进来后，在网上购得的。她起初只买了自己与苏时的，穿了一日后，苏时跑来对她说："苏微尘，楚师兄也很喜欢这双拖鞋，你帮他也买一双吧。"

于是，她当晚便拍下了同一款式的男款家居鞋。淘宝的分类写得很清楚，这是一家三口系列。那个时候，她的心里有一些说不出的感觉，似偷吃了一口不属于她的冰淇淋，尝到了薄薄凉凉的欢喜甜蜜。

此时，却叫人有种莫名的难堪。

苏微尘轻轻开口道："楚先生，我有点事情正想跟你商量一下。"

楚安城停下了脚步，目视前方："什么事？"

苏微尘尽量挑着委婉的词语："其实我考虑很久了，只是一直不知道怎么跟你说起。我想过几天我跟苏时就搬出去住，我们可以住在附近……这样既可以学琴，也不用打扰楚先生你……"

楚安城平静地目视着前方，仿佛没听到似的，一直没有说话。最后，他才缓缓侧过脸，终于将目光停在了她身上："是吗？搬去丁子峰家吗？"

他的话又冷又讥讽，苏微尘极度不解他的意思。这跟丁子峰没有半毛钱关系啊！此时，楚安城的下一句话已冷冰冰地传了过来："那你另请高明吧。我不教了！"

苏微尘愕然地与他对视。然而，楚安城的眼神非常认真，仿佛这是一件做了决定，就不会更改的事。

他这是在威胁她不能搬离吗？！为什么？他明明这么讨厌自己！自己搬走不正好合他心意吗？！

下一秒，楚安城已经转身下楼了，他只轻飘飘地留下了一句话："苏小姐，你留，苏时就留；你走，苏时就一并走。你自己决定！"

苏微尘一直站在原地。

安安静静的屋子，安安静静的四周，只有从琴房传出来的忽高忽低、忽轻忽重的音乐声。

楚安城又在弹《悲怆》了。

空荡荡的房子里，四处都盘旋着哀伤的钢琴声。每个音符都仿佛是心灰意懒的碎片，跌落一地。

楚安城终于按下了最后一个键。屋内渐渐安静了下来。

苏微尘推开了琴房的门。寒意如张狂的野兽，瞬间扑面而来。琴房里竟一片冰冷。

原来楚安城打开了琴房通往花园的两扇门，冷风呼呼灌入，吹得白色的落地窗帘如落叶般乱舞。而楚安城端坐在落地窗前的一架黑色钢琴前，竟仿佛没有半点察觉似的。

"楚先生。"苏微尘开口。楚安城不理她，径直站了起来，"砰"地关上了门。

苏微尘垂眼盯着自己的拖鞋，好半晌才开口道："楚先生，那我们付房租给你吧。我们也不能一直在你这里白吃白住啊。"

楚安城依旧冷冷地沉默着。空气中僵凝一片。

好半晌，楚安城才双手抱胸，冷冷地开口道："付房租？好吧，我们算一下账。这屋子在洛海，最低也要两万块一个月。好吧，我算你最低一万。你做的家政工作，我按最高的价格付你，就算八千块吧。那么相抵扣之下，你还需要付我两千一个月。"

"好，我立刻去取钱。"苏微尘大松一口气，转身准备外出。

楚安城叫住了她："你等一下。"

只听楚安城冷哼一声，缓声道："还有，我想你忘记了最重要的事情吧。苏时的学费呢？他这种情况我想肯定算一对一教育，每天这么长时间的教学工作，苏小姐，你准备付我多少钱呢？"

苏微尘呆若木鸡。她从未想过他竟会说出这些话，而她确实也如他所说的，一直忘记了他教苏时的学费问题。

苏微尘瞠目结舌了半晌："我……我不知道……"

楚安城勾起嘴角，冷冷一笑，转身走了。

楚安城到底是什么意思？她要搬走，他不准她搬走。她要付房租，他似乎又勃然大怒。

苏微尘无力地叹息。她实在是不知道要怎么做，才能让楚安城满意。

苏微尘愣怔良久。她缓缓地伸出指尖，微微触碰了一下自己的唇。那里依旧涨涨疼疼的，似乎还残留着昨夜的火热。

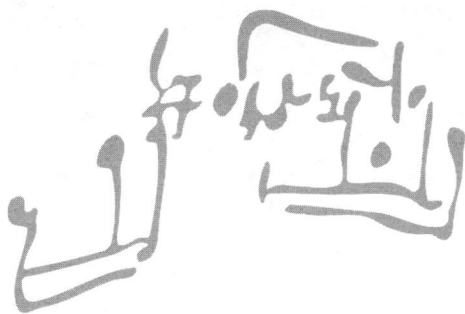

Chapter 06

逃 避

苏微尘终于知道，
要是讨厌一个人，
会说出怎么样的
伤人话语。

这件事情后，苏微尘极力避免与楚安城待在同一个空间。

连苏时都敏感地察觉到了他们两个之间的不自然，偷偷问她："苏微尘，你跟楚师兄怎么了？我怎么感觉你们俩之间怪怪的。"

苏微尘装没听懂，避重就轻地说："什么怎么了？我跟你楚师兄一直都这样啊，不好也不坏。你为什么这么问？"

苏时将信将疑："真的吗？"

苏微尘回答得斩钉截铁："比珍珠还真。不信你去问你楚师兄。"

苏时这才相信了，挠了挠头："好吧，那我去弹琴了。"

这一日，拍摄工作结束得早，丁子峰送苏微尘回家时，苏时上学还没有回来，整个屋子静得一点声音也没有。

苏微尘从厨房取了一瓶水，扔给了丁子峰："最近能让田野给我多安排点拍摄的活吗？"

丁子峰诧异道："你现在活还不够多吗？几乎每天都在拍了。"连带着他也赶场子，忙得团团转。

苏微尘叹了口气："你不是说我人老珠黄了吗？趁还没被拍死在沙滩上，多攒点老本嘛。苏时以后去国外的音乐学院，若能申请到全额奖学金那是最好，可要是申请不到的话，那可是一大笔钱！趁我现在还能拍，多接点活，有钱傍身是肯定不会错的。"

"我有就行了。"

苏微尘没好气地道："你的又不是我的。借了可以不还，是吗？！"

丁子峰慢悠悠地喝了口水："可以啊。这个世界上只有苏微尘你可以只借不还！"

苏微尘陡然抬眼，丁子峰的目光如水，里头仿佛蕴含着千言万语。平素嬉皮笑脸的神色此刻收敛得一点也无，竟是从未有过的认真。

苏微尘心里"咚"地一下，隐约觉得这话题谈下去，有些东西仿佛呼之欲出了，以后，便再也不能这般相处了。她赶忙掩饰般地哈哈大笑，装傻充愣："真的假的？那我先谢过了。"

丁子峰细细地观察着她的每个表情，最后，他失望地叹了口气。

苏微尘扯开话题："喂，你和田野以前不是提过内衣广告吗？还说报酬丰厚。"

丁子峰骤然转头瞧着她，一副活见鬼的惊悚模样："你以前不是再三跟我申明：你绝对不会接内衣裤广告的吗？"

彼此刚熟的时候，田野经常会玩笑似的，半真半假地建议："苏微尘，你很有料哦，比例也很不错，考不考虑接内衣广告？酬劳是现在的几倍哦。"

苏微尘总是做出瞠目结舌的惊诧表情："我有料？田野，你确定你眼睛没问题，不需要去配一副眼镜吗？"

都是聪明人，知道她的婉拒之意，田野便打着哈哈过去了。

后来大家都成了好友，田野便再没有提过这个茬。所以此时丁子峰的吃惊确实在情理之中。

苏微尘道："我只是在考虑，又没说一定要接。"

丁子峰打量着她，若有所思地道："好端端的，你为什么要多接拍摄工作？"

苏微尘掩饰地说："不是说了吗，我要多攒钱。"

丁子峰摇头："不对，肯定不是这个原因。"

苏微尘见瞒不过他，便道："住在楚先生这里这么久，我一直没有交房租和苏时的学习费用……"

苏微尘把她与楚安城关于房租和学费的对话告诉了他。她自然省略了许多，比如两个人之间的吻，比如楚安城那些难听的话语。

丁子峰也犯难了："那他到底是什么意思？这到底是付还是不付呢？"

苏微尘耸了耸肩，苦恼得很："我也不知道。艺术家总是古古怪怪的。"

丁子峰倒是笑了，仿佛很欢乐："看来是我看错他了，我还以为他在打你的主意呢。苏微尘，你虽然已经人老珠黄了，但所谓徐娘半老，风韵犹存，还是勉强可以凑合凑合的！"

苏微尘顿时暴怒，拿起沙发上的抱枕就掷了过去："丁子峰，你不想活了是不是？你给我过来，我保证不打死你！"

丁子峰手脚敏捷地一把接过，"嘿嘿嘿"地笑着讨饶："我错了！我错了！您年轻！年轻！"

苏微尘越发怒了，恶狠狠地吐出一个"滚"字。

丁子峰说："我滚，我等会儿就滚！"

玩笑结束，丁子峰正色起来："苏微尘，你要不要考虑搬出去？洛海城这么大，教钢琴的老师多了去了。"

苏微尘叹了口气："马上就比赛了，我总不能让苏时在这个节骨眼上重新再去适应新的老师啊。再说了，教钢琴的老师是很多，可是要真心诚意教苏时，教得好，且苏时也喜欢的，那就太少太少了。再说了，就算运气好找到了，苏时同意吗？又如何跟周老师交代……"

苏微尘这两天自然是无数次地考虑过这个问题。她亦婉转地试探过苏时，苏时表示很喜欢楚安城，还说他的教学方法跟以前的两个老师都不一样，但生动易懂，他更喜欢。

苏时摆明了是崇拜楚安城，所以无论楚安城说什么，他都乖乖地听话，认真地执行。有的时候，这种偶像的动力，也真是不能小瞧的。

丁子峰也没辙，走之前跟苏微尘说："若是房子和钱的事情，你不要担心，我有办法的。若是关于钢琴老师，我也去帮忙打听打听。至于内衣文胸之类的，你就别打这个主意了。"

寒冬午后的阳光穿过薄帘，暖融融地照射进来，慵懒静好。

苏微尘的额头抵在玻璃上，默默地拨动着镂空的白色帘子。在这炫目的阳光里，她脑中闪过的却是楚安城那讽刺的言语和他那冷冷的脸。

苏微尘默默地叹了口气。

许久后，她徐徐转身。转过头却愣了，原来不知何时楚安城竟然站在了自己的身后。

他垂着眼帘，双手抱胸靠在墙上，似瞧着自己的鞋尖。屋外的阳光那样热烈，但他站在暖阳照射不到之处，整个人很沉，叫人有一种整个客厅都要随着他沉下去的感觉。

半晌后，楚安城缓缓地将目光移上了她的脸，瞧着她的表情依旧冷漠，而眼底深处却闪出了讽刺笑意："苏小姐，我建议你还是别去拍什么内衣广告了。"

苏微尘不说话。显然她方才与丁子峰的谈话，他都听到了。

楚安城上前一步："你如果拍的话，从你拍的那天开始，我就不会再教苏时弹琴了。"

苏微尘如触电一般地看向了他："为什么？我接什么工作，拍什么照片，跟苏时弹琴有什么关系？"

楚安城盯着她轻轻一声冷笑。苏微尘再一次清楚地在他眼睛里看到了鄙夷厌恶之色。

他说："我愿意用休假的时间来教苏时，一是因为周老师所托，我很难说不，二是因为我觉得苏时确实是个有天赋的孩子，是个可造之才。但是我没有想到他有你这样目光短浅、不知羞耻的姐姐。"

他的话说得不留一丝情面，半点客套也无："你替苏时想过吗？几年后，他或许名扬国际琴坛了，却有各种报刊登他姐姐的各种艳照。当然这些半裸照片在国外来说，根本算不上什么。但在我们国内不是……你等着国内钢琴界的那帮嫉妒苏时，日日盼着苏时出糗出事的人看苏时的笑话吗？！"

楚安城说完转身便走，留下了苏微尘一个人呆呆地站在原地。

楚安城说的话不是没有道理，但是苏微尘更敏感地觉得楚安城很讨厌她，非常非常讨厌她。

这个认知让她的心闷闷涩涩地难受，完全无法静下心来。

苏微尘觉得自己非常奇怪，她一点也不希望他讨厌她，她一点也不想他用那种充满厌恶的眼光看她。

这是一种从未有过的感觉！

苏微尘幽幽地叹了口气，回了自己房间。她心烦意乱，也不知该做些什么，在房间里又发了半天呆。

也不知道过了多久，屋子里开始响起音乐声。

苏微尘侧耳倾听，是德彪西的那首《月光》。

每个音符都在四下飘动，宁静悠长。

那一个阳光悠然的下午，陪伴苏微尘的，除了难受，还有一屋子的动人"月光"。

内衣广告自然是不能拍了。而她与楚安城之间更是无话可说了。每每见面，偶尔目光接触，都会各自悄然移开。

这一日是星期天，苏时练了一上午的琴，午睡后乖巧地在自己的房间里做作业。苏微尘推开门缝看了一下，便轻轻地阖上门，去给楚安城整理房间。

房间里俱是他浓烈的气息。苏微尘站在门口已觉心口强烈地收缩，几乎窒息。

枕头旁搁了一条很普通的黑色围巾，大约因为时间久远的缘故，颜色已经有些发灰暗淡了。苏微尘拿起来，照例准备叠好搁回更衣室。她在转身的时候并没有注意到围巾钩住了床头柜上银质的相框。

随着她的离开，围巾带起了银质框架，而后"砰"一声摔到了地上。苏微尘这才注意到围巾被钩断了几根毛线，她轻轻一扯便形成了一个破洞，再一扯，已然是个大洞了。

苏微尘顿时傻眼，这可如何是好啊？

不得已之下，她只好硬着头皮去见楚安城。苏微尘诚实地把围巾呈到楚安城面前："楚老师，不好意思，我不小心把你的围巾弄破了。"

楚安城素来淡然，没什么表情，此时听了苏微尘的话，却霍地转过了身，一把扯过她手里的围巾，面色竟一下子变了变。

苏微尘见状，便知此围巾对他很是重要。她十分内疚，歉声连连："楚老师，是我不对。我愿意赔偿。"

闻言，楚安城恶狠狠地抬头，黑不见底的眸子无声冰凉地盯着她。

"对不起，多少钱，我愿意赔偿……"

楚安城粗暴地打断了她的话："你赔得起？！"

四周倏然安静下来。在这胶水一般凝固的死寂中，苏微尘听见了自己心脏狠狠抽动的声音。

就这么冷冷冰冰简简单单的几个字，却如锋利的刀片，电光石火间把苏微尘割得遍体鳞伤。

楚安城握着围巾冷冷地转身离去，让苏微尘再一次感觉到了他对自己那种从骨子里透出来的浓浓的毫不掩饰的厌恶。

苏微尘低低地叹了口气。

她知道把他的围巾弄破是自己不对，但她也不是故意为之的。

她实在不知道为什么楚安城会这样讨厌自己。

唯一知道的是，她对这一切都无能为力！

第二天，没有拍摄工作的苏微尘与放假休息的白慧相约吃饭。

白慧问了她的近况，苏微尘表示还OK。

幸福人妻白慧翻着白眼喷她："好什么好呀，这都快三十了，连男朋友也没有一个。"

苏微尘笑："没有男朋友有什么关系？这些年来，我还不是一直过得好好的。"

白慧语重心长地道："不管怎么样，女孩子家的，总得找个归宿。想想你去世的父母，他们在九泉下，也希望看到你结婚生子，过着和乐美满的日子。"

听白慧把她去世的父母都搬了出来，苏微尘便低头不语了。

白慧把手机递到她面前："你看看，这几个人啊，是我老公的同事、同学、同学的同学。我挑了两个月了，觉得还不错……如果你看得中意，过年就见见他们家长什么的，来年就把事情定下来……"

苏微尘惊了惊："过年？"从今天开始，满打满算也不过两个月零几天就过年了。

白慧说："缘分的事情，一旦来了的话，挡也挡不住的。"说罢，她翻开照片，给苏微尘一一介绍解说。

"这个姓王，大学本科毕业，在外企工作，收入也不错。就是人长得一般……反正吧，居家过日子，长得好看又不能当卡刷！

"这个姓盛，是个研究生，人非常老实，就属于你让他往东他不敢往西，你叫他买黄瓜他不敢买西红柿的那种类型。什么都好，就是矮了些……家里呢，父亲早逝，还有个老娘。这种为儿子牺牲了一切的婆婆，通常是不大好相处的。不过呢，咱们就见见，也没什么损失，搞不好他母亲人很好呢。

"这个姓朱……"白慧见她抿嘴偷笑，便呵斥道，"不许笑。"说完，她自己也忍俊不禁："他确实长得有点像他的姓氏。但这个人脑子活络，很有生意头脑，有房有车，还有三个修车洗车铺，最近还准备开第四、第五个呢！属于这几个人里面，经济能力最不错的。男人啊，其实长相不重要，心地好知冷热，能过日子就好。

"还有这个，是我老公单位的同事。长相文凭工作都不错，唯一不好的就是离过婚。不过跟前妻没有小孩，财产分割得也清楚……二婚的名声是不太好听，但胜在实惠，公务员，铁饭碗……

"这几个人，你看看，觉着哪个合眼缘，我就给你约出来见见。"

苏微尘认认真真地听白慧一一介绍完，最后把手机默默地推给了白慧。

白慧诧异："不会吧，你一个也瞧不上啊？"

苏微尘正不知怎么答她，正好此时服务生端上了菜，给她解了围。已经腹鸣如鼓的白慧把注意力集中在了美食之上，总算暂时放过了她。

不过，白慧是懂得"时间是靠挤出来的"这个真理的，在品尝美食的空隙，仍不忘对她谆谆教诲："苏微尘，你已经老大不小了，再拖下去，可没什么好果子。你不急，我可是替你急得不行。"

她见苏微尘欲为自己辩驳："得了，你别说什么没感觉，你不想找，你想等。这些话，我已经都会背了。"

苏微尘扑哧一笑，下一秒，楚安城的脸流星般地划过了她的脑海。就这么短短一刹那，苏微尘的胸口就像被人生生掐住了似的，闷闷地难受。

最近的她，像是生病了似的。只要想起楚安城，心口就会有那种抽搐窒息之感。

苏微尘缓缓地搁下自己的筷子："白慧，我想跟你说一件事。"

白慧不以为意："说吧。"她不断地用筷子向着新上来的菜进攻。

苏微尘垂下眼，轻轻地说："我……我好像喜欢上了一个人。"

白慧眼睁睁地看着已经被自己的筷子夹住的美食"啪嗒"一声掉回了瓷盘之中。她顿时来了兴致，目光炯炯地抬头，急声追问："谁？那个人是谁？还不给我速速招来。"

苏微尘其实一说出口就后悔了。她不知自己为什么会把这个深藏着的秘密说出口。或许是因为白慧对她的好，也或许是她总是压抑在心底，所以很想要找个人倾诉。

她咬着唇犹豫再三，最后讷讷地试图否认："没有啦，我骗你的。"

白慧怎么可能相信这种鬼话，她"啪"地一拍桌子，杏眼圆瞪地道："苏！微！尘！"

苏微尘讨饶："好吧，好吧，我说。"她又踌躇了数秒，方艰难地开口："是……楚安城。"

白慧的嘴巴在一瞬间张大。

凶神恶煞般的白慧一下子厐了，她咽下了一口口水："楚……安……城？那个教苏时的楚安城？那个现在跟你暂住在一起的楚安城？"

都到了这个地步了，苏微尘也就不再藏着掖着了："白慧，我也不知道那种感觉是什么，我自己也说不出来。可那种感觉就是很怪……我从来没有对其他人有过那种感觉……

"这种感觉应该就是喜欢吧？"

苏微尘只觉得自己说了好多，但是对面的白慧一直是一副目瞪口呆的模样，仿佛一直没听明白似的。

苏微尘颓然放弃："唉，别再问我了，其实我自己都不清楚。"

白慧叹了口气，默默地再度把手机搁在她面前："苏微尘，我不是泼你冷水。虽然他现在在教苏时，而且你跟他呢，暂时同住在一所房子里，但是，苏微尘，你跟他是绝对不可能的。婚姻也是讲门当户对的，除非你愿意不明不白地跟着他。但问题是你愿意不明不白地跟着他，他也不一定要你啊。以他的条件，身后的美女真是从洛海排到巴黎的。"

白慧的话虽然字字如针，戳得人生疼，苏微尘却是明白她的真心。只有真心对你的朋友，才会对你说这些掏心窝子的话。

白慧语重心长地劝她："微尘，你可千万别犯傻啊。那个人跟你不合适！完全没一点合适的地方！"

苏微尘苦涩地扯了扯嘴角："你放一千万个心，他绝对不会喜欢我。不只不喜欢，他还十分讨厌我。"虽然不想承认，但这确实是不争的事实。

白慧再度叹息："还有，微尘，我想说一句话，虽然你不爱听，但是我必须要说。男人总是犯贱的，哪怕你再怎么喜欢他，也要守住你自己的底线。很多东西，得到得太轻易了，他会以为你随便，会看轻看低你。”

“白慧，我一直明白的。一个女人只有自爱才会有人来爱！”

“我把这些照片发你手机里了，你回去好好看看吧！挑个合眼缘的出来见个面。不是我刺激你，过两个月你又老一岁了！一年一年很快的，你啊，不趁年轻找个好的，以后想捡漏可就更难了！

“见个面，喝个咖啡，看不对眼彼此就不再联系了。搞不好大家感觉都不错呢！这人与人之间的感情啊，是处出来的，没处过怎么就知道处不来呢！

“微尘，多看看，多挑挑，不会错的。”

苏微尘没有拒绝白慧。

与白慧在饭店门口道别后，苏微尘将自己捂得严严实实的，沿着街道一路而行。冬日的洛海，梧桐叶尽，寒风吹来，只余光秃秃的枝干在萧瑟舞动。

街边角落一家手工毛衣店的橱窗成功地吸引了她的注意。假人模特身上穿了一件姜黄色的毛衣，脖子上围了蓝色的手工围巾，色调活泼温暖。

苏微尘推门进入：“老板娘，你这里卖不卖毛线？”

眉清目秀的老板娘笑盈盈道：“卖！我这里只有羊绒、羊绒羊毛、羊毛、棉线四个品种，你想要哪一种？”

苏微尘想了想，道：“给我羊绒的吧，我要黑色的。”

老板娘问：“你想要多少？”

苏微尘被问住了：“呃……我想要织条围巾，哦，织两条围巾的量。”

“好。”老板娘一边取毛线，一边与她闲聊：“你会织围巾吗？”

苏微尘摇摇头，诚实地道：“我不会。”

老板娘微笑：“没事，只要在我这里买毛线啊，我还教你们怎么织围巾、毛衣。教学不用花钱，你随时过来，我教到你会为止。”

哇！这么好！苏微尘遂又买了配套的织针等物，也向老板娘讨教了织法。

说来也奇怪，老板娘只简单解说了一遍，她就能领悟了。她用毛线在针上起针，又试着织了几针，结果很惊讶地发现，织围巾这活好像并不是很难。

老板娘惊诧赞叹："好厉害，竟然学一遍就会了。你以前是不是学过？"

苏微尘回想了一下，依旧如过往，什么也想不起来。她含笑摇头："应该没有吧。"

"那可能是你有这方面的天赋。"热情的老板娘把毛线装进了纸袋，递给了她，"织好了围巾若是觉得好，就再来买点毛线，织毛衣。最近流行粗棒针的欧美款毛衣，你织了自己穿，肯定好看。"

苏微尘接过了纸袋，连声道谢。

回到家，苏时很乖地与楚安城在琴房练琴。从微开着的房门，可以清楚地看到两个人的身影。

苏微尘在楼下静站了片刻，便上楼整理衣物。她照例是把楚安城的衣服规规整整地叠好，放进了衣帽间。

正在她整理的时候，卧室门被推开，楚安城走了进来，大约是没想到会见到她在里面，便止住了脚步。

围巾事件后，两人再没有任何的交谈。

楚安城虽然远远站着，但打他一进门，苏微尘便心跳加速，与此同时，胸口那种窒息感再度来袭。

苏微尘忙三两下把手头的衣服弄好，然后逃也似的离开了他的卧室。

苏微尘与楚安城错身而过时，听见他的声音淡淡响起："罗姐刚给我打了电话，说她今天有事，不能过来。"

他不过是知会她一声而已。苏微尘点了点头："我知道了。"

而楚安城一直静静站着，直到她离去，方缓步进了衣帽间。他的视线定定地落在她折叠得方方正正的衣物之上，愣怔失神。

过了良久，楚安城的神色渐渐转柔。他伸出了手，轻轻地搁在衣物上。那是她方才整理过的衣物，似依旧残留着她的温度。

苏微尘下楼后不久，楚安城也跟着下来，推门进了琴房。

楚安城闭眼静听，一曲终了。他睁开了眼："今天就弹到这里吧。"

苏时乖乖地合上琴盖站了起来。

楚安城问："你晚上想吃什么？我们出去吃。"

苏时侧头想了想，雀跃地说："楚师兄，我想去吃上次的炭炉火锅。"

天气寒冷，苏时自楚安城上次带他吃过一次炭炉火锅后，就念念不忘那热乎乎的味道。

楚安城应了声"好"。于是，苏时便一溜烟地跑出了琴房："苏微尘，晚上我们和楚师兄一起去吃火锅，好不好？"

透过开启的门，楚安城听见苏微尘的声音轻轻响起："好啊。"

那个炭炉火锅店离他们住的地方虽然不远，但偏僻简陋得很，七拐八弯的，若不是熟人，根本就找不到。幸好来得早，抢到了最后一个小包厢。

老式的小炭炉，搁在上头的砂锅，噗噗地冒着热气，诱人至极。不由得叫人想起那两句古诗："绿蚁新醅酒，红泥小火炉。"

三人围着桌子而坐。苏时脱了厚厚的羽绒服，一张小脸被热热的炭炉熏得红红的。不知是炭炉的缘故还是楚安城坐在身旁的原因，苏微尘亦觉得热得不行。

这里的牛肉火锅，配上老板亲自调配的蘸料，突出了食材本身新鲜清甜的味道。苏微尘替苏时涮肉涮蔬菜，瞧着他在一旁吃得津津有味。

楚安城则一如往常，吃得很缓很慢。苏微尘尽量不去注意他，可居然还是看到了他忽然皱了皱眉头，垂下眼盯着自己的指尖。

苏时挨着他坐，便瞧出了问题："呀，楚师兄，你扎到木刺了。让苏微尘回家给你挑，她可厉害了，挑起来一点也不会痛哦！"

楚安城笑笑，并不搭话。

这是一种无声的拒绝。苏微尘心里又涌起了那种说不出的难堪。她从来不知道自己何时得罪过他。或许，讨厌一个人跟喜欢一个人一样，同样都是不需要任何理由的。

本来很美味的食物，仿佛在瞬间失去了所有的味道。苏微尘自己没食欲，便只顾着给苏时烫菜涮肉。

苏时也注意到了："苏微尘，你怎么都不吃？别给我烫菜了，你自己吃啊。"

苏微尘只好笑笑："我不是很饿。"

对面的楚安城抬头看了她一眼，又无声无息地垂了眼。后来，他吃的速度更缓慢了。

出来结账的时候，苏微尘特地抢先了一步去买单。

柜台后收银的是一个四五十岁的妇人，长了圆润的一张脸。她低头接过账单，按了计算机后，微笑着抬头道："一百八十六元。算你们一百八吧。"

柜台处的光线颇亮，那妇人看到苏微尘，愣了一愣："这位小姐，瞧着好面熟啊，我好像在哪里见过你似的。"

自从做了淘宝模特，苏微尘经常遇到这种情况。看来这位阿姨也是马云先生背后的其中一个女人啊！

苏微尘笑笑，把钱递给了她："可能我长得比较大众化吧。"

那阿姨蹙着眉头接过了钱。大约是怎么想也想不起来吧，她找给了苏微尘零钱："欢迎下次再来。"

苏微尘转身，见苏时和楚安城都已经穿戴好了，裹得严严实实的，只露着两对乌黑的眼睛，十足似一对蒙面大盗！

一跨出火锅店的门，苏时便惊喜地"啊"了一声："苏微尘，苏微尘，下雪了！"

苏微尘抬头，果然见橘色的路灯下，一片一片的雪花鹅毛般辗转飘落。苏时乐得在路上张开双手追逐纷飞的雪花："哇，哇，苏微尘，好棒啊。"

苏微尘用手接起了一片，雪花在厚厚的手套上并没有即刻化掉。苏时说："楚师兄，我们明天打雪仗吧？"

只听楚安城轻轻地说："那得下整整一晚上才行。"

苏微尘转过头，只见楚安城昂首仰望着黑洞洞仿若深渊的天空，清隽的侧脸上隐隐有一抹温柔的笑意。

苏时问："那会不会下一个晚上？"

楚安城出神了片刻，方答："希望会下一个晚上。"

苏时说："楚师兄，过几天，我们再来吃火锅吧？"

楚安城说："当然好啊。不过楚师兄发现我们苏时好像很偏爱火锅嘛。"

苏时答："因为我们围在一起吃，热热闹闹的感觉好像一家人哦。"

苏微尘像是被人在鼻子处打了一拳，眼圈顿红。这个傻傻的可怜的可爱的懂事早熟的苏时，其实在内心深处一直是渴望家庭温暖的。

楚安城也没料到是这个答案，他一怔，没来由地一阵心疼。他探手揉了揉苏时的帽子："我们苏时什么时候想吃火锅，楚师兄都陪你过来，好不好？"

　　苏时灿烂一笑："好！"他接着雪花，跑着向前，对着天空大声喊道："苏时今天好开心呀！苏时好开心——"

　　苏微尘酸涩地微笑，她转头，不料却与楚安城黝黑无声的目光又撞上了，刚一接触，彼此便如触电般地躲开了。

　　三个人把自己包裹得暖暖的，伴随着落雪一路逛了回去。

　　回到家，苏时依然记得楚安城手指扎刺的事，拉着楚安城的袖子："楚师兄，我乖乖地再去练几首曲子，你让苏微尘给你挑刺，她挑刺可棒了！一点都不会疼哦！"

　　楚安城没说话。他的脸上如往常般淡淡的，瞧不出任何表情。但后来，他还是顺着苏时在沙发上坐下。

　　苏微尘蹲了下来，仔细地端详了一下他的手指，便转身去自己的家用缝纫机那里找出了一根针。她又特地去了厨房点了灶火烤了烤，以作消毒。

　　最后，她在他面前蹲了下来，伸出了手："楚先生，你把手给我。"

　　光亮的落地灯下，她的手如白玉般晶莹，好看得紧。

　　苏微尘等了许久，一直没见楚安城有动静，便抬眸："楚先生？"

　　垂着眼帘，掩盖所有思绪的楚安城这才缓缓抬眼，默不作声地把手指搁到了她掌心。

　　楚安城的手骨节分明，手指白皙修长，每个指甲都修得圆润干净，仿佛贝壳似的漂亮。那木刺扎在食指处，皮肤微微发红。

　　苏微尘捏着他的食指，尖锐的针灵活地戳进了扎着木刺之处。

　　他身上有一种男性的干爽清冽的味道。因距离过近，这种味道便如同无数的小蛇咝咝地尽往苏微尘鼻孔里钻。那个喝醉的夜晚，那个火热狂暴的吻，那些纠缠的画面便在瞬间袭来了——苏微尘心头一抽，她的呼吸便被堵住了。

　　楚安城轻轻地动了动指尖，苏微尘这才意识到自己的针一直扎在他手指上。她很快地收敛了心绪，专心致志地用针挑住木刺的中间段，然后针尖缓缓一拨，便轻轻巧巧地把木刺挑了出来。

她慢慢抬头："好了。"

暖暖的灯光下，楚安城正神色迷离地瞧着她，仿佛隔了千山万水似的遥远悠长，眼神亦古怪到了极点。由于她的话语，他似被惊醒了一般，漆黑的瞳仁骤然收缩。他的手亦在同一时间猛地往后一抽，起身大踏步朝门口走去。仿佛，仿佛她身上带了致命病毒，沾染即会致命！

很快地，大门处传来"砰"的一声响动。

木几上搁了一盆素心兰，在灯光下幽幽盛开。如今的仿真花做得跟真的一模一样，直叫人迷了眼。苏微尘愣愣地瞧了半晌，方上楼回房。

那晚的楚安城也不知道什么时候回来的。

而那晚的雪也只下了薄薄的一层，便结束了。

做人贵有自知之明。从那晚后，苏微尘越发地躲避着楚安城，用避如蛇蝎四个字来形容亦有不及。她一回家就上楼，若是需要搞卫生之类的，她便早起或者晚睡来完成。除了三个人偶尔一起吃晚餐，两人很少碰面。

吃饭的时候，苏微尘与楚安城两人之间也是没有任何交流的。偶尔眼神交会，彼此也会很快地移开目光。苏微尘总是默默地吃着自己面前的菜，吃完后搁下筷子，客气地说一句："我好了，你们慢用。"

再怎么样，她也是住在别人的家里，这点基本礼貌还是要有的。

每过一天，苏微尘便庆幸离苏时的比赛又近了一天。

但有的时候，想躲也躲不开。比如这一日，苏时的学校安排了一个去三元市两日一晚的参观活动。

偌大的屋子里只剩下了苏微尘和楚安城两人。偏偏这两日，苏微尘又没有任何拍摄工作。外头呵气成冰，她没地方可去，只好躲在自己的卧室里做手工。

罗姐上来唤她："苏小姐，饭菜都好了，卫生我也都搞妥了，那我就先回去了。"

苏微尘客气地道谢后，便下了楼准备碗碟。刚在餐桌上摆放好，楚安城也下楼了。

他穿了一身白色的休闲家居服，径直拉开了椅子在苏微尘对面坐了下来。

两人相对无言地吃饭。平日里，有苏时在，屋子里总是有各种欢声笑语，也总是飘荡着钢琴声。

今天，则是真真正正的寂静无声。偶尔碗筷相触，都清晰可闻。

"叮"的一声，苏微尘搁在手边的手机提示收到了一条语音微信。苏微尘滑开了手机，习惯性地随手点了一下，白慧大大咧咧的声音顿时响彻整个安静的客厅："喂，苏微尘，那几个相亲对象你决定没有？不要再给我拖了，到底先见哪一个……"

没料到白慧会聊这个，苏微尘手忙脚乱地碰触屏幕按掉。抬头一看，楚安城端坐在对面，小口小口地优雅吃饭，仿佛没有听见一般，面上一如往常，什么表情也没有。

可饶是如此，苏微尘还是面红耳赤了起来，仿佛做了什么见不得人的事似的。

片刻后，楚安城吃完饭，搁下碗筷，不发一言地起身离开。

苏微尘拿起手机，打了字回给白慧：我不去了。

数秒后，白慧便发了几个怒气冲冲的表情过来，大约觉得不解气，随后又发来一段中气十足的咆哮："苏微尘，我已经给你做了决定。明天，咱们先见见那个姓朱的。明天晚上六点，环湖路那家一杯时光咖啡店。你要是敢不来——哼哼，我跟你从此绝交！"

在白慧的再三威胁下，苏微尘只好无奈地回了过去："好吧好吧，我去。"

白慧还不放心地把咖啡店的详细地址用文字发给了她："苏微尘，详细地址我发给你了。你要是敢放我鸽子的话，我就发布全球通缉令。"

苏微尘说："就我那破胆量，你说我敢吗？"

白慧回了她"嘿嘿"两字。

而此时，钢琴旋律飘起，楚安城在弹奏那首《悲怆》，每一个音符他都像用锤子敲的一般用力。

苏微尘洗碗整理厨房的时候，一直都在侧耳倾听。只听楚安城弹了不过片刻，也不知道怎么了，音乐突地一变，调子更改成了清越动人的《月光》。

苏微尘素来就喜欢德彪西的这首《月光》，每每听来，都觉得心境清和。但是今天的《月光》并不如往日动人。

忽然，只听"咚咚"几声闷响传来，楚安城停止了弹奏。

苏微尘正欲上楼避开，可是已经避之不及了，楚安城拉开了琴房门，他阴霾密布的脸已经出现在了她面前。楚安城直直地望着她，目光里是毫不掩饰的凶恶味道。

她哪里又惹到他了？苏微尘完全一头雾水。

楚安城抬起长腿，与苏微尘擦肩而过，朝门口大步迈去。大门被拉开，而后，又被大动作地摔上。

他在生气！

苏微尘傻傻地站在原地，呆愣地望着大门，实在不知自己哪里又得罪他了。

苏微尘睡到后半夜被渴醒了，便迷糊地抓起马克杯去起居室倒水。她也没开灯，就着自己房门溢出的亮光，打着哈欠伸着懒腰来到了木几前，准备倒水。

苏微尘忽然被一旁沙发上歪斜着的身影吓了一跳，她后退一步："谁？是楚先生吗？"此时的她才后知后觉地闻到空气里弥漫着浓浓的酒味。

半明半暗中传来一个低哑熟悉的声音："是我。"

苏微尘"哦"了一声。她也不知道说什么，只想赶快倒好水回房。

她也是这么做的。一倒好了水，她就开口道："楚先生，你早点休息，晚安。"

就在她转身之际，只觉得有一个阴影袭来，她的手臂落入了他人之手。不知是由于黑暗的缘故抑或是他手掌传来的炙热温度，苏微尘只觉得惊惶害怕："楚先生，你是不是喝醉了？我给你倒杯水吧。"

悄无声息的黑暗中，苏微尘感受到了楚安城紧锁的视线，亦感觉到了他的身体在一点点地贴近。她后退　步，试图扯出自己的手臂："楚先生，你喝醉了。"

楚安城忽然咻咻地笑了起来，在寂静无声的暗夜里，这笑声如同幽灵一样诡异："我醉了？你确定？"

那么接近，以至他湿热的带着酒味的呼吸仿佛就吹拂在耳边。耳边的肌肤有些异样的酥麻，苏微尘后退着："楚先生，你早点休息。"

楚安城却怔怔地望着她，在昏暗不堪的光线中，苏微尘望进了他奇怪的、叫人捉摸不定的眼里。在这叫人窒息的凝视里，他忽地出声，唤了她的名字："苏微尘，苏微尘……"

他每个字都说得缓慢得很，清晰得很，但连在一起，和着他低低哑哑的嗓音，却变成了一种很暧昧的语调，仿佛是呢喃，又像是魅惑的催眠。

苏微尘只觉得自己中蛊了一般。明明应该逃走的，可是她连拔腿的力气也没有。

楚安城伸出手，缓缓地碰触到她的脸。不知是自己的脸蛋太冰凉还是他的手指太热，抑或是这个动作太过突兀，苏微尘整个人如触电般地一颤。楚安尘的指尖一点点地从她的脸移到了唇上，他痴痴地凝望着她——

这是一种从未有过的温柔、爱怜、宠溺的目光——就在苏微尘快溺毙其中的时候，她忽然觉得眼前一暗，有一温软之物印在了自己的唇上，他如珍宝般捧着她的脸，细心温柔地与她唇舌纠缠……

时间便仿若静止了一般，在苏微尘的记忆中是一片粉红色的茫然。

"砰"的一声，是马克杯砸在地上的声音。苏微尘骤然清醒了过来，楚安城依旧在她唇间流连，他意乱情迷，他的呼吸重而紊乱，她的亦是……苏微尘软软地推开了他，逃也似的回了房间。

苏微尘捂着怦怦乱跳的心口，低喘着靠在了门上。

只有她自己清楚明了，她的那颗心此时狂跳的幅度。

不能再这样下去了！

再这样下去，她会万劫不复的！

白慧说得很对，她跟他是绝对不可能的。除非她愿意不明不白地跟着他。但问题是就算她愿意不明不白地跟着他，他也不一定要她啊。以他的条件，美女们都排着队任他挑选。

更何况，楚安城本身是那么讨厌她！

她必须要搬离这里了。

第二天，苏微尘一直躲在自己卧室里。整整一个下午，瞧着天色一点点地暗淡了下来，她脑中有一个明确认知：她必须要搬离这里，否则她会万劫不复的。

她不知道这是怎么了，为什么会这个样子？她唯一知道的是，所有的一切似乎都在不知不觉中走样了。

但问题是，她能搬走吗？她不能搬呀。

苏时比赛前这段时间，她熬也得熬下去。

然而，她真的能坚持下去吗？苏微尘自己全无把握。她不明白，自己为何总是会不受控制地想起楚安城。每次想起，心口就会窒息发疼，难以自已。

一直到白慧的电话打来，才打断了她的茫然："苏微尘，你现在在哪里？别迟到啊！"

苏微尘这才想起那个完完全全被她忘在脑后的相亲，腾地起身："我马上就过去。"

白慧的嗓门拔高了数个分贝："苏微尘，你别告诉我你现在还没化妆还没换衣服啊！"

苏微尘回她几个"呵呵"。

白慧简直要怒吼了："苏微尘，我就是太了解你了，现在也不跟你算账。十分钟，我给你十分钟搞定一切，十分钟后必须出门。环湖路的一杯时光咖啡店。我再把地址发你一遍，千万别给我走错了。"

苏微尘自知犯错，便点头如捣蒜，态度极佳："是是是，十分钟肯定出门。您放心，绝对不走错。"

白慧的声音已经是咬牙切齿了："再不许给我出什么幺蛾子。听见了没有？"

"是是是。我向党和全国人民保证。"

十分钟对苏微尘来说根本没有任何压力，她随手在衣柜里拿了一件白色的针织裙换上，然后对着镜子随便刷刷眉毛，涂了点润泽口红，把长发扎成一个丸子。五分钟，便已经搞定了一切。她拿了件藕粉色大衣拉开了卧室门。

楚安城坐在起居室的沙发上，低头在看杂志。毕竟寄人篱下，苏微尘本想跟他打声招呼，客气地说一句"我有事要出去"，但是楚安城一直聚精会神地低着头，仿佛根本没有注意到她这个人的存在。

苏微尘沉吟了数秒，最后决定直接下楼。

她一转身，楚安城便从杂志中抬起了头。他目光凶恶地盯着她的背影消失在楼梯口。

数秒后，大门处传来了关门声。

她今日的一身穿着粉嫩如春日枝头的樱花盛开，打扮成这样去相亲，哪个男人会拒绝！

楚安城只觉得整个人像被五花大绑架在烈火上炙烤，五脏六腑无处不冒烟。他捏着变了形的杂志，狠狠地摔了出去。

"啪嗒"一声，是杂志砸在墙壁上的声音。

这样犹不解气！他身体内的烦躁犹如火山岩浆四处翻涌，疯狂地想要找一个出口。

下一秒，楚安城抬手就把沙发上的靠枕全部扫到了地上。羽绒靠枕轻软，掉在地上一点声息也无。楚安城怒气冲冲地瞪着靠枕，斗牛似的对峙着。

在这一片令人窒息的安静里，忽然听见一阵电话铃声响了起来。楚安城不由得一愣，侧耳静听了数秒，他抬步来到了苏微尘的卧室。

床铺上，苏微尘白色手机的屏幕正不停闪动着，显示是"白慧"来电。

苏微尘到咖啡店的时候自然已经迟到了。白慧正与朱先生闲聊，忽然见对面一直喋喋不休的朱先生很突兀地止住了话头，视线越过她的肩膀，停在了她身后某处。

白慧错愕地转头，便看见刚进门的苏微尘正四处张望，显然是在找她。白慧扬了扬手："苏微尘，这里。"她对朱先生介绍道："她就是苏微尘。"

朱先生明显有些惊喜激动："苏小姐，你好，你好。快请坐，快请坐。苏小姐，要喝什么？茶还是饮料？"殷勤周到得很，一看就有戏。

白慧骄傲地道："放心，我白慧给你介绍的还会有错吗？不是我自夸啊，我们苏微尘，长得好，脾气好，什么都好。唯一被人挑剔的就是有个十岁的弟弟。"

朱先生忙道："白小姐、苏小姐放心，我是个喜欢小孩子的人……"接下来的时间，他侃侃而谈，全方位多角度地表述自己有多么喜欢小孩子，最后总结道："我肯定也会喜欢苏小姐的弟弟。"

白慧忍着笑侧头，不着痕迹地对苏微尘眨了眨眼睛，表示"人家朱先生对你很有意思嘛"。她见朱先生一住口，便赶紧附和："朱先生真是个有爱心的人。我们苏微尘啊，最喜欢的就是像朱先生这样有爱心有责任心的人了。"

朱先生顿时被捧得满意至极，他觉得白慧和苏微尘太有眼光了："苏小姐平时有什么爱好？"

苏微尘正欲回答自己没什么爱好，白慧已经抢先一步开口了："我们苏微尘喜欢做手工，比如做抱枕、窗帘、围裙什么的。也喜欢种花花草草、布置家里，更喜欢带孩子——总而言之，再没有比她更贤妻良母的了。"说着，白慧还拿出了手机，给朱先生看照片："你看，我们家里这些靠枕、这些抱枕、这个沙发垫，都是她亲手做的。还有这些，我家的软装，都是按她的意见布置的。漂亮吧？！"

朱先生仔仔细细地翻看了好几张照片，连连点头，抬头微笑的时候更是真诚了几分："现在像苏小姐这样的女孩子很少喽。"

白慧赞道："朱先生有双火眼金睛，会识宝。"她见这次相亲极顺利，便眨着眼睛对苏微尘道："微尘，你跟朱先生慢慢聊聊，我有事先走了。"

苏微尘赶紧示意她留下来，但白慧对她的暗示完完全全视而不见，潇洒地挥手而去："朱先生，你等下记得送微尘回家啊。"

朱先生连连点头："必须的，必须的。"

白慧走后，对苏微尘饶有兴趣的朱先生问题更多了："苏小姐，听白慧说你是做模特工作的？"

苏微尘纠正道："淘宝模特。"

朱先生说："有照片吗？我很想知道苏小姐平时拍的物品。"

"呃……网上有，我找给你看——"苏微尘低头翻包，庆幸找到一个不是特别尴尬的话题可以消耗一点时间。但是，翻遍了包包，怎么也找不到手机。不会是掉了吧？！

正在此时，忽然听到一个熟悉的声音响起："你在找手机吗？"

这不是楚安城的声音吗？他怎么可能在这里？莫非她幻听了不成？苏微尘愕然地抬头，竟然真的看见楚安城活生生地站在面前。

戴了粗框眼镜、鸭舌帽的楚安城，面无表情地把手机递给了她："你掉在被子里了。"

"哦，谢谢。"苏微尘傻傻愣愣地接过，一时对他那句暖昧至极的话也没有反应过来。

但那位朱先生却如受雷击，勃然变色："苏小姐，这位是……？"

楚安城高冷地扫了他一眼，根本不屑回答。

苏微尘讪讪地说："这位是楚先生。"

楚安城双手抱胸，粗声粗气地对苏微尘道："你好了没有？一起回家。"

朱先生气愤地指着苏微尘："苏小姐，他跟你到底是什么关系？你今天必须跟我说清楚。"

苏微尘还未来得及解释，身畔的楚安城已冷哼了一声，朝姓朱的抬了抬眉毛："你说呢？"

朱先生已然"会意"，痛心疾首地说："苏小姐，我看错你了。原来你是这样的人！简直……简直不知羞耻！"

不知羞耻？！这朱先生是不是疯了？自己不过跟他见了一次面而已。苏微尘顿觉百口莫辩！

苏微尘呆呆地目送着那位朱先生离去。虽然觉着对不住热心的白慧，但这样的结果苏微尘觉得好像并不坏！

楚安城瞧着她的模样，顿时更来气了："真佩服你，连这种类型都下得去手。你确定不是日行一善，在做福利事业吗？"每个字都充满着浓浓的讽刺与厌恶！

苏微尘猛地转头："这是我的私事。"

此话的下一句是：与你无关。苏微尘的话明显戳到了楚安城的痛处，他张了张口，发现竟然无力反驳。他气不打一处来，更加口不择言了："哦，原来你喜欢他啊！既然这么喜欢，你怎么不去追啊！"

苏微尘瞪着他，双手不自觉地握成了拳头。她深吸了口气，拎起包就往外走。

×！她还真去追？！一直按捺着却不断蠢蠢欲动的火苗因她这个举动仿佛被骤然浇上了一桶汽油，腾地暴燃了起来。楚安城一把抓住了她的手臂，磨着后槽牙蹦出了几个字："苏微尘，你再走一步试试。"

他们这里的动静早已吸引了咖啡店里许多人的注意。此时，楚安城的低吼声更是让所有人的视线转移了过来，看戏似的窃窃私语。

苏微尘顿觉委屈了起来。她咬着下唇，颤着睫毛，无声无息地红了眼眶。

楚安城也不知怎么的，心头的怒火便如潮水般倏然退下，他收回了手上的力道，不知不觉放柔了声音："走吧，回家吧。"

楚安城强势地拉着她，走出了咖啡店。一出店门，苏微尘便挣扎着想从他掌中抽出自己的手。但是，楚安城怎么也不肯松手，依旧拽着她走。

挣扎了片刻后，苏微尘发现自己是在做无用功，就索性由他去了。

两人十指相扣，沿着环湖路的绿堤一直沉默无语地走着。

忽然，苏微尘的肚子发出了"咕噜咕噜"几声饥饿的声响，于无声中特别清晰刺耳，楚安城愣了愣，很快地，他拉着她进了路边的另一家咖啡店。

这环湖路一带，树木葳蕤，百年以上的老建筑众多，闹中取静，所以开了各种风格的咖啡小店。

找了个角落入座后，楚安城唤了服务生点餐。

苏微尘翻着菜单，点了份意面和卡布奇诺。

楚安城合上了菜单，道："给她换一份鲜榨橙汁，我要海鲜饭，还有一杯热水。"

咖啡就这么莫名其妙地没了。虽然橙汁补充维C，但是这样的天气，适合捧一杯暖暖的咖啡。

苏微尘慢腾腾地用叉子卷着意大利面，送进嘴里。

银白的刀叉，粉嫩欲滴的唇。关于昨夜那个吻的记忆倏然来袭，她唇齿间所有的美好——楚安城忽觉口干舌燥，他掩饰性地低头喝了一口水。水太烫，他一时没有防备，捂着嘴一阵咳嗽。

苏微尘默不作声地搁下了刀叉，把自己的橙汁推给他。由于她这个举动，楚安城神色顿缓。他端起了杯子，缓缓地饮了数口。

这时，苏微尘的手机响起。一接通，白慧就在电话那头咆哮："苏微尘！你答应过我什么？这就是不出么蛾子吗？"

苏微尘捂着手机躲在一旁连连认错。幸好白慧不知这个帽子眼镜男是楚安城，否则恐怕是没完没了。

白慧见她认罪态度诚恳，便话锋一转，说："既然这位朱先生已然如此，也无法挽回了。算了，过几天再见另外三个。"

"还见？"

"你说呢！"白慧没好气地回她。

"可不可以不见啊？"在苏微尘的内心深处，她其实是一个都不想见了。她并不想结婚。假如要跟一个没有感情的人生活一辈子，还不如一个人，做自己喜欢的事，照顾苏时长大呢。不过呢，她亦知道白慧是真心为她好，希望她可以找到一个归宿，希望她有个家，希望她可以不必如此辛苦。

"你说呢！"

手中骤然一空，楚安城已抽走了她的手机，冷冷地对白慧道："她谁也不见！"

白慧在电话那头愣住了："你是哪位？"

楚安城一字一顿地说："楚安城！"说罢，他直接将手机关机。

他今天这是怎么了？平时那么清清冷冷一个人，难不成今天吃了炸药了？苏微尘愕然不解地瞧着楚安城，仿佛从未认识过他一般。

楚安城也不再说话，埋头一勺一勺地吃饭。不过片刻，便将面前的一大盘海鲜饭吃个精光。他取过了纸巾，优雅地擦了擦嘴角。

他双手抱胸，瞧了苏微尘半晌，方缓缓开口："你要是再见这些人就给我搬出去，我不教苏时了！"

苏微尘从面条中愕然抬头，由于店里灯光调得昏黄暗淡，对面的他表情隐隐约约的。苏微尘搁下叉子，平静地开口："为什么？"

哪怕光线明暗不一，她仍旧能感受到楚安城盯着她的逼人目光。数秒后，只听楚安城的声音响起："因为你住在我家。"

仿佛觉得自己的解释太牵强了，他顿了顿，僵硬地补充道："两个月之后，随便你怎么见，见多少个男人，交多少个男朋友。不过，既然你住在我家，那么这两个月就麻烦你暂时忍耐一下。"

苏微尘愤怒地抬眼，她的手在桌下握成拳头。

楚安城冰冷地与她对视。数秒后，他嗤声冷笑，讥讽似的道："莫非你已经寂寞难耐到不可自控的地步，就连这两个月都忍不了？"

苏微尘终于知道，要是讨厌一个人，会说出怎么样的伤人话语。

Chapter 07

疑 惑

那一刻，所有的一切都似乎漫长柔和了起来。

卧室里黑漆漆一片。苏微尘也不开灯，抱膝坐在床前的地板上。

是因为她轻易地搬到他家，轻易地让他吻了她，所以楚安城把她当作一个很随便的人吗？！

应该就是这样的吧。所以在他的眼底总是不时地流露着不屑和厌恶。

苏微尘的心仿佛被无数只蚂蚁啃噬着，涩涩地发疼。

良久后，苏微尘才把手机开机。估计白慧此刻正气急败坏，她得打个电话跟她解释一番。然而，才按下号码，白慧的电话就已经打了过来。

"苏微尘，关机干吗？这到底是怎么回事？你给我说清楚。我党的政策你是知道的，坦白从宽。"

苏微尘揉着发胀的眉心，疲累地道："白慧，我真的不知道。"

她从未有过的茫然无助的口气，令白慧察觉出了异样："微尘，你怎么了？"

苏微尘把楚安城送手机一事，原原本本地讲给她听。

白慧在电话那头沉吟了半天，也不说话。最后才长长地叹了口气："微尘，我以前跟你说的话，你还记得吗？"

苏微尘不吭声。

白慧道："微尘，你拧一下自己的脸——

"疼吧？那疼就是告诉你，别做白日梦了。你跟那位楚先生，那是完全不可能的！微尘，你别犯傻。"

挂电话前，白慧还说了一句话："微尘，你还是把这几个人都见了吧……"

苏微尘闭了闭眼，数秒后，她答了一个"好"字。

她与楚安城持续地无言。

哪怕住在同一个屋檐下，也再无半点交流。偶尔眼神相触，她都会如遇见毒蛇猛兽般地迅速避开。

田野摄影工作室为了慰劳所有的员工以及合作的模特，每年年底都会安排一次度假。

今年呢，是安排的南方海岛游。

这一晚，三人用完晚餐，苏微尘在收拾餐桌。苏时突然问道："苏微尘，你和丁兄不是要去七岛度假吗？你有泳衣吗？"

正欲离开的楚安城听到这句话，倏然停住了脚步。

苏微尘侧头想了想："我有件黑色的。"

苏时笑了："你说的不会是你那件如今连街头阿婆都不会穿的泳衣吧？！那件简直土爆了！"

"土有什么关系？能穿就行。"

苏时摇头叹气："实在太难看了，狗都嫌啊。"

苏微尘蹙眉："真的难看得那么夸张吗？"

"反正我从小到大就看到过你那一件。"苏时取过她搁在餐桌上的手机，"来，我来帮你淘一件。"

苏微尘劈手就夺自己的手机："我才不相信你的审美眼光呢。小屁孩，快把手机还我！"

苏时敏捷地往楚安城身后躲去，如入了禁地般，苏微尘便止住了抢夺的动作，只好干瞪眼："苏时，快还我手机。"

见苏微尘不敢对楚师兄动手，苏时顿觉找到了靠山，气定神闲地在淘宝搜索了一圈，打开了其中一个卖家的图片："这件不错哦。楚师兄，以你男神的眼光帮苏微尘鉴定一下，这件怎么样？"

楚安城懒懒地扫了一眼屏幕，忽觉眼睛火辣辣地生疼。这款布料极简的比基尼，在美国的话，实在是司空见惯。美国妞豪放得很，在沙滩上放眼望去，多的是裸着身子在晒日光浴的。可是，楚安城一想到这点薄薄的布料穿在苏微尘身上，便顿觉口干舌燥，血液上涌。

楚安城扫了苏微尘几眼，道："这件泳衣对身材的要求太高，我看还是算了吧。"

苏时说："好吧，既然楚师兄说不行，那我再挑。楚师兄，这件怎么样？"

楚安城定睛一瞧，深V——这件若是穿在身上，真正是胸前风光一片大好。楚安城额头都快冒黑线了，他竭力抑制自己，移开目光，做淡然状："估计还是不行。"

苏时又挑了几款，其实各有特色。

"这款呢？

"这件呢？"

楚安城都给出了各种理由一一否决。

"楚师兄，这款，苏微尘穿了应该不错哦。"

红白条纹的比基尼上衣和红色的平角裤，十分青春靓丽。相比前面几款，这已经是最保守的款式了。楚安城依旧觉得太阳穴处突突地跳个不停，但再否决下去，似乎也说不过去。

于是，他装作漫不经心地道："这件马马虎虎吧。"

楚师兄的意思就是OK，素来把楚安城的话奉若圣旨的苏时当即拍板买下："那么，就这么愉快地决定了。苏微尘，我付款买下啦。"

苏微尘目瞪口呆地看着两人。明明是她买泳衣，但作为当事人的她却只是被告知最后的结果。

买好后，苏时把手机递还给了她："苏微尘，我和楚师兄的眼光，你就尽管放心吧。"

苏微尘无语了。但买都买了，也没办法，她认命地端起碗碟进了厨房。刚把碗碟搁下，手机铃声便响了起来。

是白慧打过来的："苏微尘，二十二日下午两点，还是那家咖啡店。你星期六从七岛回来，好好休息一晚，第二天正好容光焕发地来相亲。

"苏微尘，这回相亲的人选，赞得不得了。叫凌霄，是我大哥同学的同事，从美国留学回来的，现在在洛海某IT公司上班。我跟你说，这回啊，哪怕你跟美国总统有约，也得给我把时间腾出来——

"苏微尘，这人绝对是我见过的最合适的，学历高，收入高，素质高，人长得好看，家境又好……"

从未见过白慧把一个人形容得"天上有地上无"，苏微尘倒是有几分好奇。但好奇归好奇，她对相亲仍是犹豫、排斥的。

一来，她根本不想见那些不相干的人。那些人再好，又与她何干呢？再好，也不会是……他。

二来，白慧一提起相亲，楚安城的脸便倏然闯入脑中。他那刻薄的话语，鄙夷的神情，饶是此刻想起，心口处依旧发疼。

她知道白慧是真心为她好。哪怕她不靠谱地一再放了白慧鸽子，白慧还是毫无怨言地为她打算。

一辈子有这么一个为她好的朋友，也值了。

她支吾了半天："白慧，我不想去。"

"苏微尘，为什么不去呢？万一你的缘分来了呢？"白慧苦口婆心地劝她。

"这位凌霄对你很上心的，无意中听了你的名字，看了你的照片，就一直想见你呢。

"苏微尘，出来见见。你去见见也不会损失什么！"

白慧的话，实在是让人无法拒绝。但楚安城的警告言犹在耳……

苏微尘握着手机，良久，方回了一个"好"字。

出游的那天，苏微尘定了闹钟，起得很早。她与苏时约定了，一起吃过早餐再赶去集合地点。

等她下楼的时候，发现楚安城居然已经在楼下等候了。

这几天的楚安城又一直黑着脸，也不知谁又惹到他了。

苏时买的泳衣在前几日便已经收到了。相对其他款式的比基尼确实保守很多，但苏微尘拎着那块薄薄的面料，左看右看，仍旧觉得有些无法接受。

但买都买了，她便洗干净挂在阳台上晾晒。

但也不知怎么的，等傍晚收衣服的时候，那款泳衣的上装，居然不翼而飞了。

苏微尘在楼下草坪四处寻找，连墙角都搜索了几圈，也一无所获。

于是，那款"狗都嫌"的黑色泳衣再度上阵，被她收进了行李箱。

三人走出小区的时候，天色不过蒙蒙亮。

由于光顾了几次，苏微尘与早餐摊那位胖墩墩的老板娘已经很熟了。见他们三人过来，老板娘很快迎了上来："三位还是照旧吗？"

几日不见，苏微尘隐约觉得老板娘眉目间似乎憔悴了很多。

苏微尘点了点头："老板娘，我赶时间，你把我那份打包。"

早餐生意极好，只是不见老板。老板娘的儿子光仔也在一旁帮忙。

此时，有一辆车停了下来，两个满身痞气的男子推门下车，大声嚷嚷道："给我们来四份豆浆、包子打包。"

老板娘见状，赶忙将滚烫的豆浆灌进了纸杯，利索地用盖子封好，用袋子将豆浆与包子等一并装好，递给了光仔："给他们送去，别跟他们要钱。这群人惹不起。"

光仔懂事地点头，提着袋子给几人把早餐送了过去。

只听"哎哟"一声尖叫，其中一个文身男当即狠狠地甩了光仔两个响亮的耳光，怒气冲冲地咆哮："臭小子，他妈的，你有没有长眼睛啊？！这么烫的豆浆往我老大身上洒——你活腻了是不是？"

原来光仔给他们递早餐的时候，纸杯里的豆浆也不知怎么的倒了出来，洒在了车里一位满脸横肉的光头男子腿上。

光仔捂着脸倒退了几步，眼泪"吧嗒吧嗒"地掉了下来。

早餐摊的老板娘赶紧上前，双手无措地搓着围裙："先生，对不住，对不住啊。小孩子他不懂事，烫着您了。我给您道歉，您大人不计小人过……"

文身男大发雷霆，上前踢倒了几张桌子，把吃早餐的人赶的赶，骂的骂，一副不肯善罢甘休的模样："烫都烫到了，道歉有用吗？你们从明天开始不用在这里摆摊了。"

老板娘惊惶不已，委屈无奈地拉着儿子的手："光仔，来，快给这几个老板道歉。说对不起，说你不是故意的。

"几位老板，我们一家三口，还有老家的公婆，都以这小摊子为生。这孩子真的不是故意烫这位老板的。要不，我给这位老板赔医药费？"老板娘苦苦哀求。

"医药费？我们老大稀罕你那点医药费？我告诉你们，说了明天开始不准摆摊就不准摆摊，否则我们见一次砸一次。"

光仔不过七八岁，黑黑的脸上有两团自然红晕。苏微尘每次来，他都乖巧地坐在老板夫妻身后的一把小椅子上看书，或者趴在折叠小桌上做作业。如果父母忙的话，他就会主动过来帮忙端盘子，忙完后，再去继续做作业。偶尔发现苏微尘的注视，他便会羞涩一笑，露出一口洁白的牙齿，十分可爱。

苏微尘从没见过比光仔更懂事、更令人怜爱的孩子。

然而此时的他拉着母亲的衣角，蓄满泪水的眼里满是惊恐无助："对不起，对不起。我不是故意的，我真的不是故意的。"

文身男犹未解气，一直骂骂咧咧。

苏微尘实在看不下去了，霍地站了起来："这位先生，你们到底想怎么样？这个孩子不过是溅了些热豆浆在你朋友身上，请问他到底是受了多重的伤？要不，咱们去医院鉴定一下是几等伤残，等鉴定书出来，该怎么负责就怎么负责，该怎么赔就怎么赔。你看如何？"

文身男放肆的目光顿时被她给吸引了过来，他饶有兴趣地往苏微尘身上扫了几个来回，嘴里不干不净地道："哟，小妞，长得不错嘛！这样吧，你要是肯陪我们家大哥一天做补偿，我就不用那小子负责了。"

他瞟了一眼身后，扬扬得意："看到没？我大哥又高大又有型，而且手下多的是兄弟。"

就他那个满脸横肉的大哥还高大有型，那全世界的男人都帅过汤姆·克鲁斯了。苏微尘很想仰天大笑三声。

忽地，只听楚安城一声冷笑："是吗？"

那男子跟着所谓的大哥横行霸道惯了，哪里被人这般挑衅过？被楚安城这一抢白，顿时找到了泄愤目标。他上前一步，在楚安城坐的那桌上重重一拍："臭小子，想做英雄是吧？来，说话前先撒泡尿照照镜子。

"我告诉你臭小子。你敢再多说一句，小心我揍你。不想死就给我滚远点！"

楚安城将脸转向他，缓缓地勾唇一笑："就凭你？"

他这简直是在挑事。苏微尘不由得心惊，怕楚安城吃亏，赶忙暗中拉了拉楚安城的袖子。

她不知自己的动作令楚安城心中一暖。

楚安城侧了侧头，轻轻地对她道："没事的，你放心。"

苏微尘怎么可能放心，担忧道："要不我们报警吧？"

"不用。"楚安城似乎十分笃定。

文身男撸起了袖子，骂骂咧咧："好，好，臭小子，那我今天就让你见识见识什么叫作拳头。"话语未落，他趁楚安城不备，猛地挥出了一拳。

那拳头直冲楚安城而来，忽地划过苏微尘面前，她发出"啊"一声惊呼。说时迟那时快，楚安城搂着她一个旋转，脚在瞬间腾空一抬，扫出了一个漂亮的弧度，直抵那人的面门。

晕晕乎乎的苏微尘隐约听见"噌"的一声响动，待她定睛细看的时候，不由得呆住了。

那文身男也被楚安城惊着了。他压根没想到看上去斯斯文文的楚安城会有这等身手，一张脸顿时涨成了猪肝色，绕满脖子的文身更是因他的脸色而张牙舞爪了起来。

楚安城冷冷地扫了他们一圈："滚是不滚？需要我报警吗？"

一直坐在车子里的那位满脸横肉的光头老大此时终于发话了："都别在这里丢人现眼了，我们走！"

文身男后退数步，气急败坏地指着楚安城："他妈的，臭小子，我记住你了。咱们走着瞧！"

在围观众人的指指点点中，那文身男恶狠狠地抹了一把脸，"呸"的一声吐了口唾沫，恨恨地远去了。

人群渐渐散去。

老板娘愁眉苦脸地叹了口气："苏小姐，今天实在是太感谢你们了。可你们不知道，这些人可不能随便招惹啊。"

苏微尘一边帮他们整理桌椅，一边宽慰老板娘："没事的，不用担心，洛海的治安很好。他们要是再敢上门来闹，我们就报警找警察。"

"我们混口饭吃的，素来最怕这些地痞流氓，所以想着多一事不如少一事，能忍就忍。我怕连累你们，他们这些人，没一个是善茬！"

"放心吧，没事的。"苏微尘说，"对了，怎么不见光仔他爸？"

谁料这句话话音都未落，老板娘便红了眼，她一手揪着围裙，一手抹眼泪："孩子他爸身体不好，住院呢。"

"怎么不好了？"上个星期看见老板，还是好好的，嗓门洪亮得很。

老板娘泫然欲泣："医生说是癌症。"

苏微尘只觉眼前的景物似乎晃了晃："怎么会……"

老板娘惨然道："任谁听了都不信。孩子他爸那么大的个儿，平时一百斤一百斤地扛豆子，身子向来比老黄牛还壮实。他自己都不相信自己会得这病，一个劲地说肯定是医院诊错了……"

光仔上前拉起了母亲的手，似在安慰母亲。苏微尘从他的眼睛里看到了心疼。敏感的光仔似乎也察觉到了苏微尘的注视，他闪躲地将视线移到了一旁。随后，他悄悄抬手，擦了擦自己湿润的眼睛。

苏时见状，默默地把自己书包里的纸巾塞给了他。

此时，又有人坐下来叫早餐。老板娘抹了抹眼，扯出了一个微笑，招呼道："来了。您要吃点啥？"她转身拍了拍光仔的手："去给姐姐拿份甜豆浆和粢米饭。"

光仔应声而去，给苏微尘打包早餐。

俗话说，穷人的孩子早当家。其实那是生活所迫，不得不早熟。若是可以，谁不想躲在父母怀里撒娇哭泣，谁不想被父母捧在手掌心？

苏微尘想起了自己和苏时，一时不由得红了眼眶。她怕旁人瞧见，便别过头。只是这一侧头，便看见楚安城正默不作声地注视着自己。

此时，路边车子的喇叭声响起，丁子峰从车里探出了头："苏微尘，集合时间快到了。"

楚安城的目光倏然冷了下来。

苏微尘接过了光仔递过来的早饭，拖着行李箱跟苏时挥手拜拜："这两天好好练琴，不许偷懒哦。"

苏时哼了一声："臭苏微尘，好像我什么时候偷懒过一样。好走，不送。"

苏微尘好气又好笑："臭苏时，我真走了啊。"

苏时喝着豆浆，头也不抬地跟她挥手："走吧。记得给我带礼物回来就行。"

苏微尘又说了句："楚先生，拜拜。"

楚安城不说话。对此，苏微尘多少有些习以为常了。她随后便转身上了车。

苏微尘不知楚安城的目光一直追随着她，直至车子消失不见。

集合的地点是在工作室，大伙都已经上了大巴车，正在等候他们。

一上车，丁子峰自然而然地与苏微尘坐在了一起。舟舟等人各种若有所思、不怀好意的目光顿时都如黄蜂尾后针般"嗖嗖嗖"地扎在苏微尘身上。

车子缓缓地开动，沿着市区街道往机场高速而去。不多时，洛海国际机场已在眼前了。

安静的车厢内，苏微尘包里的手机"丁零零"地响了起来。

屏幕上闪烁着的是苏时的手机号码。苏微尘按下了通话键，含笑道："臭苏时，怎么，这么快就想我了啊？"

苏时的声音却是从未有过的急促惊慌："苏微尘，你在哪里？"

苏微尘觉得不对，电话那头，随着苏时的语音一起传来的还有警车鸣笛的尖锐之声。

"苏时，怎么了？发生什么事了？"

"苏微尘，楚师兄……楚师兄被车子撞了……"苏时声音颤抖，语无伦次。

苏时的话在耳边闪过，奇怪的是每个字苏微尘都听得清清楚楚，一时却怎么也无法将其组合在一起。她脑中空荡荡的，一片混沌。

她仿佛灵魂出窍似的，飘浮在高高的虚空之处，眼睁睁地看着自己噌地起身，对司机大喊："停车，停车。"

司机在路边停下了车。丁子峰捉着她的手臂问怎么了。

她甩开丁子峰的手，不顾一切地跑下了车。

苏微尘踉踉跄跄地赶到叶氏医院，见到楚安城的第一眼便是他双手上包扎着纱布的受伤模样。

听到开门的动静，在病床上靠坐着的楚安城转过了头，见了她，目光微动。但这种微动在看到她身后的丁子峰之后，便消失无踪了。

据说这是一双价值一亿美元的手。如果有什么差池……苏微尘根本不敢往深处细想，每一步都踏在惶恐之上。

如果有事的话，楚安城该怎么办？那是一种从未有过的害怕。她只觉得双腿酸软，每一步都似灌了铅一般举步维艰。

一路陪着她前来的丁子峰客气地问候："楚先生，你没事吧？"

楚安城眉目不抬，神色如常："没什么大碍。谢谢丁先生的关心，感谢。"

苏微尘环顾四周，找不到苏时，不免惊慌："苏时呢？他怎么样了，有没有受伤？"

"护士带他去做检查了。应该没什么大碍。"

正说话间，苏时和护士推门进来了，身后跟着两位交警。苏时见了他们，撒开腿跑了过来："苏微尘，丁兄。"

苏微尘紧张地把苏时上上下下地检查了一番："苏时，你怎么样？"

苏时摇头："我没事，楚师兄把我推开了。你看，就额头擦伤了一点点，医生和护士小姐都已经帮我擦了药。苏微尘，你就放心吧。"

苏微尘到了此时，方觉得松了口气。

两位交警摊开了本子，客气地道："不好意思，楚先生。如果方便的话，我们想给两位做份笔录。"

楚安城点了点头说："好。"

原来两人吃过早餐，在送苏时去学校的时候，有辆车子连喇叭都未按便呼啸着闯了红灯，朝着两人而来。在千钧一发之际，幸好楚安城反应及时，一把推开了苏时。他自己则因护着苏时，避之不及，整个人被车子的冲势一带，摔在了马路上。而那辆撞他们的车子根本没有停下，反而加速逃逸而去。

"你确定肇事者根本没踩刹车吗？"对于这个问题，交警问得很是慎重。

楚安城说："我十分肯定他没有。我想你们在现场也肯定找不到任何刹车的痕迹。"

"好的，情况我们了解了。这是我们的电话，如果有补充的话，楚先生你随时可以再联系我们。"

由于楚安城的身份特殊，所以负责的主治医生再三要求他留院观察。

楚安城则坚决要求出院回家。黄医生没法子，愁眉苦脸地过来跟苏微尘商量："苏小姐，你是楚先生的朋友吧？"

她与他应该可以算是朋友吧。于是，苏微尘点了点头。

"请你帮忙劝劝楚先生吧。虽然目前拍的片子显示，他的手没有伤及骨骼。但楚先生的情况特殊，他的伤是不能有万一的。若是有个万一，导致以后楚先生无法弹奏的话，我们医院实在承担不起这样重大的责任啊。"

苏微尘心头一阵大跳："真的会这么严重吗？"

黄医生道："应该不大会出现这种情况。但凡事小心些，仔细些，总归是没有错的。"

黄医生说得确实在理。不怕一万，只怕万一。

只是，苏微尘觉得这位黄医生怕是找错人了。楚安城怎么可能会听她的劝告呢？！

苏微尘没有法子，只好硬着头皮进了病房："楚先生，要不我们还是听医生的建议，留院继续观察几晚？"她其实没有半分的把握可以劝服楚安城。

楚安城抬头扫了她一眼，沉吟了数秒，方道："那你去缴费办手续。"

苏微尘一怔后才反应过来，楚安城这是答应了。

"钱包在我口袋里，卡的密码是××××××。"

因搁在长裤的口袋，苏微尘只得弯腰去取。然而这个姿势却暧昧得很，一低头，她乌黑浓密柔软的长发便轻轻地蹭过楚安城的下巴。

丁子峰见两人的亲密状，心里吃味，脸色难看得紧："苏微尘，我这里有钱，可以先垫付一下。"

楚安城虽然表现得不大明显，但丁子峰隐隐约约总能感受到楚安城的敌意。大家都是男人，有些东西，彼此心照不宣。

"谢谢丁先生了。"楚安城眉毛轻抬，似笑非笑地道，"不过，我不缺钱。"

这场斗争，以苏微尘摸出钱包而暂告结束。

办好手续，丁子峰向楚安城告辞："楚先生，我先送苏微尘和苏时回去了。你好好休息，早日康复。"

"真是不好意思，耽误你休假了。"楚安城客气如常。

"楚先生太客气了。苏微尘和苏时的事就是我的事。"

"是吗？"楚安城瞥了一眼苏微尘，懒懒的不再开口。

二人一来一往间，硝烟暗藏。只有苏微尘傻傻地不知："楚先生，我回去帮你整理一些生活用品送过来。"

"谢谢，不用了。你帮我打个电话给罗姐，请她整理给我即可。"

这样淡淡的口气，完完全全是拒人于千里之外。苏微尘讪讪地不知道说些什么，只好道："好。"

"麻烦你了，苏小姐。"楚安城的每一个字都十分客气。

可他越是这般，苏微尘心里就越觉得闷闷沉沉的，很不舒服。

苏时一进家门，就去了琴房，他对苏微尘说："楚师兄对我这么好，所以我更要认真弹琴。"

有弟如此，夫复何求啊。苏微尘摸了摸他的头，欣慰不已："乖啦，去吧。"

一时间，客厅里就剩下她与丁子峰两人。

丁子峰转过头，脸对着她，忽然劈头盖脸就问："苏微尘，你是不是喜欢他？"

苏微尘骤然抬头，望向了丁子峰："你胡说八道些什么？我怎么可能喜欢他！"

丁子峰目光如炬地审视着她的表情，片刻后，他轻轻地叹了口气："苏微尘，你说的是真的吗？"

苏微尘说："当然是真的。"

"苏微尘，我都没有说他是谁！"

苏微尘张了张口，最后却只是无言。

丁子峰似一直在等她说话，但最后他仿佛心灰意懒了："我先回去了。"

苏微尘极轻地道："我没有喜欢他！半分也没有。"

丁子峰反问道："是吗？"说罢，他转身出门而去。

苏微尘站在空空荡荡的客厅里，怔怔出神。

不知过了多久，她鬼迷心窍般地抬手，触了触嘴唇。她对丁子峰说的每一个字都极慢极认真，认真到她自己都以为是真的了。

她半分也没有喜欢他！

半分也没有！

在整理楚安城的衣物的时候，不经意就看见了他搁在一旁的那条黑色围巾。哪怕被她钩破了，他依旧珍惜得很，将其整整齐齐地折叠好，搁在柜子里。

这肯定是一条对他来说有特殊意义的围巾。

虽然自己不是故意为之，但这围巾到底是被弄坏了。所以，那时的他才会那么生气，才会那样口不择言。

罗姐来的时候，她已经将一切准备妥当了，便把袋子交给罗姐带走了："麻烦你了，罗姐。"

那天晚上，苏微尘自然是没睡好。她总是不由自主地想：万一楚安城的手出问题了怎么办？

虽然医生说应该没什么大碍，但万一有呢？

第二日，苏微尘提了罗姐炖的汤去探望楚安城。她还在路边小店挑选了一些水果。他不吃石榴，苏微尘是知道的，于是，她买了几个丑橘。

楚安城的助理也在，见了苏微尘，便客气地打了声招呼："苏小姐。"

楚安城与他说了几句，特地叮嘱道："我没什么大碍，这件事情，你半句也不许透露给我母亲。"

"是。"

"没什么事，你先回吧。"

助理走后，病房里一下子冷清了起来。

苏微尘说："楚先生，今天好点了吗？"

楚安城的反应只是抬起头，把脸对着她，瞧了她一眼，又低下了头。

幸好苏微尘早已经习惯了，她打开了保温盒："罗姐煲了红枣杞菊猪骨汤，说有补中益气、养血健骨的功效。"

还有一小碟蔬菜和一小碟开胃的酱菜，瞧着很是精致可口。

楚安城的手臂有伤，拿着筷子吃饭，有几分不便，速度自然是极慢。

他小口小口地吃饭，取了小汤匙喝汤。忽然，只听"哎呀"一声轻响，原来他手没拿稳，把汤洒了出来。那汤煲了许久，滚烫着装进保温盒的，倒在碗里的时候，还热气腾腾的。

也不知有没有被烫着。

他是因为救苏时才受伤的，苏微尘本就很内疚。此时看着他笨手笨脚的模样，心头自然更加不好过，于是便默默上前，扯了几张纸巾，给他擦拭。

她取过了碗，替他把汤吹凉，把汤匙递至他嘴边，也不说话。

楚安城目光深深地瞧了她一眼，配合地张口，将汤喝了下去。

两人也无任何交流，机械地一个喂饭，一个张嘴。

很快便将罗姐准备的汤和小菜吃了个精光。

苏微尘整理好了餐具，坐在沙发上埋头剥丑橘，准备给楚安城做餐后水果。

她垂着头，好看的纤纤十指慢条斯理地剥去了橘子皮，然后又将橘瓤上的橘络一条条地细细除去。她专注得很，仿佛此时此刻，整个世界就只剩下剥橘子这件事情。

楚安城怔怔地瞧着这一幕，目光渐渐幽微。

苏微尘剥好后抬头，毫无防备地与他的视线撞到了一起，她微微一笑："楚先生，你吃点橘子。"

楚安城侧过脸，说了个"好"字。

苏微尘自然不知，昨晚罗姐带了生活用品到医院，临走时，楚安城说了一句"谢谢"。

罗姐笑道："这些都是苏小姐整理的，我只是把这袋东西提过来而已。楚先生要谢的话，谢苏小姐去。"

楚安城不再说话，一直怔怔地望着叠得整整齐齐的衣物出神，不知不觉中神色缓缓转柔。

估计橘子很甜，楚安城将一盘橘瓤吃得半点不剩。苏微尘看在眼里，浅浅微笑。她决定明天再多买一些过来。

不知不觉，楚安城在医院已住了数日。

这一天，罗姐照例是煲一个汤，做两个小菜。这天的菜是葱炒牛肉、西芹百合，白绿相间，瞧着也十分清爽。

苏微尘吹凉了汤，如往日般用汤匙喂楚安城喝。这时，病房门忽然被推开了，那个在饭店门口有过一面之缘的俊美男子出现在了两人面前。

他看到苏微尘的喂食动作，怔了一怔，忙道："不好意思，请继续，继续……"说罢，他当着两人的面竟又关上了门。

苏微尘像被撞破了什么似的，面色骤然发热。

楚安城却依旧淡淡的，慢吞吞地咽下了苏微尘喂过来的那口汤，方对着门口道："进来吧。"

俊美男子这才推门而入："是李长信打了电话，说你进了医院。"

楚安城淡淡地道："不过是小伤而已。"

"没事就好。"

两人尴尬地沉默了下来，仿佛彼此之间根本没有什么话题。苏微尘以为是自己的缘故，便道："我还有事，先回去了。你们慢聊。"

那男子拦住了她，微笑道："是我打扰你们了。这几天我在国外，下了飞机得知他在医院，就直接赶过来了。我还有事，马上就要走了。"

他向苏微尘做了自我介绍："我是楚随风，这是我的名片。"而后，他抬头，望着病榻上的楚安城挑眉而笑："好了，我走了，你好好养伤。你放心，那些人我会收拾的。敢欺负我们楚家的人，在洛海城还没有生下来呢。"

这个叫楚随风的人虽然一直懒懒地漫不经心地微笑，似所有的一切都可有可无，根本不需费心，但他神色严肃之时，眸子里透出的严厉，却让人明白此人绝不能小觑。

楚安城也不挽留，一直等楚随风跨出了病房门，他才轻轻地说了两个字："谢谢。"

楚随风怔了怔，方转过头，笑笑道："都是自家兄弟，客气什么。"

楚随风走后，楚安城也不知怎么了，便陷入了沉默。

苏微尘也不去打扰他，轻手轻脚地整理了一下病房。她正在收拾花瓶的时候，突然听到楚安城的声音轻轻响起："他是我的弟弟。不过，是同父异母的那一种。"

苏微尘有数秒钟的愕然，她从未想过楚安城会开口跟她说这些。随即也明白了过来，方才为何两人会相对无言。一般来说，这种情况的兄弟，大都不对付。

她也不知道要说些什么，便低低地"哦"了一声。

楚安城奇怪地盯着她看了半天，忽然轻轻地叹了口气，而后他再不说话。

苏微尘抱了水晶花器去洗手间给风信子换水。才进了洗手间，便听到自己的电话响了起来，她只好折返，抓起了搁在床头柜上的电话，也没看是谁，便道："喂？"

"苏微尘，来了没有？"

苏微尘顿时想起白慧安排的那个相亲。要死！她竟然又忘得一干二净了。

苏微尘怕楚安城听出异状，"哦哦哦"了几声，说："我这就过去，马上过去。"

白慧对她实在无语了，只恶狠狠地吐出了三个字："苏微尘！"

苏微尘搁了电话，进洗手间把风信子的水换好后，搬了出来。她才跨出洗手间的门,却见病床上的楚安城不知怎么了,手按着额头,似乎身体不大舒服。

苏微尘一惊,忙问道:"你怎么了?"

楚安城眉头紧蹙:"头有点晕……"

"头晕?我马上叫医生过来。"这几天楚安城的情况一直很稳定,怎么好端端的会头晕呢?不会有什么不好吧?苏微尘有点手忙脚乱地搁下花器,按下了呼叫键。

主治的黄医生很快带了人过来,听了楚安城的情况后,立刻安排他再做几项检查。

苏微尘忧心忡忡:"入院那天不是都做过吗?都很正常啊。"

黄医生解释道:"人脑太精密了,虽然如今科技这么发达,但人类对它的了解还是极少的。所以会存在各种突发的状况……"

有医护人员安排了轮椅过来,推楚安城先去做检查。楚安城捏着眉心,倦怠地对她道:"我没事。你有事就先走吧,我一个人可以的。"

苏微尘不作声。她站在原地,望着楚安城的轮椅一点点地远去。

是继续放白慧鸽子还是留下来?

苏微尘沉吟不过数秒,便抬步跟了上去。

越是焦急,时间过得越是漫长。在等候楚安城做核磁共振的光景,她打了电话给白慧。

还未开口,白慧便劈头盖脸地道:"微尘,你过来了吗?到哪里了?凌霄已经到了。"

苏微尘咬着下唇,支吾道:"我……我去不了了。"

"怎么了?"

苏微尘内疚地道:"反正,反正我去不了了。你帮我取消吧。"

"微尘,如果你有事,我们可以多等一会儿。你抽个时间过来坐十分钟也行,就当多认识个朋友。"

"白慧,我现在在医院——今天肯定去不了了。"

"微尘……"白慧像是豁然明白了过来,她顿了顿,道,"算了,你好好照顾他吧。"

白慧挂断了电话,不觉叹息。

这个世界上,有些事情是注定了的,怎么躲也躲不掉。

139

结束通话的苏微尘缓缓转身，不料却撞入了楚安城静谧深沉的目光里。他不知何时已经从检查室出来了，他莫名其妙地瞪着她，随即又偏过脸，好似她又惹到他了。

苏微尘上前给他推轮椅，楚安城冷着一张脸，双手转动了方向，生生地避开了她的动作。

苏微尘双手悬在半空中，一时间不知所措。数秒后，她只得讪讪地收回了手。

楚安城也不理睬她，自己转着轮椅径直向前。瞧这模样，竟似有几分在赌气。

可她明明什么也没说，什么也没做，怎么可能惹到他？苏微尘实在弄不懂。

再说，他的手臂受伤未愈，若是逞强再有什么不好……

苏微尘叹了口气，也不理他，缄默不语地走上前去，一把握住了轮椅的把手，缓缓推动。

很奇怪，这一次，楚安城并没有拒绝。

他只是转过头，瞅她一眼，然后就松开了双手任她推动了。

两个人从头到尾没有交谈，在旁人看来，一切都再自然不过，仿佛就是情侣之间的小摩擦，小怄气。

而走廊的另一头，是默默注视着这一切的丁子峰。他站在一盆高大的绿色盆栽旁，瞧着两个人缓缓地消失在医院走廊的转角。

这几天，苏微尘一直请假，丁子峰心中便有所感。只是，一个人未到绝处，总是不会死心。他亦是如此。所以，他来了医院，想探个究竟。

此刻，他终于得到结果了。

外头的太阳很大，透过医院的大片玻璃幕墙照进来，洒在他身上。然而，双手捏握成拳的丁子峰却感觉不到半分的暖意。

苏微尘真的喜欢那个楚安城。

他失恋了。

从未开始热恋，便已失恋了！

当天的各项加急检查结果出来，都没有什么大碍。

"可是，他为什么会头晕呢？"苏微尘拉着黄医生，在病房门口不放心地一再追问。

黄医生沉吟道："出现这种情况有很多种因素，不排除心理因素，也有可能仅仅是疲倦——我本来想若无其他特殊情况，就可以安排楚先生出院了，但按现在的情况来看，我会要求楚先生留院多观察几天。"

这些天来，大约也只有苏微尘自己没有发觉，医院方面有什么都是直接找她沟通。包括主治黄医生在内的所有人都已经有了一种没说出口的默契：也只有这位苏小姐制得住楚安城。

"苏小姐，方便的话，你们今晚最好留一个自己人在这里陪楚先生。如果有什么突发状况，也好第一时间察觉应对。"

苏微尘推门进病房的时候，楚安城正靠坐在病床上闭目休息。苏微尘便放轻了脚步进去。

楚安城听见动静，睁开眼，道："苏小姐，很晚了，你有事就去忙吧。我OK的。"

苏微尘"哦"了一声，便不再作声。

楚安城以为她会离开，但过了好半天，她却只在沙发上看手机。

于是，他又说："很晚了。"

苏微尘答了一个"嗯"，还是只顾忙自己的。

瞧着她安安静静地在自己的视线里，楚安城只觉淡淡欢喜。

他也不知自己怎么了，忽地轻轻开口："我指甲长了，很不舒服。若是你不介意的话，可否帮忙修剪一下？"

一桩小事而已，怎么可能介意呢。

苏微尘爽快地答应下来："好，我明天把指甲钳带过来。"

"我有，在钥匙串上。"

钥匙串上的小指甲钳，金属色泽已经十分陈旧了，显然已经用了多年。

看来，楚安城是一个十分念旧的人。苏微尘不期然地想起了钩破的那条黑色围巾，内疚感再度浮起。

他手指白皙修长，指甲饱满。这就是传说中钢琴家的双手，每一寸都恰到好处，真是好看。

其实，楚安城向来都是好看的。苏微尘坐在床畔，握着楚安城递过来的手，脑中不知怎么的便闪过这个认知。

下一秒，她的脸慢慢热辣了起来。真是的，自己在胡思乱想些什么？

苏微尘做了个深呼吸后，屏气凝神地把注意力集中在眼前的指尖上。一小片，再一小片——每个指甲，她都专心致志地修剪出了好看的弧度。

最后，用指甲锉缓缓地对每一片指甲进行修磨，细心地修磨成圆润光滑的形状。

从楚安城的视线望去，只见她的脖子白嫩如雪，侧脸精致温柔。

整个世界仿佛只余他们两人。此刻让人恨不得时间就这样停止。

但这样的时光，你越想让它走得慢一些，它偏偏越会像偷跑的贼，去得倏忽如电。

很快地，苏微尘便修完了最后一个指甲，她徐徐抬头："好了。"

楚安城赶忙转过脸，仓促地移开目光。

不过楚安城那晚到底是如愿了。

苏微尘考虑再三，终于开口对他说："楚先生，黄医生说你今晚需要人陪夜。如果你不介意的话，我可以留下来。"

她其实很怕看到楚安城眼里现出那拒人于千里之外的淡淡嫌恶。

然而没有，楚安城似愣了愣，随即便轻轻道："谢谢你，苏小姐。"

他自然不会介意，甚至内心狂喜难耐——自己这是怎么了？恍若情窦初开之时，楚安城不由得嘲笑自己。天知道，他费了多大的功夫才能抑制住那份惊喜交加，让面上半点不显。

一时间，两人相对无言，便静默了下来。

但奇怪得很，哪怕两个人不说话，空气里都似乎流动着一种东西，叫心悸。

苏微尘心口处又浮起了那种呼吸都困难的窒息之感。她掩饰一般地转身去取柜子里的毛毯："我有点累，先休息一下。你有事就叫我。"

楚安城轻轻地答了一个"好"字。

苏微尘这几日心里总是记挂楚安城手臂的伤势，翻来覆去，没有一晚睡得好。这时，不知是因为医院特有的安静环境还是由于楚安城在身畔的心安，披着毯子蜷缩在沙发上的她，不知不觉便睡意蒙眬了起来。

假寐的楚安城轻轻掀开眼皮，看到的便是这样一个美好的画面。

床头的透明水晶瓶中，插了几株盛放的绿色风信子。此刻，她睫毛低垂，根根分明，整个人竟比花还娇嫩几分。

她从来都是悠然美好的。

微笑时，生气时，嬉闹时，哪怕是静默时，都叫人移不开眼。

那天晚上，楚安城怔怔地瞧着，如痴了一般。

这一日傍晚，送饭工苏微尘一推开门，就见苏时手忙脚乱地在帮楚安城盖被子。

苏微尘盯着他们瞧了数秒，狐疑道："你们在干吗？"

苏时红了耳朵，"嘿嘿"直笑："没什么，没什么。苏微尘，你怎么这么早就送饭来了？"

顾左右而言他，而且耳朵都红了，这两个人肯定有问题。苏微尘慢腾腾地走了过去，细心观察，终于在垃圾桶里瞧出了端倪。

一见是炸鸡，苏微尘气不打一处来："苏时，你已经不是小孩子了，医生要求你楚师兄忌口，难道你不知道吗？！你不阻止，还做帮凶。"

她沉下脸，伸出了手："东西呢，快拿出来！"

苏时见她发火了，立刻乖乖地从被子下取出了外卖："给你！我跟楚师兄才吃了一口炸鸡就被你抓住了，冤死了！"

想不到楚安城这么大了还会不安分，和苏时偷吃炸鸡。苏微尘重重地给了苏时一颗"栗子"："做错了事情还这么理直气壮，等下回家给我面壁去！"

"是楚师兄说他喝了很多天的汤，嘴里太淡了，所以想吃……"苏时的声音在苏微尘的怒目而视下越来越低。

"他是个病人你难道不知道吗？！"她抓了外卖袋子便往垃圾桶里扔，"等伤好了，你再陪你楚师兄大吃特吃。"

扔完后她才反应过来：完了，这回楚安城估计要大发雷霆了。毕竟再怎么着，也轮不到她来管他啊！

可是很奇怪，他只是静静地瞧着她的一举一动，面上并无半点不悦之色。

几日后，楚安城拆了绑带，除了结痂，手臂完全活动自如。苏微尘看着他十指灵巧地在空中做各种弹奏状，忽觉窗外阳光灿烂如春。

楚安城背对着她，没头没脑地说了一声："谢谢。"

苏微尘转头瞅了瞅，病房里没有旁的人呀！下一秒，她后知后觉地意识到，这是对她说的。

清冽晨光里，他的声音低醇，不复往日冷漠。

然而，事故调查方面的进展并不顺利。警方调出相关监控，查到了肇事车子的车牌，却发现车子是别省的套牌车，车主从未来过洛海，更不可能出现在街头撞人。

一时间，线索便中断了，警方一筹莫展。

不过，不久后，倒是有几条警察依法取缔了几个非法经营的赌场的新闻。苏微尘在电视里看到了那个欺负光仔的文身男和他老大被警察押着进入警察局的画面。

苏时拍手欢呼，大为高兴："恶有恶报。我明天就去告诉光仔，这几个坏蛋被警察抓了。以后光仔他们就不用再担心了。这一次，我要给洛海的警察点三十二个赞，不，九十六个大大的赞。"

沙发另一侧，是楚安城若有所思的面容。

放鸽子的事件后，苏微尘特地打了电话跟白慧道歉。

白慧对她已然绝望，苏微尘隔着电话也能察觉到白慧对她的恨铁不成钢。虽然觉得愧疚，但同时她也觉得有些小小的轻松。

白慧应该是不会再帮她安排相亲了。她很是笃定！

然而，这一日，她又接到了白慧的电话："苏微尘，那个凌霄一直想见见你，都给我打了好几个电话了，让我一定要帮忙再安排一次你们的见面。"

"哪个凌霄啊？"苏微尘根本已经不记得这个人名了。

"就前些天你在医院时放他鸽子的那个。苏微尘，真不是我夸他，凌霄的条件真心好。也不知怎么了，见了你的照片后，他就是铁了心地想要跟你见一面。"

"可是我不想见……"

"苏微尘，你上次答应的都没见，这次就当补偿——这样吧，如果这次你还是看不对眼，我下次再也不帮你安排了。这是最后一次！我保证！"白慧有种强烈的预感：这个凌霄肯定会有戏。

白慧都说到这份儿上了，苏微尘只好答应了下来。

"那就这么说定了啊。我来安排时间。"

才挂了电话，大门口就传来了声响。是楚安城接苏时放学回家了。

苏时一进屋子就扯着嗓门喊她："苏微尘，快下来。给你带了好吃的。"

是热气腾腾的烤番薯。

苏时呼着烫把纸袋塞到她手里："苏微尘，快吃，冷掉就不好吃了。这可是楚师兄用自己的羽绒服裹着带回来的。你看，还跟出炉的时候一样烫呢！"

楚安城会这样做？！哪怕是出自苏时之口，苏微尘依旧觉得难以置信。她的反应是抬眼望向了楚安城。四目相对后，她第一次看到楚安城有些不自在的神情。

楚安城把手搁在唇边，假意咳嗽了一声："苏时，到练琴时间了。"

苏时行了个军礼："是，我这就去弹琴。"

一大一小两个人一前一后地进入了琴房。

这一场事故后，楚安城对她的态度倒是转变了不少。虽然依旧冷冷淡淡，但从前那种隐隐约约的厌恶已经渐渐消失了。

苏微尘低头，只见甜香扑鼻的烤番薯正对她发出邀请。香甜软绵，入口即化，这是寒冷冬日里最美最温暖的味道之一。

苏微尘享受地闭上双眸。

这些天来，苏时放学时总是会带零食给苏微尘。

有时是珍珠奶茶，有时是炸鸡翅，有时是烤土豆片，有时是炒栗子，有时候是薯条……每一种都很对苏微尘的口味。

偶尔，苏微尘捧着苏时带回来的小吃，会想：他们两个这是在养猪吗？！

晚饭时，毫无预警地飘起了漫天雪花。

苏时乐得趴在落地玻璃上，一瞧就是半天。

楚安城上前，揉着他的头发："难得今天下大雪，还有一个小时的琴今天准你不练了，让你看个够。"

三人窝在琴房赏雪。楚安城现煮了咖啡，一时间屋里香气四溢。

苏微尘和苏时也经不住诱惑，纷纷举手："给我也来一杯。"

楚安城给他们准备的则是菊花茶："你们喝不惯会失眠的。这茶清凉去火明目，适合你们两个。"

苏时说："楚师兄，你不会失眠吗？"

楚安城似想起了往事，垂下眼帘道："最开始的时候当然会，整夜整夜地失眠——后来就不会了，哪怕晚上喝两大杯咖啡，也照样呼呼大睡……"

室内温暖如春，只亮了角落里的一盏落地灯，幽幽暗暗的一团光亮。大大的帘子拉开了，落地玻璃外飘雪轻盈可见。

苏微尘突然嘴馋了，对苏时说："看着这雪，我好想吃冰激凌啊。"

苏时转头，认真地对她说："苏微尘，你是模特，你要保持身材，别每天就想着吃吃吃。"

苏微尘"勃然大怒"，探手故意揉乱他的发："那你还每天回家给我带零食。"

苏时哼了一声："你想太多了。每回都是楚师兄多买了一份，我们吃不完才带给你的。"

都是他买的！苏微尘怔怔地抬头，慵懒地靠在沙发上的楚安城正仰着头，凝望天空散落下来的片片雪花，侧脸轮廓清隽寂寞。

那一刻，所有的一切都似乎漫长柔和了起来。

为什么他要买这些呢？还是真的只是随手买多了？

苏微尘自然是想不出什么结果的，可是她总忍不住去想。

楚安城小口小口地喝了杯咖啡。等咖啡喝光，他似做了个决定，转过脸，含笑问苏时："想不想听师兄给你弹奏一曲？"

"好啊好啊，师兄想弹什么？"

"《月光》。"

清逸动人的曲调，如雨珠般一颗一颗从楚安城的十指间滚落下来——他如神祇般端坐在灯光明暗不一之处，将每一个音符用心弹奏出来。

微黄的花一朵朵地在水中悄然盛开。寒风呼啸的光景，指尖感受着水杯那暖暖的温度，耳畔回响着楚安城的弹奏。

苏微尘缓缓地浅饮了一口。淡淡的菊花清香，弥漫口腔。

这个冬日的夜晚，三人这样子无声胜有声地相伴，叫人好不欢喜。

她忽然觉得有一种叫幸福的东西萦绕身侧。

苏微尘不知不觉地恬然微笑。

然而下一秒，这个微笑便凝在了她的嘴角——

比赛将至，这样的陪伴，即将到尽头了。

比赛结束后，他与他们，便再没有半点关系了。

人生中第一次，苏微尘产生了想让时间静止的念头。

Chapter 08

犹豫

苏微尘仿佛
握了一块热炭，
手心都快要被
灼伤了。

这日下午，苏微尘如约去了与白慧约定的地方。

不知为何，她从家里出来，每一步都走得偷偷摸摸的，像一个贼。她总是止不住地想，若是楚安城知道她又去相亲了，会不会又要冷脸相对了。

偶尔的偶尔，苏微尘想起他那霸道的一句"她谁也不见"，心里总会泛起一种微妙怪异、似苦微甜的感觉。

但她也总是告诉自己：你想太多了。

百年前的公馆改造成的咖啡店，由于冬日的缘故，藤蔓萧索。不过室内却低调奢华，推门而进，熏香袅袅幽幽。

服务生轻言细语地含笑带位。那位名叫凌霄的男子已经到了，一身商界精英的行头，正优雅地搅拌着咖啡。

听见服务生带位的声响，他才缓缓抬头。苏微尘与他四目相对，心下顿时了然：怪不得白慧会信誓旦旦地保证这是最后一次给她安排相亲。

只是，这样英气逼人、器宇不凡的男士需要出来相亲吗？

苏微尘面上不露半分，客气地微笑："你好，我是苏微尘。"

凌霄的表情明显一愣，但他掩饰得很好，很快便敛下了。他落落大方地起身，含笑伸手做了个请的动作："你好，苏小姐，我是凌霄。"

苏微尘入座后随意点了杯咖啡。她并不准备久留，一杯咖啡的时间，足够了。

凌霄若有所思地望着她："苏小姐是哪个大学毕业的？"

苏微尘如实相告："我没有读过大学。"

凌霄眉头微蹙："是吗？"他随即笑道："那高中呢？苏小姐是哪里毕业的？"

苏微尘坦言道："其实我自己也不知道。我失忆了，所以以前的事情我都想不起来了……"

凌霄身子一震，好半晌，他才轻声道："原来如此。真是辛苦你了。"

凌霄的语气很是温柔怜惜，好似真的心疼她的遭遇一般。苏微尘觉得很奇怪。一般相亲的人，听了他们家曾经发生过车祸，且她又失去了记忆，往往都会避之不及的。因为会担心万一还有什么后遗症之类的，会拖累他们后半辈子。但凌霄并没有，他甚至还问起了她的康复情况和这几年的生活情况。

苏微尘知道自己并不聪明。但她还是能感受到凌霄说话的时候，眼底的真诚，这是骗不了人的。

奇怪的不止这些。

这个凌霄也不像早前那些相亲的人，会问她收入多少，家里什么情况。他只是坐着，含笑将他高中时的一些趣事娓娓道来。

他说他曾经暗恋一个与他一起出黑板报的女孩子。那个女孩子特别可爱，用现在的话来形容就是呆萌、单纯。

他还说，可惜他都来不及表白，那个女孩子就被另一个男孩子追走了。

他的语气极其惆怅，似追悔莫及。

这个凌霄真是太古怪了。有谁跟相亲对象见面时，会一直不断地倾诉自己的暗恋故事？

苏微尘原本抱着完成任务的目的，只打算坐坐就走，结果一直听他讲以前的事，这一坐就坐了近两个小时，直到苏时打电话给她："苏微尘，怎么不在家？今天不是没有拍摄的活吗？"

"我马上就回去。"苏微尘挂了电话，客气地对凌霄道："不好意思，家里有点事情，我要回去了。"

凌霄起身道："苏小姐，我送你吧。"

苏微尘摇头："不用，我自己打车就可以了。"

凌霄也没有再客套，只说："那这样吧，苏小姐留一个电话给我。"

碍于白慧的面子，苏微尘不好拒绝。

凌霄把她的号码输入了手机，随即便拨出了电话，苏微尘的电话立即响起。凌霄微微一笑："这是我的号码。我的名字特别好记，是凌霄花的凌霄。苏小姐叫我凌霄就可以了。"

苏微尘坚持道："凌先生，再见。"

凌霄笑笑："那我可以叫你苏微尘吗？"

苏微尘点了点头。

"那么，苏微尘，我们下次再见。"这几个字，凌霄说得很认真。

"苏微尘，原来你真的不记得一切了。也不记得曾经与你一起出黑板报的那个我了……"萧瑟寒风中，凌霄怅然若失地怔立在街头，目送着苏微尘的计程车远去，消失在了霓虹深处。

那个他曾经偷偷暗恋的高中女孩，再遇时，却已经连他是谁都不记得了。

回到家，已是傍晚了。苏时"噔噔噔"地从琴房出来，小跑进厨房，取了一大份冰激凌塞给了她："给，楚师兄买的。"

苏微尘愣住了，怔怔地接过。前晚她不过是随口一说而已。

手指所触之处，一片冰凉，告诉她，这真的是冰激凌。

是柠檬口味，苏微尘在自己的舌尖尝到了酸甜可口的味道。

此时，搁在包里的电话"丁零零"地响了起来。苏微尘含着冰激凌，口齿不清地接起了电话："你好。"

"苏小姐，我们是有家中介。你前段日子让我们帮忙留意的那个小区刚刚正好有房东放出一套房子要出租，如果方便的话，请你今明两天内务必安排个时间过来看看。这个学区的房源特别紧俏，千万别耽搁。"苏微尘一直让中介留意学校附近的学区房，想不到中介今天会突然给她打电话。

好房不等人。苏微尘迟疑了数秒，便决定去看房："好啊，我现在就有空。"

"行，那我马上跟房东联系，然后再回复你。"

"好。"苏微尘挂断电话，搁下手机。她用小银勺搅拌着碗里的冰激凌，缓缓地送到嘴里品尝了一口。

这一回，她尝到的却是淡淡的苦涩。

她与苏时总归是要搬出去的。比赛即将到来，过一日，便近一日。

楚安城从琴房出来的时候，听见了苏微尘在讲电话："好的。那我这就过去，租房门口见。"

租房？！楚安城猛然止步。苏微尘挂了电话回头，毫无预警地撞进了他的视线。

楚安城古怪深沉地盯了她一眼，而后，他转身就上楼去了。

苏微尘望着他远去的挺拔背影，或许是吃了冰激凌的缘故，她有种全身发颤的感觉。

她忽然一点都不想去看房了。

可是，现在不找房子，等比赛结束后，她与苏时住哪里呢？总不能一直死皮赖脸不付房租地住在这里吧。

到时候别说楚安城看不起自己，连她自己都会瞧不起自己。

与中介和房东在约定的地方见了面，又仔仔细细地看了房子。这个小区的地段非常好，周边有一个大型商场，位于学校和周老师家中间，来去交通都十分便利。租金也算合理，在苏微尘的接受范围之内。

中介也很想促成这宗交易，说："如果苏小姐决定租的话，我跟房东再商量一下，给你要点小折扣。"

苏微尘当即便决定租下来。

然而连她自己都觉得诧异，在合同上签下名字的那一刹那，她脑中浮现的居然是楚安城的脸。

那种强烈的难受感觉应该叫作不舍得吧。

她竟然会如此不舍。不舍得那个房子，不舍得房子里的那个人。

虽然他那么毫不掩饰地厌恶她。

很多很多时候，苏微尘自己也弄不懂自己。

回到楚家的时候，灯火通明，早已过了平日的晚餐时间。

楚安城和苏时在客厅，餐桌上的四菜一汤丝毫未动，显然他们都在等她回来一起用餐。

三人照旧按一直以来的位置入座。苏微尘拿起了筷子，愣怔了数秒，才慢慢开口："苏时，刚刚我去看房子了。"

楚安城和苏时同时抬头，停止了手上的动作，似在静待着她的下一

151

句话。

"房子不错，只有十年房龄。地段特别好，离学校、商场都特别近——苏时，等过几天比赛结束后，我们就可以搬家了。你可以每天走路去学校哦。"

楚安城倏地推开椅子，上楼而去。

苏时望着楚安城的背影，眼眶一点点地红起来："苏微尘，我会想楚师兄……我舍不得他……"

苏微尘怔了半晌，夹了菜搁到他碗里，轻轻地道："吃饭吧。"

他们不可能一直住在这里的。

世间万物都讲一个缘字。缘分尽了，要离开的，终须离开！

那天晚上，苏微尘在卧室里织围巾。

可她心烦意乱，脑中总闪过楚安城推开椅子，转身上楼的身影。织了一段毛线，针脚杂乱无章，她只好拆了，从头再织。

可数个小时，织了拆，拆了织，反反复复，根本没有一点进度。

心不静，做什么都不行！苏微尘幽幽地叹了口气，拿起了马克杯，拉开了卧室门。

起居室开了落地灯，安安静静的一团暖光。楚安城靠在沙发上看书，大约是听见了她开门的声音，他转过了头。

两人四目相对，良久未语。

苏微尘轻轻地问："楚先生，你还不睡？"

楚安城说："我不困。"

苏微尘默默地倒了一杯水："楚先生，晚安。"

楚安城望着她转身离开，他缓缓道："等苏时比赛一结束，我也会即刻返回美国过春节。"

苏微尘的手本已握在了门把上，在推开的那一刹那，她听到了他的话，停住了所有动作。

这样的话，彼此大约以后都不会再见了吧？

那是肯定的！

云泥之别的两个人，怎么可能再见呢？

一别之后，她便再也见不到他了！这个念头一涌入，苏微尘的心就骤然一痛。

苏微尘垂下眼，顿了数秒，想到了一个徘徊在心头许久的问题。

或许是屋内灯光暗淡让她有了安全感，抑或是她即将要搬离的缘故，苏微尘转过身，终于问出了那个问题："楚先生，一直以来，你为什么这么讨厌我？"

楚安城大约是没料到她会这般相问，愣了愣后，抬起脸与她相对。苏微尘直直地望进他的眸子深处，默不作声地在等他回答。

两人就这样直直地瞧着彼此。最后，楚安城别开了脸，他犹豫了一下，声调忽然变得十分奇怪："不，我不讨厌你……"

苏微尘忽然觉得有阴影覆盖，是楚安城，他在她上方奇怪地凝视着她。那种目光如潭幽深，如鹰锐利，又如烈焰灼热，里头还有许许多多她根本不明白的东西。他整个人呈现出一种强抑姿态，仿佛在自我控制。

下一秒，楚安城忽然欺身压了下来……苏微尘愕然至极，"噔"地后退一步，但是楚安城的手牢牢地托住了她的腰，把她抵在了墙上。

他一动不动地瞧着她，苏微尘试图推开他……可他终于吻了下来……软软凉凉的唇，轻轻地覆住了她的。

一开始，他只是浅浅地碰触，或许是由于她的抗拒，很快地，他的气息粗重杂乱了起来，他一手紧箍着她的腰，不让她动弹半分，一手抚摩着她的脸……他在她唇间温柔放肆，诱惑她为他盛开……苏微尘觉得自己即将窒息的那一刹那，他终于放开了她。

他迷茫地望着她，而后他又排山倒海般地吻了下来，仿佛贪恋一般怎么也不肯结束……

也不知道过了多久，楚安城终于放开了她，退后两步，他的胸膛剧烈起伏，而他同时又用那种奇怪至极的目光牢牢地锁住同样气息不稳的她。

片刻后，他收回目光，侧过脸一字一顿地道："我讨厌的是我自己。"

角落里的落地灯发出隐隐约约的光线。他的侧脸冷傲寂寥……苏微尘喘息着后退一步，低低地道："因为我很轻易地答应你搬进来，所以你认为我是一个随便的女人……所以就这样随便地吻我。是不是？"

楚安城的面色瞬间沉下，阴霾密布。楚安城瞪着她，咬牙切齿地答了个"对"字，然后转身，"砰"地摔上了房门。

昏暗的起居室，苏微尘只见自己的一抹影子被灯光拖曳，孤单单地逶迤至墙角。

那个无缘无故的吻和那次古怪的对话后，两人之间的气氛再度怪异了起来。

一来二去，苏时察觉到了不对劲："苏微尘，你跟楚师兄又怎么了？"

苏微尘自然矢口否认。

苏时摸着头，十分不解："那你们最近又都怪怪的了。而且，你们现在每次都让我传话。"

苏微尘说："哪儿有！我们一直都这样。"

她就这样把苏时给忽悠过去了。

这晚，苏微尘在家里打扫屋子。楚安城则与苏时在起居室玩游戏。

她在擦地板的时候，远远地听见电话铃声响起，苏时扯着嗓子喊她："苏微尘，你的电话！"

苏微尘趴在地上，头也未抬："谁打给我的？"

苏时看了看手机屏幕，报给她："一个叫凌霄的人。"

听到这个名字的楚安城，整个人猛地一震，脸色古怪至极。

苏微尘摘了手套，接过苏时递过来的手机："你好。"

凌霄温润含笑的声音隔着电话缓缓传来："苏微尘，明天有空吗？听说环湖一号公馆最近重金聘请了一位大厨，有没有兴趣去尝一下他的菜式？"

苏微尘说："我最近有点忙，要不过段时间？"

这是一种婉转的拒绝，聪明如凌霄不可能不明白。

"好啊，那我过几天再给你打电话。"凌霄依旧言笑晏晏，似乎一点也不介意。

"好。"挂了电话后，苏微尘继续自己的工作。

正玩着楚安城的手机的苏时，也不知道怎么的打开了一张照片。苏时发出了"哇"的惊讶赞赏之声："楚师兄，她是谁？女神啊。"

楚安城淡淡地扫了一眼，漫不经心地道："如果我说是我女朋友的话，你想说什么？"

苏时说:"羡慕嫉妒不恨!"

楚安城笑了,抬手给苏时一个"栗子"。

楚安城第一次提及自己的私生活,苏时不免好奇地再三追问:"楚师兄,真的是你女朋友吗?"

楚安城避而不答。

苏微尘擦拭地板的动作却是一顿。那停顿的数秒里,她察觉到了自己心头的苦涩。

楚安城有女朋友有什么好奇怪的?没有才奇怪呢。可纵然是这样告诉自己,苏微尘也觉自己心口处像是被某物狠狠揪着,连呼吸都觉得难受。

他既然有女朋友,为何还要一而再,再而三地吻她呢?她不懂。

苏微尘狠狠地擦着面前那块纤尘不染的地板。似乎只有这么用力,才能使她的心口处好受一些。

忽地,只听轻微的"吧嗒"一声,有东西坠落在了地板上。

苏微尘忙用抹布擦去。很快,又一道"吧嗒"声响起,苏微尘正在纳闷,忽然她的视线凝结在了白色的抹布上——那里有鲜红的血迹。

怎么会有血呢?苏微尘忽然觉得鼻子湿漉黏腻,她抬手一抹,只见指尖处尽是血迹。

她赶忙仰起了头,捏住了鼻子。过了片刻,血止住了。

是不是最近因为苏时考试一事,睡眠质量不好,所以上火了?苏微尘觉得自己应该每天多喝点冰糖枸杞菊花茶,降降火。

然而夜里,她的头一直隐隐胀疼,翻来覆去地无法入眠。

第二天,苏微尘起晚了,她匆匆地梳洗后,赶去了拍摄地点。

丁子峰自上次与她谈话后,便一声不吭地出去度假了。新接手的摄影师与苏微尘还在磨合期,效率不高。这一日本来八个小时的工作量,足足拍了十个小时。

苏微尘微信联系过丁子峰,但他似没有收到微信般, 直没有给她回复。问田野,田野也答不出个所以然来,只说丁子峰这家伙不差钱,随性得很,出去一年半载都有可能。

"不好意思,苏姐,拖你的时间了。"新摄影师十分客气。

"没事,大家都为了工作。只要客户满意就好。"

苏微尘拎着自己的包包,去洗手间卸妆。她本想打个电话通知苏时，让他们先吃饭，不用等她的。

　　但在包里翻来翻去，却怎么也找不到自己的手机。折回拍摄场地，也不见手机的踪影。

　　苏微尘静下来左思右想了一番，她清楚地记得今天在拍摄场地并没有用过手机。但就是想不起来，到底是一早太过匆忙忘记带了，还是无意中把手机给弄丢了。

　　算了，回家再好好找找吧。

　　回到家后，苏微尘把自己的卧室翻了个底朝天。

　　苏时也帮忙在屋子找了一圈，劝她："算了，苏微尘，掉了就掉了。反正你这个手机也该换了。"

　　平日里苏微尘只用手机联系工作，所以手机对苏微尘而言，只要能打电话能接电话能用微信就可以了。旧款新款，她根本无所谓。

　　但换手机就意味着要有一笔开销。对能省就省，总想着攒钱的苏微尘来说，自然是肉疼得紧。

　　她不死心地又从楼上找到楼下，最后不得不颓然放弃。

　　看来这笔钱是省不了了。

　　第二天中午，下楼用午餐的苏微尘忽然怔住了。

　　餐桌上她一直坐的位置处，搁着一个崭新的手机。

　　楚安城站在琴房门口，神色寡淡："这是别人送我的，里面还有一张新的卡。反正我放着也是放着，如果你不介意的话，拿着随便用用。"说罢，楚安城就转身进了琴房。

　　仿佛她接不接受，用不用，皆随她便，他根本无所谓。

　　苏微尘的视线静静地落在手机上。哪怕她不追潮流，也知道，这是这个品牌最新上市的手机，忠实的粉丝们连夜排队也未必能够购到。

　　良久，她转头，从微启的房门，苏微尘看到了他双手抱胸，正仔细聆听苏时弹奏的身影。

　　她总是弄不懂楚安城，既然那么讨厌她，为何不索性讨厌她到底？

　　这样，或许她就不会如此患得患失了。

　　也不会如此不舍得了。

　　时间终于来到了苏时比赛的前一晚。

苏微尘给苏时拉好了被子，关了台灯，准备出去。黑暗里，苏时忽然道："苏微尘，我不想睡觉。你唱首歌给我听，好不好？"

　　苏微尘知道他担心明天的比赛，紧张焦虑，以致无法入睡。她在床沿坐下，低声道："好，你想听什么歌曲？"

　　苏时说："《小星星》好吗？"

　　苏微尘失笑："你这么大了，还要听《小星星》？"

　　"不管，反正我想听。"

　　苏微尘点头："好，你想听苏微尘就唱给你听。"

　　"一闪一闪亮晶晶，满天都是小星星，挂在天空放光明……"苏微尘其实不大会唱歌，但是她的嗓音清丽婉转，一首《小星星》在黑漆漆的房间里头脆生生地这般唱来，竟有余音缭绕之感。

　　"苏微尘，你唱得好好听。可是，好奇怪哦……"

　　苏微尘浅浅微笑："奇怪什么？"

　　"我好像在很小很小的时候就听过……"苏时侧了侧头，微笑道，"我想肯定是在我还是小宝宝的时候，你就唱过这首歌哄我。"

　　苏微尘说："有可能。"她顿了顿，怅然万分："可惜苏微尘已经什么都不记得了。"

　　苏时拉住了她的手微微摇晃："没关系的，苏微尘，我记得就行。你再唱英文版的《小星星》给我听。我有点想睡了。""好。"

　　"Twinkle, twinkle, little star,

　　How I wonder what you are!

　　Up above the world so high……"

　　那晚，苏微尘唱了好多遍的《小星星》，直到苏时合眼沉沉地睡去。平日里，苏时言行举止总像个小大人，但此时酣睡着，长长的睫毛微卷，叫人想起神话中闪着金光的可爱天使。

　　白慧总是说苏时拖累她。但白慧她并不知道，在这个孤单的世界上，若是没有苏时依偎着一起取暖，她一个人是何等可怜。有苏时陪着她，这一路走来，再累也没有那么累，再苦也没有那么苦。

　　苏微尘俯身在苏时额头上落下轻轻一吻。她蹑手蹑脚地关上门出去，在起居室看到了楚安城。

　　他靠在沙发上，修长的双腿闲适地交叠，手里摊着一本专业书。

苏微尘刚欲离开，却不想楚安城转过头，她避之不及，两人四目相对。

苏微尘咬了咬唇，忍不住问了个问题："楚先生，我能问你一件事情吗？"

楚安城抬了抬眉毛，似在等她说下去。

苏微尘问："苏时有没有机会拿奖？"

楚安城轻描淡写地道："这次比赛，据我所知，参赛人员中有五个人很厉害。其中一个就是被誉为百年一遇的音乐神童——雷诺。他对这次的冠军志在必得！"

雷诺，在一年前，没有任何人知道这个名字。但在去年的全国小学生钢琴比赛上以一首难度极高的《肖邦第一钢琴协奏曲第二乐章》脱颖而出。这首曲目由于难度高，很少被用来作为参赛曲目。但雷诺做到了，并且一鸣惊人，获得了大赛的第一名。

这一次，被誉为国内少年钢琴最高级别的全国少年钢琴大赛，雷诺是被普遍看好，最具夺冠能力的选手。

比赛还没有开始，全国的报纸和媒体已经在以大篇幅介绍这位神童，并预测他的夺冠，是在意料之中的。

楚安城说："不过，我并没有对苏时谈论任何一个他的对手，他也并不需要去了解。所谓初生牛犊不怕虎，我希望苏时可以如此。他在比赛时要做的就是把自己的水平正常发挥出来。

"结果谁都难以预料。我能说的只是，苏时的基础很扎实，准备得也很充分。但具体如何，还是要靠他在现场具体发挥的……以及……"楚安城欲言又止，没有再说下去。

苏微尘轻"嗯"了一声："我明白。"比赛会有各种情况出现，也有运气的成分，有的甚至还有人为因素。

"苏时非常出色。这也是我愿意教苏时的原因之一。"楚安城的声音在她身后缓缓响起。他是在让她宽心、放心。

苏微尘真诚地向他道谢，并道晚安。

楚安城并没有再说话，只是目送她消失在门后。

第二日，洛海大剧院，全国少年钢琴大赛拉开了序幕。

来来往往的工作人员和家属，无不放轻脚步，压低声音。比赛的低气压无形地笼罩着整个场地。

苏时很是紧张，不时地握着小拳头做深呼吸。

上场前，楚安城对苏时只说了这么几句："只要你跟平时一样弹奏就OK了。不要想太多，得不得奖是另外的事情。"

"如果你不优秀的话，楚师兄浪费这么久的时间做什么呢？"

苏时点头，他的眼睛里有一种叫作自信的光芒。

楚安城拍了拍他的肩膀："去吧。楚师兄知道你可以的。"

结果如楚安城预期，苏时一路发挥出色，很顺利地PK掉了郑瀚等几个种子选手，在第一轮比赛中，出人意料地得到了第二名，位居"神童"雷诺之下。

苏时很顺利地进入了最后一轮比赛。

那一厢，面对儿子的手下败将居然取得了比儿子郑瀚好这么多的成绩，郑瀚的母亲自然极度不服气。

她找了个去洗手间的机会，趁机接近雷诺的母亲："那个叫苏时的，弹得比你们家雷诺差远了。"

听见有人夸赞自己的儿子，雷母自然觉得熨帖舒服。她笑笑，说着客套话："大家都弹得很棒。"

"那个苏时啊，是我们家孩子的同班同学。今年在他们学校组织的选拔赛上，连前三名都没进。"郑母不屑地撇了撇嘴，随后她别有深意地压低了声音，"也不知道怎么混进这个比赛的，现在居然在初赛中拿了这么高的名次。"

雷母听后依旧神色淡淡，不动声色地道："是吗？"

郑母道："你随便去打听一下就知道了。这个苏时啊，跟我们家郑瀚都是洛海音乐附小的，平时水平怎么样，大家都心知肚明……"她添油加醋地说了一通。

雷母只"哦"了一声，似乎并不想多加理会。

郑母见挑拨不成，恨恨地转身离去。然而她不知道远去的雷母眼神微闪，心中自有一番计较。

最后一轮比赛前，苏微尘比苏时还要紧张，口干舌燥，手心出汗——赛前综合征的所有症状她竟然都有。

距离比赛只有十几分钟了。戴了口罩、帽子、眼镜，乔装打扮过的楚安城还在教导苏时："如果只用手联，起伏虽然有了，但感情不是从内心发出的，也不能打动人。记得我上次跟你着重强调过什么吗？"

"手和吸气相联！要把自己对这首曲子的感觉弹出来，跟观众交流。"苏时抬头做了一个吸气的动作。

"对。"楚安城赞许地微笑，"你只要把自己的感觉弹出来就好"别想太多。第一名只有一个，所以注定了很多很多弹钢琴的人都不可能得第一名。享受过程最重要。"

对于这些专业性的东西，苏微尘是插不上话的。

她能做的，只是静静地在一旁陪着他们。

不远处，雷诺的母亲隐身在角落，一直在暗中打量着他们。自打郑母说过那些话后，她便不动声色地观察了起来。

苏时，苏时的姐姐，还有一个棒球帽、黑眼镜加口罩打扮的男子——她蹙眉瞧着那个男子，越瞧越觉得眼熟，好像在哪里见过似的，并不陌生。

雷母忽然灵光一闪，有个名字呼之欲出。她惊愕地捂住了自己的嘴巴：这个人……这个人竟是钢琴王子——楚安城！

楚安城怎么会出现在这里？而且与这个叫苏时的孩子在一起，举止又如此亲昵！

她脑中忽然闪过了郑瀚母亲的话："那个苏时啊……今年在他们学校组织的选拔赛上，连前三名都没进……也不知道怎么混进这个比赛的……"雷诺母亲越想越觉得其中大有猫腻！

此时，楚安城接了一个电话，走开了几步。苏微尘取出了一瓶矿泉水："苏时，要不要喝水？"

饶是素来一副小大人模样的苏时，参加人生中的第一场正规大型比赛，并要进行决赛，此时也不免紧张得额头渗汗，坐立难安："苏微尘，我是有点口渴，但我怕喝了要上厕所。"

苏微尘拧着瓶盖："那就喝一口润润嘴巴，好不好？"

苏时点了点头，苏微尘却怎么也拧不开瓶盖。她正与瓶盖搏斗之际，只见一只修长的手斜斜地从一旁伸了过来，接过了矿泉水瓶。

楚安城用肩膀夹住电话，左手握着瓶子，右手修长的手指握着瓶盖轻轻一旋动，盖子便已经拧开了，他随手便递给了苏微尘。整个过程，自然得不能再自然，默契得不能再默契。

雷母心中不觉一动。她若有所思的目光移向了喝水的苏时，眉清目朗，俊秀可爱。

她忽地觉得不对劲，倏然抬眸，再度望向了面容清俊的楚安城，内心深处朦朦胧胧地浮起一个念头：莫非……

苏时浅浅地抿了一口水，润了润火热紧绷的口腔。

才咽下水，一个工作人员就匆匆前来："十九号，马上轮到十九号苏时了。请准备上场。"

苏时拉住了苏微尘的手："苏微尘。"

小手心湿漉漉的一片。苏微尘其实也紧张不已，但还是故作轻松地替他整理了一下小领结："没事，只是上去弹一首曲子。你每天都在弹，我相信你一定可以做到的。"

楚安城则拍了拍他的头，鼓励他："去吧。相信楚师兄，你可以的。"

苏时"嗯"了一声，跟随工作人员离开。白色燕尾服的背影渐渐地消失在了幕布后面。

苏微尘无限怅然："以前看过书，书上说父母总是目送孩子的背影渐渐远离。虽然我是苏时的姐姐，但是我现在却也能够体会到那种心酸、喜悦、不舍的复杂心情。"

楚安城望着她，数秒后，他抬步往外走去。苏微尘问："你去哪里？"

楚安城说："去听选手们最真实的音乐。"

楚安城来到了比赛厅，在离舞台最远的那一排坐了下来，感受到整个比赛最真实的声音效果。

一阵从未有过的剧烈头疼陡然来袭，耳边的钢琴声犹如魔音，声声穿脑而过——眼前的一切都旋转虚幻了起来。苏微尘扶着墙，闭眼略做休整。

好一会儿，疼痛才缓了下去。苏微尘抹了抹头上的冷汗，暗忖：是不是自己最近太累了，没有休息好？

苏时在后台等候着。忽然有人拍了拍他的肩膀，苏时回头，见到了郑瀚和他的两个小跟班。

郑瀚说："不错嘛，苏时，都进第二轮决赛了。"

苏时戒备地后退一步："你们想干什么？"

"不干什么。大家都是一个学校的，特地来鼓励你一下。好好弹，把那个叫雷诺的比下去，给我们学校拿一个第一名。"

郑瀚会鼓励他，这种鬼话，苏时再笨也是不会信的。

"谢谢。还有事吗？没有的话，我要上台了。"

"没事，没事。你上台，好好发挥。"郑瀚微笑着挥手，目送他上台。

平时在学校里横行霸道的郑瀚会如此"和蔼可亲""友爱同学"？绝对不可能！

一阵不好的预感沿着后背直爬上苏时的脖子。

此时，上一个选手的弹奏结束，工作人员引着苏时上台。一身白色无尾燕尾服的苏时向评委席鞠躬，然后自信地走向舞台中间摆放着的黑色钢琴。

苏时弹奏的是李斯特的《塔兰泰拉》。弹奏得极好，强弱对比悬殊，每个音符都光芒四射。

楚安城闭着眼，感受到了每一个飘荡在空间里的音符。他在最后一排，清晰的音乐声渐渐地弱了下来，但苏时手指的弹奏力度不减。这是十分有难度的，但是苏时这孩子做到了。

在快结束时，忽然，只听苏时"啊"一声尖叫，似被毒蛇咬了脚一般地从座位上跳了起来，在场众人不知道台上发生了何事，一时都面面相觑。

楚安城和苏微尘同一时间拔腿朝舞台跑去。楚安城到的时候，只见一只小蜥蜴从苏时衣服的下摆处钻了出来。

苏时脸色苍白，显然是被惊吓到了："楚师兄，我不是故意的。我只是觉得有东西爬到我衣服里好像要咬我……"

楚安城拍了拍他的头，柔声道："没事的，去把最后的部分弹完。"

苏时擦了擦眼泪，朝众人鞠躬道歉。而后他坐下，继续方才的弹奏。

众人纷纷给予苏时热烈的掌声。

"肯定是郑瀚他们……"下台后，苏时将方才上台前遇到郑瀚等人的事情娓娓道来。

压轴出场的是雷诺。他弹得确实很不错，技巧娴熟。但跟苏时一比，音乐中还是少了一点灵性的东西。很多时候，天赋这东西，实在是老天爷的赏赐，可遇而不可求。

不久，大赛的最后结果公布。主持人一个个地报获奖者的名字："获得全国少年钢琴大赛三等奖的是……

"获得全国少年钢琴大赛二等奖的是……

"而这一次，获得全国少年钢琴大赛一等奖的是雷诺同学。"

出了这样的状况，苏时心里早有准备，但听着台上宣布的名次，他还是委屈地垂下了头。

苏微尘心疼万分，搂着苏时的肩膀，一再宽慰他："苏时，没事的，你已经很棒很棒了。"

苏时埋着头，不肯说话。

楚安城拍了拍他的头："苏时，你是不是男子汉？

"男子汉就要经得起风雨。这点小事算什么？以后的比赛多了去了，有的是机会拿奖。

"无论得不得奖，这个比赛都已经结束了，所有的一切都已经成了过去式。你再纠结也不会改变半分结果。

"走，楚师兄请你大吃一顿。"

到底是偶像。苏时听了楚安城的话，勉强露出了一丝微笑。

楚安城把车子停下后，苏微尘有些愕然。这家牛排店，在洛海赫赫有名。

为什么有名呢？就是他家"店小欺客"。低调精致的餐厅，不过寥寥数桌，每次都需要提前数月预订。

显然，楚安城很早之前就已经在安排这顿晚餐了。

那一瞬间，苏微尘的心中是有所悸动的，只因楚安城是真心对苏时好的。

楚安城说："苏时，这里的主厨有道特色烤牛排，超级正点。帅兄给你点这个，好不好？"

"好。"这个好字有气无力，全无平日的精气神。

烤牛排上来的时候，犹在铁板上"滋滋"地冒着热气。口感弹牙，鲜嫩多汁。若是平时，苏微尘肯定苏时会大声赞叹，大快朵颐。

但此刻的他明显受比赛影响，一点食欲也没有。他吃了数口便说：

"楚师兄，我去一下洗手间，你跟苏微尘慢慢吃。"

苏微尘自然是不放心，搁下刀叉尾随而去。

不一会儿，苏微尘搁在餐桌上的电话闪动了起来。

楚安城若有所思地盯着看了数秒，探手取了过来。才扫到屏幕上的名字，楚安城已经皱了眉：不是才换了新号码，这么快他就知道了？

但转念一想，苏微尘在他们工作室工作，要个电话号码又怎么会有难度呢。

丁子峰三个字闪得他眼睛发疼。楚安城沉吟数秒，滑动屏幕关机。他把手机背面朝上，搁回了原位。

再抬眸时，不远处那抹纤细身影与苏时正缓缓走来。

苏微尘直到回到家才发现手机关机了。她抓了抓头发，歪头想了半天，也想不起来什么时候不小心关机了。

但她还没来得及多想，丁子峰的电话便已经打了过来："我已经在网上看到了比赛结果。告诉苏时，他已经做得很棒了，没有得奖是为了让他不要太骄傲，还有进步空间。"

前些日子，那场谈话后不久，丁子峰很突然地消失了，苏微尘也是从接替他的摄影师那里知道他出去度假了。

苏微尘叹了口气："他还小，伤心失落是难免的。不过我相信苏时自己可以调节好的。对了，你什么时候回洛海？"

闻言，丁子峰在电话那头笑了起来："很快就回了。回去你和苏时给我接风洗尘。"

苏微尘说："那是必须的。"

"好，那就这样愉快地决定了。"

赛后的第二天，苏微尘便开始整理物品了。楚安城把一切都瞧在眼里，沉默以对。

苏时特地给周明仁打了电话，报告了比赛情况。周明仁自然早已经从楚安城那里知悉了情况，对苏时做了一番鼓励："第一次参加这个比赛，能进入决赛，已经非常棒了。接下来，要继续努力。"

苏时说："是。周老师，我不会气馁，我会更努力的。"

周明仁欣慰不已。挂了电话后，对萧关笛道："虽然这次比赛出现了突发状况，但苏时这孩子，我看好他。以后啊，等着让那一帮人再一次羡慕地对我流口水。"

萧关笛见他说起钢琴比赛，精气神顿时都好了许多，便道："那你快些好起来。等过了年啊，把你压箱底的本事都传授给苏时。"

过了年，周老师便会亲自教导苏时。楚安城会在哪里呢？欧美各国，各种演出，各种衣香鬓影、灯光闪烁的场合吧。

此后，他与他们，再不相见。

苏微尘悄悄地叹了口气，把织好的围巾用一个漂亮的宝蓝色盒子包装好，再在上面打了个黑色丝绒缎子的蝴蝶结。

一切弄妥后，她还是不放心，又上上下下、左左右右地检查了一番。

拉开卧室门，她看到了站在落地窗边瞧着阳台出神的楚安城。他侧身站着，身形挺拔瘦削。

她把盒子捧给楚安城："楚先生，谢谢你这段时间对苏时的照顾。我们租的房子也已经弄妥了，这个星期就可以搬走。打扰你这么久，这是我的一点小心意，虽然不值钱，但希望你能收下。"

楚安城的目光安安静静地落在了盒子上，他没有动。苏微尘一直捧着。盒子其实不重，但捧的时间久了，手臂便开始发酸起来。

终于，楚安城伸手接了过去，淡淡地说："谢谢。"

苏时好奇道："楚师兄，快打开来看看，是什么礼物？苏微尘好小气啊，一直都不肯告诉我。"

楚安城浅浅一笑，递给了他："你帮师兄打开看看。"

苏时自然千万个愿意。他一掀开盒子的盖子，便露出了黑色的围巾。

楚安城似被什么蜇到一般，整个人都僵住了，嘴角的一点浅薄笑意在瞬间隐去。他旋即转身而去。

苏时愕然不解："苏微尘，楚师兄这是怎么了？他是不是不喜欢这条围巾？"

苏微尘扯出一个苍白的笑容："不知道耶。可能你楚师兄突然想起有事情吧。"

他肯定是嫌弃这条围巾，不想要。

苏微尘不是不受伤的。她折返进卧室又取了一个盒子，努力微笑着递给苏时："这是我给你的，也是围巾。苏时这次虽然没有拿到奖，但在苏微尘心中，苏时是永远的第一名哦！"

苏时瞬间感动了，他吸了吸鼻子，牢牢地抱着盒子，叫了一声："苏微尘。"

"看看喜不喜欢？"

柔柔的，软软的，暖暖的。苏时摸着黑白相间的条纹围巾："我喜欢，太喜欢了。苏微尘，谢谢你。"

苏微尘伸手在他头顶一阵乱揉，故作潇洒地道："有什么好谢的。记得答应苏微尘的，以后有了老婆别忘记我这个老姐就行。"

苏时抱住了她的腰："不会的。苏时永远会对苏微尘好的，永远永远！"

苏微尘揉着他的发，视线却失神地落在了宝蓝色的盒子上。

橘色的灯光下，毛茸茸的一团围巾，却如此寂寞冷清，仿佛只是照片里的孤单剪影。

一整晚的胡思乱想，睡眠质量极差。第二天，苏微尘起得晚了，从卧室出来的时候，已经快中午光景了。

起居室的茶几上空空的，装着围巾的盒子已经不在了。

他收下了吗？苏微尘又怔住了。

她以前不懂楚安城，现在要搬走了，还是弄不懂。

家里无人，苏微尘便在起居室里做手工。起居室大阳台上的花草，在阳光下开得一片锦绣。

后来觉着累了，她便揉着脖子在沙发上靠着休息一下。由于昨晚没睡好的缘故，不一会儿，浓浓倦意来袭，她很快便沉睡了过去。

楚安城回来看到的便是这个安宁平静的画面。午后阳光轻轻笼入室内，如羽翼般温柔地笼在她身旁。

楚安城不知道自己凝视了多久。他缓缓抬步，走向了她。

她侧脸婉约，睫毛修长，鼻子秀气，还有几缕柔顺地散落在白嫩颈畔的长发，每一处都像是得了造物主的眷顾，精心制作而成。

楚安城双手捏握成拳，他忍了又忍，可终究是没有忍住。他又上前两步，慢慢地伸出了手，将覆在她脸上的几缕头发拨到耳后。

不知是有所感应还是这个动作惊到了苏微尘，她嘟囔了一声，在沙发上蹭了蹭。楚安城以为她要醒了，一时屏住了呼吸。

却见苏微尘像小猫似的蹭了蹭后便再无动静。

只是她刚刚趴头着的沙发处，颜色有些不对头。楚安城眉头一蹙，用手指轻轻抚了抚沙发：怎么湿漉漉的？

下一秒，他突然惊觉：这是苏微尘的口水。

楚安城缓缓微笑。那是旁人从未见过的笑容，温暖爱怜。

他的视线定定地停留在了苏微尘的唇瓣上。粉嫩嫣红，水光润泽，宛若甜品店里摆放着的各色精致甜品，诱人至极。

但她那甜蜜美好的滋味，世间任何甜品都不及其十万分之一。

那些火热缠绵的记忆如奔腾之水，轰然袭入了脑中。楚安城忽觉喉头发干发紧。虽然这些天来他刻意地想要忘记，但努力了这么久，他终于明白，不过是徒劳而已。

如今，这个朝思暮想的诱惑就在眼前，触手可及。

楚安城的喉头不断上下滚动——他终究是忍耐不住，慢慢地俯下身，浅浅地啄了上去，偷得一吻。

她睡得甚是香甜，并无半点察觉。

楚安城蹲了下来，悄悄地握住她柔若无骨的右手，与她十指相扣。

"苏微尘……苏微尘……"每一个字都在他口中辗转咀嚼，缠绵萦绕。

起居室内静悄悄的，一点旁的杂音也没有。

那个阳光明媚的下午，楚安城感觉这幢房子就是一个世界。

一个只属于他和苏微尘的世界。

苏微尘温软深沉的睡眠是被罗姐的电话吵醒的，她迷迷糊糊地接起电话："苏小姐，麻烦你跟楚先生说一下，我有急事要回老家，这段时间没办法过去给你们做家政工作了。真的很抱歉。请帮忙转告一下楚先生，请他再另找一个人帮忙吧。"

也不知怎么的，最近这段时间罗姐习惯了有事就跟她沟通。苏微尘听着罗姐着急的语气，关切地问："罗姐，出什么事了？"

罗姐说："我婆婆她老人家在河边滑了一跤，把腿给摔断了。我们要赶回去照顾老人，这一年半载的，怕是不会回洛海了。所以，楚先生这边，请苏小姐帮忙说一声不好意思。现在是年底，找人替工确实很麻烦，但我这边实在是没办法……"

苏微尘宽慰她："百事孝为先。他肯定会理解的。还有，你那边如果有什么需要帮忙的，请尽管开口。"

罗姐爽快地道："谢谢苏小姐了。暂时没有什么，如果有的话，我跟你联系。"

赤足踩在地板上，因暖气开得足，暖暖的一点凉。她拉开窗帘，发觉窗外已经是将暗未暗的傍晚时分了。

"呀，怎么睡到这么晚！"她揉着长发准备下楼。可下一刻，她忽然察觉到了不对劲：她明明是在起居室睡着的，什么时候回卧室的？

莫非是自己睡糊涂了不成？！

楼下的琴声已停，显然是苏时今天的练琴时间已经结束了。苏微尘赤足踩在铮亮的地板上，一点声息也无。

琴房里一个人也没有，大厅也不见人。

"这两个人去哪里了？"苏微尘纳闷不已。

突然，耳边隐约有一阵苏时的笑声传来，苏微尘这才注意到厨房门缝下透出来的微光。她轻轻地把门推开了条缝隙，只见楚安城与苏时一大一小两个人穿了可爱的格子围裙，在厨房忙碌。灶上开了小火，锅里的汤"噗噗"地冒着浓浓热气。

楚安城在负责教学工作："对，就这样，慢慢敲打牛排，撒点海盐，这是用来提升牛肉层次感的……然后用切开的生大蒜两面擦一下——我先热锅，准备放油下锅煎……"

"楚师兄，苏微尘说我很有做菜天赋哦，下回我做给你尝尝。"

"不行，万一你伤到手怎么办？听话，这一顿你只做我吩咐的这些，其余什么都不准动，知道了吗？"

"好吧。"

楚安城转身掀开了锅盖，用木勺舀了一口汤，细心地吹凉了，方递至苏时嘴边。

苏时张嘴尝了一口，惊喜万分地道："楚师兄，你的玉米浓汤煮得好棒！是我喝过的最好喝的。"

楚安城微笑，晕黄的灯光下，他的神色温柔得紧："真的？"

苏时用力点头，而后举起四根手指："楚师兄，我可以发誓哦。"

楚安城笑："一二三四的'四'吧？"

很难得看到楚安城如此畅快惬意地大笑，眼睛弯弯的，露出一口整齐洁白的牙齿，灿烂得叫人想起夏日的海滩，碧蓝晴空，清风与阳光。

"我们小苏时喜欢吃咸鲜一点的，是不是？"

苏时仰脸，大声地答他："是，我们家苏微尘也是哦！"

"好，我把酱汁熬得口味重一点。你离锅远点，小心烫着手。"楚安城再三叮嘱。

"楚师兄不怕被烫着吗？"

"楚师兄是大人了，会特别注意的。"

随后，两人有一搭没一搭地聊着天。

苏时忽然问："楚师兄，你是不是去过世界上很多地方？"楚安城点点头。

苏时问："你去过英格堡吗？"

楚安城搅拌酱汁的手一顿，过了十数秒方回答他："去过。"

"那里是不是真的跟电影里一样漂亮？"

"嗯。比电视、电影、杂志上的更美，处处都是风景。"巍峨雪山，澄碧湖水，木质小屋，一路鲜花盛开，无处不叫人流连忘返。

"那就好。"

"好什么？"

"等我长大了，存够了钱，就要去那里买所房子，带苏微尘去那里住。"

苏微尘在门外因这句话愣住了。她平素随口说说的话，苏时竟然记得这般牢。

门里头，楚安城问："为什么？"

苏时说："因为苏微尘很喜欢那里。她曾经跟我说过哦，她最大的梦想就是在那里拥有一幢有壁炉的童话小屋哦。"

楚安城好半天才慢慢地吐出两个字："是吗？"

苏时说："所以我一定要好好练琴。我要做一个钢琴家，然后存钱给苏微尘买一幢童话小屋。苏微尘说，不用很大，只要够住就行。我长大后，一定要帮苏微尘实现她所有的愿望。"

"苏微尘说，她的梦想是冬天的时候，壁炉里燃起暖暖大火，她喝着咖啡看着言情小说，然后有我在壁炉边给她弹奏钢琴。

"苏微尘梦想的秋天，是在硕果累累的山里，可以随手采摘、品尝清甜瓜果……

"苏微尘梦想的夏天，要在一望无际的海岛，吹太平洋的风，她可以去踏浪寻沙……

"苏微尘梦想的春天……"

楚安城安安静静地听着，表情动容。

而门外是感动得双眼湿润的苏微尘。苏时牢牢记得那些她平日里说的话，并为之努力。

有弟如此，夫复何求！

楚安城探手揉了揉苏时的头发，声音如羽毛般轻柔："加油！"

苏时笑："我会努力的。"他顿了顿，道："我去喊苏微尘起床吃饭。"

门外的苏微尘赶紧溜回房间，装作什么都不知道。

"大懒猪苏微尘，快起来吃饭啦！"苏时在楼梯上大声唤她。

"大懒猪苏微尘——"

"来了，来了——"苏微尘假装刚起来的模样，伸着懒腰打着哈欠下楼。

楚安城和苏时正有条不紊地把晚餐搬上桌。餐桌上摆放的水晶花器里插了几枝正盛放的紫色风信子，花朵层层叠叠簇拥着，香味清浅悠远。

只听"啪嗒"一声，室内灯光全灭。随后，餐桌上燃起了几根蜡烛，晕黄的一团亮光。而楚安城站在那一团光亮中央，叫人无法直视。

苏时说："苏微尘，楚师兄今天做了牛排哦。在烛光下吃牛排，是不是感觉棒棒的？"

苏微尘默不作声地点头。抬眼只见楚安城的眉目隐在光线里，明暗不一，瞧不出任何表情。

玉米酥皮浓汤配现煎的香蒜牛排，正散发着让人食指大动的诱人香味。

苏时说："苏微尘，快尝尝看。我有帮忙做哦。"

牛排煎得恰到好处，咬一口肉质鲜嫩饱满，浓汤甜香。苏微尘毫不吝啬地给出了自己的评价："必须给三十二个赞！"

苏时说："我给楚师兄六十四个赞。"

透过煦暖的烛光，苏微尘看见楚安城对苏时温柔微笑："快吃吧，都要凉了。"

不知道，在他女朋友生日的时候，楚安城会不会亲自下厨做烛光晚餐给她。苏微尘忽然觉得自己多想了，那是肯定的。

这么一个出得厅堂，入得厨房的优质男子，那么棒。可是对她而言，确实如白慧说的，远如天边繁星。

苏微尘垂下眼，从牛排的鲜香中品尝到了若有似无的淡淡苦涩。

她抬头的时候，却发现楚安城正若有所思地凝视着她的唇。那莫名其妙的目光看得她心头一颤，不由得将目光移了移。这一移便看到了他的手，也不知何故，正用力紧握着刀叉。

苏微尘喝了口水，润了润喉咙，道："罗姐刚刚打电话给我了——"她把罗姐说的事情转告给了楚安城，楚安城只说："我知道了。"

饭后，照例是苏微尘负责整理餐桌。在她洗刷的时候，苏时进了厨房，说："苏微尘，楚师兄刚刚跟罗阿姨通过电话了。楚师兄让我问你，可不可以等过了春节再搬走？让你帮忙再打扫几天卫生。"

苏微尘沉吟了半晌，方道："好。"

苏时拍手大乐："太好了，那我年前就可以跟楚师兄多练两个多星期的琴了。我这就去转告楚师兄。"

离别在即，苏时十分不舍得他的楚师兄。

可再不舍得，到春节过后，还是要分开的。这天下哪里有不散的筵席呢？

苏微尘垂下眼，用力地刷着手里的白盘子。一遍，再一遍，仿佛只有这样子用尽力气，专心致志，她才不会去多想一些她不应该想的事情。

过了片刻，苏时又跑了过来："苏微尘，我想去书店买几本书，趁放寒假先预习明年的课。我们等下去逛书店吧。"

自然是好的。难得苏时如此懂事好学，在学习和钢琴方面从来不让她多操心。

苏微尘换了衣服下楼，准备出门的时候，惊讶地看到楚安城也在。他与苏时穿了类似款型的黑色双排扣大衣，都围了她织的围巾。远远看去，活脱一对兄弟。

楚安城居然愿意陪他们逛街！苏微尘心里说不出是何滋味。有几分淡淡的欢喜，但更多的是离别的伤感。

楚安城戴了粗框黑眼镜和口罩，乔装好后，三人去了市中心的一家书店。

　　现在的书城都有各种与书籍相关的文具饰品出售。虽然是深冬，但书店的人颇多。

　　两人跟在苏时后头闲逛，忽然听苏时道："苏微尘，你不是说要换个手机套吗？你看这几个不错哦。"

　　架上有一个系列的巴黎铁塔的手机套。其中一个夕阳西下的铁塔，做了昏黄隽永的旧色调，叫人想起一去不返的往昔岁月。

　　苏微尘一眼便看中了。女店员给苏微尘的手机试用了一下，感觉确实不错。

　　苏微尘当即决定买下。刚要开口，却听一旁的楚安城道："给我也来一个。"

　　那女店员便取了几个过来，推荐其中一款："这个也是巴黎铁塔这个系列的，比较适合男生用。"黑白素描的巴黎铁塔，淡淡的笔锋，清幽遥远。

　　楚安城说："好，就这个吧。"

　　于是，就这么买了两个。出门结账的时候，楚安城拿着钱包买单。苏微尘再三推辞，与他抢着付钱："不用了。"

　　楚安城不睬她，径直从钱包里抽出钱递了过去。那女店员笑吟吟地收了楚安城的钱，朝苏微尘眨眼道："女孩子有的时候应该学会花男友的钱，这样男生才会有成就感！"

　　苏微尘不由得一怔。男友？怎么会被人如此误解呢？

　　直到她的目光再一次扫过两个手机套，才后知后觉地恍然大悟：这是一对情侣款。

　　这……她偷偷地瞄了楚安城一眼，却见他依旧淡然如常，仿佛根本没有听见那个女店员调侃些什么。

　　出了书店，苏微尘还是决定把钱还给楚安城。结果，楚安城这回也没有跟她客气："要付，你就付一对的钱。"

　　苏微尘也无异议，递了两张一百元给他。楚安城大大方方地接过，搁进了自己的口袋，转身就走。

　　苏时拉了拉苏微尘的衣袖，低声道："苏微尘，你看你，好好的你怎么又惹到楚师兄了？"

苏微尘唯有苦笑。楚安城在旁人面前是彬彬有礼、温润如玉的谦谦君子，可真实的他，则是个喜怒无常十分随心随性的人。她常常弄不清自己得罪他的原因。

在这种怪异的气氛下，三人不言不语地沿着街道走了一小段路。苏时看到了路旁的奶茶店，便故意问道："苏微尘，要不要奶茶？"

苏微尘诚实地连连点头："要要要！"

苏时一拍胸脯："这样吧，今天由我做东，请大家喝奶茶。"

苏微尘连声道好。难得一毛不拔的苏时肯请客，太不容易了！为此，苏微尘点了杯最贵的招牌奶茶，还多加了小圆和椰果、QQ 条三份的料！

苏时肉疼不已："苏微尘，虽然我难得请客，但你下手也不用这么狠啊！"

苏微尘接过店员递过来的温热奶茶，眉开眼笑："正因为你难得请客，所以下手必须要狠啊！"

苏时哼了一声："臭苏微尘。"

"小气的臭苏时。"苏微尘拿着吸管，却怎么也扎不进去。正欲开口麻烦店员的时候，身旁的楚安城却默不作声地从她手里取走了奶茶杯，他用拇指压在吸管的最顶端，只听轻轻一声"噗"，吸管已经插进去了。

他面无表情地递给了她。由于彼此的距离很近，苏微尘听见了他低低说出的几个字："还是这么笨。"

那个声音虽然依旧清冷，但里头却似包含了许多意味不明的东西。

苏微尘羽睫一颤，悄然抬眼，不料又与他的视线撞在了一起。楚安城的表情有些愣，但他很快侧过了脸，移开了目光。仿佛……仿佛方才的那句话，不过是她幻听而已。

苏微尘默默低头吸了口奶茶，香醇爽滑的微甜口感，在冬日里尝来，特别好喝。QQ 的配料在舌尖咀嚼，同时咀嚼的还有方才他那句话。

"苏微尘，你这杯口味怎么样？"苏时问她。

"还不错，很香浓。"

苏时凑了过来："来，给我尝一口。"两人素来习惯了交换食物。苏微尘把奶茶递给了他，苏时喝了一大口，"咕咚"一声咽下后，指着奶茶道："哇，苏微尘，你这杯多加了三份料的奶茶比我这杯好喝太多了。果然是一分钱一分货！”

他捧着奶茶，转身对楚安城道："楚师兄，你尝尝看苏微尘这一杯，真的很好喝哦。"

苏微尘愣住了。分享美食素来是她和苏时之间的事情，但与楚安城分享——这，这举动太亲密暧昧了吧？

她觉得楚安城肯定会拒绝的，但是他居然没有。他含笑说了个"好"字，然后俯身含着吸管吸了满满一大口。

苏微尘简直被惊住了。

她眼睁睁地看着楚安城喉头一动，咽了下去。她眼睁睁地看着他说："嗯，确实不错！"最后眼睁睁地看着他把奶茶塞到了她手里。

苏微尘仿佛握了一块热炭，手心都快要被灼伤了。

她根本不知道要拿这杯奶茶怎么办！她总不能擦擦再喝吧？这也太侮辱人了。但不擦的话，这简直就是间接接吻。

脑中顿时划过了两人之间那几个暧昧的吻——苏微尘不自觉地抬了抬右手，不着痕迹地碰了碰自己的下唇。已经过了那么久的时间，那里似乎依旧有热辣辣的疼痛之感！

苏微尘最后还是喝了奶茶。

第一口缓缓咽下的时候，她只觉得胸口处酸涩抽痛，几乎要窒息了。

她没有留意到，楚安城看到她这一动作时，目光里头跳跃着的光芒。

那天晚上，苏微尘也不知怎么了，想着奶茶，想着那些吻，想着楚安城，心乱如麻，再一次失眠了。

漆黑无垠的深夜，她拿着换了巴黎铁塔手机套的手机，无声无息地瞧了许久。

174

他也有一个这样的手机套，两人用着情侣款物品。苏微尘心头泛起说不清道不明的味道。

鼻尖湿湿热热的，好似有鼻涕流出来，苏微尘抓了一张纸巾抹了抹。

纸巾上一团赤红。好好的，怎么又流鼻血了？

最近是不是吃得口味太重，体质太燥了？

她仰着头，用纸巾塞住了鼻孔，隔了好一会儿，血总算是止住了。

Chapter 09

温柔

看到了楚安城。
夜色里头，
她却在这一片
黑暗静谧。
周遭一片

这一日，三人窝在起居室。楚安城和苏时在玩游戏，苏微尘在打理花花草草。

　　一屋子都是两人紧张地呼来喝去之声。苏微尘偶尔抬头凝视他们，偶尔温柔地低头微笑。

　　忽然，楚安城的电话响了起来。楚安城的游戏正在紧要关头，他一直不接。

　　苏微尘便取了手机，塞给了他。楚安城也不接过，十分自然地将耳朵凑近手机，道了声"喂"。

　　对方那边也不知说了什么，他眉头忽然一皱，面色便凝重了起来，搁下了手里的电脑。

　　楚安城拿着电话进了自己的卧室，很久都没有出来。

　　不多时，苏微尘接到了白慧的电话："苏微尘，你快打开微信，我刚转发给你几条新闻。"

　　"好好的叫我看新闻干吗？你知道我的，我从来不关心这些。"苏微尘把手机夹在耳畔，依旧低头修剪花枝。

　　"你看了就知道了，马上去看。"白慧的语气严肃得很。

　　打开新闻后的苏微尘几乎惊掉了自己的下巴。

　　某网友在微博爆出了钢琴王子楚安城与一女子一孩子相携进出，在某奶茶店铺购买奶茶的照片，由于角度的关系，楚安城被拍得极清晰，而那女子与孩子都仅仅拍摄到了背影。

　　就这么两张照片，楚安城三个字迅速登上热搜头条。一时间，网络上铺天盖地都是钢琴王子楚安城隐婚的消息。

那天下午，楚安城的电话铃声就再也没有停过。

而苏微尘也忙碌得很，连在度假的丁子峰都打了电话过来："苏微尘，你和苏时还好吧？"

苏微尘不知所措地去找楚安城。到了门边，她正欲敲门，忽然听见楚安城在通电话："妈，那只是一个认识的人而已。你不用特地回洛海。

"我跟她真的没有任何关系，也不可能有什么关系。是狗仔截取画面镜头，博人眼球而已。你知道的，狗仔嘛，你跟素不相识的人擦肩，他们都可以拍出几张暧昧照片。

"好，我知道了。"

…………

苏微尘一直不知她与楚安城之间算什么。偶尔的偶尔，她也会觉得茫然。她从未有过任何非分之想。可是，当"我跟她真的没有任何关系，也不可能有什么关系"这几个字传入她耳中的时候，她居然还是会觉得受伤。

那个瞬间，她仿佛看见了一颗心状水晶炸在地上，碎裂成渣的模样。

她默默地一点点垂下眼帘。脚上的萌狗拖鞋，那张可爱的笑脸此时看来竟有几分哭泣状。

苏微尘缓缓地后退，回了自己房间。床头是她亲手制作的抱枕，她把头深深地埋在其中。

白慧打了电话过来："苏微尘，看到了吗？"

苏微尘轻轻地"嗯"了一声。

"楚安城这个人，我一直有种他会让你受伤的第六感，所以，我总是劝你。唉，事到如今，你们尽早搬离吧。"挂电话前，白慧想起了一事，道，"对了，凌霄昨天给我打电话了，说你的手机一直打不通。你换号码的事情没有告诉他吗？"

苏微尘解释道："他的号码存在旧手机里，跟旧手机一起不见了。"

白慧说："这么说的话，他还没被判出局是吗？那我把你的电话号码给他喽。"

苏微尘没有说话，她疲累地挂断了电话。现在的她，茫茫然的一片混沌，仿佛整个世界都与她无关。

　　她不知道自己在卧室里待了多久，直到苏时来唤她："苏微尘，吃饭了。"

　　苏微尘应了一声，如往常般下楼。

　　楚安城已经在等他们了。直到苏微尘入座，他才拿起了筷子。

　　一顿饭吃得安静寂然。楚安城终于开了口："我等下坐凌晨的飞机回美国。"

　　苏时说："楚师兄要回去了吗？这么急？"

　　楚安城只说："我要去处理一点事情。而且休假也到期了，春节后也要准备开始工作了……"

　　苏微尘垂眸坐在那里，似乎充耳未闻。她知道他是因为那几张轰动的照片才回去的。

　　苏时依依不舍："那楚师兄什么时候回来？"

　　楚安城的笑容伤感牵强："或许很快，或许有点慢。"

　　其实苏时也知道楚师兄总有一天是要离开洛海的，但他总是不舍得。他与苏微尘相依为命长大，生命中一直缺少父亲、大哥这样的男性角色。楚安城的出现，完全填补了他生命中的这项空白。这些日子的亲密相处，他早已把楚安城当作亲人了。

　　临睡前，苏微尘在卧室门前停住了脚步。她转过身，垂着眼帘，轻轻地说了一句："楚先生，谢谢你这些天来对我们的照顾。"顿了顿，她方又道："祝你一路平安。"

　　身后静静的，楚安城一直不说话。

　　楚安城提着行李箱，出了卧室。此时，已近午夜。

　　苏时轻轻地拉开了卧室门，唤了一声："楚师兄——"

　　楚安城转头："不是答应我不送的吗？很晚了，快回房睡觉。"

　　素来最听他话的苏时，这次却不肯依："楚师兄，我送你到楼下吧。我保证，然后我就乖乖睡觉。"

　　楚安城拗不过他，只好应了下来。

　　苏时乖巧地帮他拎起了手提行李袋："楚师兄，你到美国后给我和苏微尘打个电话哦。"

楚安城一听到苏微尘三个字，顿时便觉心口抽紧发疼。他怔了怔，方应下来："好。"

"楚师兄，以后我练琴要是有什么不明白的，可以给你打电话吗？"

"当然可以。你随时都可以打给我。"

苏时不舍地抱住了楚安城，伤感不已："楚师兄，我舍不得你。"

楚安城爱怜地摸了摸他的头："每天要定时练钢琴，还有也不要忘记锻炼身体。在练琴方面有什么不明白的，随时跟我联系。

"以后，要是有其他比赛，记得要告诉自己不要怕。我们苏时其实很棒，只要发挥平时的水平就可以了。其他的如奖杯名次，有是奖励，没有也无所谓。自己喜欢，自己乐在其中最重要。"楚安城殷殷叮嘱。

楚安城每说一句，苏时就"嗯"一声。他眼眶早已经湿润了，只是强忍着没有让眼泪掉下来："楚师兄，要是你回洛海的话，一定要来看我啊。"

"一定。"

"可不许骗我哦。"

"楚师兄骗谁也不会骗我们苏时啊！我们来拉钩吧。"楚安城伸出了手，苏时破涕为笑，伸出小指钩住了楚安城的，来回晃动："一百年，不许变！谁变了，谁就是小狗狗。"

"好。"楚安城郑重地答应下来。

拉开大门，寒风如野兽般咆哮而来，户外白雪皑皑，等候着的助理忙拉开车门，唤了一声楚先生，上前接过楚安城和苏时手里的行李。

苏时站在门口，依依不舍："楚师兄，拜拜。"

楚安城替他拢了拢睡衣，柔声道："别感冒了，快进去吧。楚师兄要走了。"

车子驶离时，楚安城回头，只见苏时还在不停地跟他挥手。楚安城朝他摆了摆手，示意他回屋。

虽然才短短几个月的时间，但他对苏时的感情却已经极深了。或许一开始，他只是惜才，觉得苏时这样的孩子，一辈子他都难遇到一个。但随着了解的深入，他对懂事的苏时便心生疼爱，真真正正地放在了心上。

在车子转弯前的几秒钟，楚安城还是情不自禁地转头。二楼的窗户一片漆黑，想必里头的人此时已经香甜入睡了。

这一次，她会不会也流口水呢？楚安城嘴角微弯，想笑却无力扯起千斤重的嘴角。

静寂无声的车厢里，没有人看到他眼底的水光。

"苏微尘……"他嘴唇轻轻翕动，无声地放任这三个字在舌尖来回翻滚。

他与她还会再见吗？

这么多年来，楚安城辗转于各个城市的各个顶级酒店套房。演出结束后，无论多成功多轰动，人前多少掌声拥抱，每每回到酒店，打开落地窗帘，望着窗外灯火通明的夜景，他总是无比疲累孤单。

他站在自己这个行业的巅峰，冷眼旁观所有人为他鼓掌。然而他的心事，他的喜怒哀乐，却连一个可以倾诉的人都没有。

他其实早已习惯了冷冷清清一个人的生活。可是如今与他们一起居住过，欢闹过，再回到以前的独居生活，想想就觉得难以接受。

得到过再失去，比未得到还难受。

而同一时间，苏微尘站在窗帘后面，从微微掀开的一角，怔怔地看着他坐进了车子，看着车子远去——转眼，什么都已经没有了，唯见雪花从黑洞洞的空中辗转飘落。

"楚先生，可以登机了。"在贵宾候机室等待一个多小时，在空姐热情的带领下，楚安城搁好了随身的小行李袋后，从从容容地在自己的位置上坐下。

忽然，他的手机"丁零零"地响了起来，在头等舱安静的空间里头四下流窜。楚安城触电一般地迅速低头，从口袋里取出了手机。

闪烁的屏幕上是一个从未见过的陌生号码。楚安城瞧着屏幕，有小小的失望。窈窕可人的空姐们，自然早就认出了享誉国际的钢琴王子楚安城，不时地在一旁窃窃私语。

此时，其中一个空姐甜美微笑着上前："楚先生，飞机马上就要起飞了……"

楚安城盯着手机上一直闪烁着的陌生号码，说了一句："不好意思。"

他沉吟着，在最后一秒接起了电话。

也不知电话那头说了什么，空姐只见楚安城的神情大变，他霍地起身："现在情况怎么样？我马上赶回去。"

空姐拦住了他："楚先生，我们的飞机马上要起飞了……"

"麻烦你，我要下飞机。"

"楚先生……"空姐眼睁睁地看着楚安城大步离去。

计程车师傅从后视镜瞄了一眼楚安城，这个文质彬彬的清隽男子从上车开始，就不断地催促他："师傅，麻烦你开快点。"

"已经是最快速度了，再快就要超速了。这不还在下雪呢！再说了，马上要过年了，万一出现交通事故可如何得了啊！"司机再三解释，那后头的男子方不再催促。

司机急人之所急，尽量地赶时间。楚安城从计程车上匆匆下来的时候，整个小区一片白茫茫。

他一眼便瞄见了停在家门口的110警车。素来见惯了各种场面的楚安城也不知自己怎么了，这时候竟然有些腿软。

进屋便瞄见一大一小两个人穿着厚厚的哈巴狗连体睡衣，萌萌憨憨地在给警察做笔录。她在诉说整个过程："我当时听到楼下有动静，就打开门看看，结果看到了两个蒙面的人，手里拿了刀，正在上楼。我当时就蒙了……"

轻轻软软的声音，传入楚安城耳中的时候，恍若天籁。

她没事！他们没事就好！

"后来我反应了过来，就大叫了一声，赶紧跑进了我弟弟的房间，把门反锁了起来，并用书桌抵住了门。我拉开了窗户，大声喊救命……我弟弟拨打了110报警……

"然后那两个贼就跑了。"

"家里有什么财物损失？我们要登记在案。"

苏微尘为难地道："我也不知道他们偷了什么。我不是房主。"

警察问："那房主是谁？"

此时，身后传来了熟悉低哑的嗓音："是我。"

苏微尘简直不敢相信自己的耳朵，她愕然回头。那一刻，她看到了逆光而来的楚安城。

苏微尘清楚地看见，楚安城跨出每一步，视线都牢牢地锁定自己。不知为何，她忽然有一种想落泪的感觉。

苏时惊喜万分，扑到了他怀里："楚师兄。"楚安城缓缓低头，紧紧地抱住了苏时，而后又松开他，上上下下左左右右地确认："你们都没事吧？"

苏时摇头："我没有看到那两个小偷。苏微尘看到了，她吓坏了。"

苏微尘亦怔怔地起身。楚安城一把将她重重地搂在了怀里。苏微尘毫无防备，被他抱了个满怀。

楚安城是在飞机起飞前一刻，接到了保安李经理的电话，知道家里进了两个持刀的小偷。楚安城无法形容那一刻的感觉，担忧、惊惶、害怕交织在了一起。一直到此刻，苏微尘在他怀里，苏时在他眼前，他真真正正地确认了眼前的他们真的没事，他才终于体会到吊在嗓子眼的心缓缓落下之感。

在警察、保安人员等人的复述下，案子在楚安城面前又重新回放了一遍。

楚安城听得脸色越来越沉。警察最后跟他确认："楚先生，请查一下你这边还有什么损失，我们要登记。"

楚安城说："我可能要查一下才能报给你们。"

"好的。那有什么请楚先生第一时间跟我们联系。"

钱财乃身外之物，无论丢了什么，楚安城都不会在意的。苏微尘和苏时两人没事，便已经是最大的幸运了。

乱哄哄的一团糟，等所有人散去的时候，指针已经指向凌晨五点的位置。

苏微尘白天补了一觉，夜里一直到很晚才入眠。迷迷糊糊地进入了浅眠，不一会儿，那两个蒙面持刀的人便进入了她的梦中。

那两人狞笑着走向了他们——对着苏时的手臂狠狠地砍了一刀，赤红的鲜血顺着刀，一滴滴地往下坠落。

下一个画面是医生，他冷冰冰地宣布："他以后再也不能弹琴了。"

苏微尘"啊"一声尖叫，满头冷汗地从床上坐了起来。她拥着被子，大口大口地喘息。

卧室门被打开了，楚安城冲了进来："怎么了，做噩梦了吗？"

他在这里——这个认知瞬间带来了无限安宁的力量。身体紧绷如弓的苏微尘整个人慢慢地放松了下来："我没事，只是做了个噩梦而已。"

他的手一点点地碰触到了她的额头。他的手指温温热热的。苏微尘瑟缩了一下，明显是心有余悸。

她果然被昨晚的两个贼吓到了。楚安城没来由地一阵心疼。他缓缓地替她抹去了那密密涔涔的冷汗。

黑暗中，他的声音轻软如絮："放心，我都检查过了，门窗都锁得很好，再不会有小偷进来了。"

两人再没有说话。一片黑色之中，她知道他凝望着她，彼此近得呼吸可闻。

也不知过了多久，楚安城开口："有没有口渴？我去给你倒杯水。"他起身出去，很快便端了一杯温水过来。

苏微尘就着楚安城递过来的杯子，喝了口水。

或许是因为夜色沉沉，也或许是因为楚安城的关怀，苏微尘轻轻地道："我现在想想好后怕。如果昨晚我没有及时发现，那两个小偷进了苏时的房间，会不会伤害到他？"

楚安城的声音极低："都已经过去了，你不用担心。"

苏微尘顿了顿，又道："你以前责怪我，说我没有好好照顾苏时，让他洗菜做饭，你责怪得很对——像苏时这样有天赋的孩子，就应该好好培养。是我没有好好尽到一个做姐姐的责任，我应该更加努力。"

"你已经尽力了。"楚安城的声音在暗暗的夜里，显得性感沙哑，"苏时说，如果没有他这个大包袱，他的苏微尘可以生活得更好、更精彩。"

苏微尘侧过脸，胡乱抹了抹眼睛："这家伙……就会胡说八道！

"其实在很多很辛苦的时候，要不是苏时给我的力量，我或许早坚持不下去了。

"也有很多时候，比如逢年过节，整个城市热热闹闹的，我就想：幸好我有苏时，否则我一个人孤苦伶仃，多凄惨啊……"苏微尘低低缓缓地诉说。

苏时是她的软肋，更是她的盔甲。因为有他，她才有勇气去抵抗这个冷漠无情的世界。

后来，两人没有再说话，卧室里一时间便沉默了下来，一片静谧中，静听彼此呼吸。

苏微尘也不知怎么的，一时有些迷糊，只觉一直这样，也是很好。

良久，楚安城才开口："睡吧。我在这里看书陪你。"

苏微尘"嗯"了一声，她蹭了蹭枕头，找了一个舒服的姿势。

屋角开了一盏昏黄的落地灯，楚安城坐在角落的沙发上。苏微尘觉得心里头稳稳当当，没来由地一片安稳。她缓缓地闭上了眼。

那一晚，苏微尘后来沉沉睡去，再没有噩梦来袭。

中途，楚安城去了起居室拨了三通电话："Mark（马克），我洛海有点事情，暂时没有办法回去。你跟公司商量一下，是公司出一个声明比较好呢，还是我个人发一个声明？或者就让他去，不做任何回应。"

"我们开会讨论一下。你等我电话。"

"好。"

而另一通电话则是打给他母亲的："妈，我洛海有点事情没有处理完，暂时回不去。"

电话那边说了许久："过几天是嘉丽的生日，你必须回来给她过生日。再说了，这个隐婚的事情到底是怎么回事，你也得给人家解释解释。"

楚安城一直不语，最后他只道："妈，你不要再撮合我跟嘉丽了。如果能成功，早几年你就已经成功了。

"妈，我有喜欢的人了。我到时候带她来见你，这一次，请你一定要喜欢她。"

楚母一呆："喜欢的人？谁，那个被拍的女孩子吗？"

楚安城说："是。"

楚母还未反应过来，楚安城已经挂断了电话。

楚安城最后拨出了一个电话："是我，楚安城。"

楚随风打着哈欠道："怎么这个点给我打电话？"

楚安城说："我有事情想要麻烦你。"

"你说。"这个时间点，还有从未开口让他帮过忙的楚安城，都令楚随风觉得事情不简单。

"昨晚我家里进了两个小偷……"楚安城简单地说明了情况，"你帮我查一下，是不是跟上次车祸的那些人有关联。"

"好。"

"还有，上次车祸的事情，谢谢你了。"那些凶神恶煞般的人是怎么被警察带走的，中间楚随风出了多少的力，楚安城心知肚明。

"谢我做什么？不是说了，欺负我们楚家的人，在洛海城还没有生下来呢。"楚随风道，"我明天就找人去查一下，有消息通知你。"

"谢谢。"楚安城挂了电话，轻轻起身来到了苏微尘的卧室。

苏微尘正侧脸熟睡，长发凌乱地覆在枕畔，她红唇微张，吐气芬芳。

第二日，楚安城的微博和脸书同时更新了一则声明，表示那只是与几个朋友逛街而已，自己并没有隐婚。措辞得当，在为自己澄清的同时也希望媒体和粉丝给予其生活适当的空间。

一时间，心碎了一地的女粉丝们渐渐平息了愤怒，各种钢琴王子的称呼又重回新闻版面。

而苏微尘则接到了凌霄的电话，他说："苏微尘，总算联系到你了。我以为你又要消失了呢。"

又要？苏微尘不解其意，因不熟也不好追问："不好意思，前阵子手机掉了。"

"最近一切都好吗？"

"还行，都还算顺利。"

"最近到年底了，我公司里的事情特别忙……"凌霄在电话那头说了片刻自己的工作。苏微尘如上次一样，觉得奇怪不已，商场精英凌霄看上去并不是那种自来熟、容易接近的人。

听白慧说凌霄完全是人生赢家的现实版。读书时，是老师、家长最喜欢的高才生，是普通同学眼中的学霸。留学回国到如今在最知名的IT公司身居高位，一路顺风顺水。

"对了，记得通过我的微信朋友申请。"

"好。"

春节前的这几天，因春装要大批上市，苏微尘的拍摄工作十分忙碌，天天连轴转。

傍晚时分，苏微尘拍摄完回家，才一打开门，苏时便从厨房小跑了过来给她提包。

苏时说："苏微尘，今天你又有口福了，楚师兄今晚亲自下厨在做意大利面哦。你快去卸妆洗个澡，等下就可以吃了哦。"

等苏微尘梳洗完毕下来的时候，正值楚安城围着格子围裙将意大利面从厨房端出来。

楚安城一抬头，便看到了换上白色长T恤，头顶丸子头的苏微尘下楼。他一时便怔住了。

数秒后，才回过神，在餐桌上搁下了手里端着的白色瓷盘。

白色瓷盘上，精致如五星级酒店摆盘的意大利面散发出阵阵浓郁香味。鲜虾、扇贝肉、鱿鱼块，用料十足。

苏时品尝了一口，便"哇哇"几声惊叹："面条Q弹，海鲜又嫩又正。"

楚安城笑："小吃货！也不看看这海鲜我是用白葡萄酒混合特制酱汁翻炒的。这可是我在意大利跟人讨教来的家传秘方。"

苏时有些惊诧："家传秘方还能教别人吗？"

楚安城有些得意："那是我用诚意跟他们换来的，那老板夫妇经不住我的诚意，教给了我。"

苏时十分感兴趣，央求道："怎么教的？楚师兄，快说给我听听。"

苏微尘以为楚安城不会透露的，谁知楚安城竟缓缓道来："那年我在意大利的一个小镇小住了一段时日。有一天，我一个人乱逛，逛累了，想休息一下的时候，正好看到了这家店。

"是一个很不起眼的小店，桌椅也老旧得很。我便进去喝了杯咖啡，点了份海鲜意大利面。结果发觉，咖啡香醇无比，面也是好吃得不得了——"说到这里，楚安城缓缓微笑了，"这就是旅行最美丽的地方。一路总有不可预知的事情等着你，可能也有坏的，但更多的是惊喜。

"我当时便问老板是怎么做的。不过他说是家传秘方，不能外传。我也只好怏怏而回了。

"过了两日，我住的房子的主人夫妇邀请我去参加他朋友的一个聚会，发现竟然是那对老板和老板娘结婚三十五周年。于是我为他们弹奏了一个晚上，还讲述了我为什么要学做意大利面。老板和老板娘被感动了，就答应教给了我。"

苏时惊着了，吐着舌头："楚师兄为他们弹奏了一个晚上？哇，这场结婚纪念晚会可是前无古人的。但是，楚师兄，你为什么要学呢？"

楚安城瞥了苏微尘一眼，笑而不答："秘密！"

"楚师兄，要不这样，你以后要是转行去开餐厅，我就负责收银。肯定客似云来，赚钱赚到死！"

"你这个小财迷！一天到晚想着钱！"闻言，楚安城不由得失笑，伸手在苏时的头上弹了一下。

苏时大声呼痛："楚师兄，你现在也跟着苏微尘学坏了。我吃面，不理你们了！哼！"

苏微尘含笑望着大口大口吃面条的苏时，只觉这一刻非常美好。转头，她撞进了楚安城深邃无边的视线里头。那种熟悉的窒息感再度来袭。苏微尘赶忙低头，用叉子卷起了面条。

比一般的海鲜意大利面的鲜味大大升级，面条弹性十足，海鲜鲜嫩甘甜，汤汁醇美。

就在他们默默吃面的时候，楚安城忽然开口："苏时，如果楚师兄留在洛海过年，过完年再回美国，你觉得怎么样？"

苏时猛地抬头。而苏微尘则是停住了手上的动作，怔了数秒后方抬眼。楚安城的神色轻柔，他的眼底有浅而微温的笑意，还有一些……一些辨不明的不可言说的东西。苏微尘忽觉心头重重一抽，酸酸甜甜涩涩的感觉顺着血液在身体里四处蔓延开来。

自己这是怎么了？为什么仅仅因为楚安城的这句话，她便有一种暖暖的不可言说的喜悦？

苏时发问："真的吗？楚师兄，你可以留下来跟我们一起过年？"他的语气显得小心翼翼，似乎怕期待过头最终又落空。

楚安城含笑点头。苏时欣喜激动地一把抓住了苏微尘的袖子，哇哇大叫："苏微尘，我可以跟楚师兄一起过年啦！

"苏微尘，你开心吗？今年有楚师兄陪我们一起过年耶！"苏微尘不知如何回答，只好点了点头。

她再一次望进了楚安城的眼底，随后轻轻地移开视线。

她用叉子卷起意面，送进了嘴里。

嗯，这是她吃过的，最好吃的意大利面！

第二天，还没结束工作，苏微尘便接到了苏时的电话："苏微尘，你快好了没？快好了的话，我和楚师兄来接你一起去吃饭，然后再去超市采购年货。我跟楚师兄列了好长好长的一张单子。"

苏微尘说："估计还有个把小时。"她听见苏时对旁边的人说了一句："苏微尘还要一个小时。"数秒后，苏时对她说："你今天在哪里拍？我跟楚师兄来接你。"

苏微尘答："在商业步行街。"苏时说："好，我们这就来了哦。"

挂了电话后，苏微尘随即投入了繁忙的工作。最后几个款，苏微尘按照摄影师的要求，拿了一杯咖啡，沿街道慢行，做自然的街拍。丁子峰突然出去度假后，苏微尘便开始了与别的摄影师的合作。

最后是一件春款的休闲垂坠的超长针织外套，内搭只是薄薄的夏日大圆领白T恤和牛仔短裤。手里的咖啡早已冷掉了，寒风吹来，手都冻成了冰块。但工作需要敬业，戴了黑超的苏微尘握着咖啡纸杯，时而微笑，时而凝视远方。

忽然，只听边上有人拍手赞道："不错，这一组拍得很棒！"

分明是丁子峰的声音。苏微尘惊讶地抬头，果然看见了靠在墙边的丁子峰。她不免又惊又喜："丁子峰，你什么时候回来的？"

脸晒成古铜色的丁子峰耸了耸肩："一个小时前。"

苏微尘不信："骗人的吧？"

丁子峰笑而不语，取过了苏微尘的长款羽绒服，披在她身上："快去换衣服，别冻坏了。"

苏微尘笑笑，拢着羽绒服，快步进了商场的洗手间换衣物卸妆。

一出商场大门，苏微尘便怔住了。不远处的马路上停着一辆熟悉的车子，苏时站在车边朝她挥手："苏微尘。"

为了避嫌，楚安城并没有下车。他今日穿了一件白衬衫，外套了件黑白条的开衫，脖子处随意地围了那条黑色的羊绒围巾。他静静地坐在车里，却如同画中的人物，周遭的一切仿佛与他全然无关，十分赏心悦目。

丁子峰双手插口袋，慢慢地踱了过来："苏微尘，今天难得苏时来接你，大家一起吃个晚饭吧？"

苏时一见他，便扑了上去，脸笑得像花开："丁兄，你回来了啊？"

对牛排绝对是真爱的苏时提议吃牛排。其他三人自然是没有任何异议的，遂订了一个包房。

套餐里有杯水果酒，微微的一点凉，很是开胃好喝。苏微尘正欲端起饮一口，丁子峰阻止了她："苏微尘，这水果酒你不能喝。莫非你又想像上次那样全身起疹子？"

对面端着酒杯的楚安城神情猛地一滞。也不知是不是苏微尘多心，她只觉桌上的气氛一下子尴尬了起来。

丁子峰转头对服务生说："换一杯热饮，有桂圆红枣茶之类的吗？"服务生说："不好意思，我们这里没有。"

"热牛奶呢？"

"也没有。"

苏微尘只好道："不用了，我喝浓汤就好。"

丁子峰下了单，含笑问道："苏微尘，刚听苏时说你们找好房子了，你们打算什么时候搬？"

事实上，她与楚安城这段时间从未提及这个话题。如今丁子峰问起来，苏微尘也不知如何回答，只好支吾道："过了年……"

丁子峰说："为什么要过了年？正月里不宜搬家。反正房子租好了，你这几天搬就可以了啊。"

苏时笑眯眯地道："因为楚师兄会留下来陪我们过年，所以我们才等过完年搬家哦。"

丁子峰明显一愣，他双手抱胸，把脸对着楚安城，似笑非笑地道："楚先生这么有空，过年都不用陪家人吗？"

"不用。"楚安城的回答极简洁。

丁子峰"哦"了一声，扬了扬眉毛，道："苏微尘，那你搬家时随时通知我，搬运工一职我全权负责。"

苏微尘自然感受到两人之间若有若无的火花，她巴不得及早结束这个话题："好啊，好啊。"

菜上来后，楚安城优雅地低头吃着牛排，如常地沉默寡言。

苏时切了一口牛排送入口中，品尝后，道："苏微尘，我怎么觉得这里的牛排水准好像下降了，还没有楚师兄做的好吃呢！"

丁子峰拿着刀叉的手一顿，轻笑道："原来楚先生还会煎牛排啊。"

苏时还不忘补充说明："不止牛排哦，楚师兄还会做海鲜意大利面哦。都好吃得不得了。"

丁子峰的神色更是僵硬怪异："哦，楚先生的厨艺这么了得，希望下次有机会可以品尝你的手艺。"

楚安城不动声色地应道："好啊，有机会一定邀请丁先生。"

一顿饭下来，除了苏时，几人都吃得古古怪怪的。结束的时间有些晚，采购计划推迟到明天。

回去的路上，楚安城与苏微尘半句话语也无。

苏时进屋后分别跟两人道了晚安，就回房梳洗了。

"楚先生，晚安。"苏微尘正准备进卧室，忽然，手腕被人用力扣住了，下一秒，她坠入了某人的怀抱。

楚安城也不说话，劈头盖脸便吻了下来，他在她唇间辗转，诱迫她张嘴——苏微尘只觉唇舌又热又疼，她嘤咛出声，试图推开他。楚安城的反应只是稍稍松开，换了几口气，然后再度覆了上来……

苏微尘完全迷失在他主导的世界里，意乱情迷。

后来是苏时在自己卧室里的喊声打断了这个吻："苏微尘，苏微尘，我白色的毛衣你给我搁哪里了？我明天要穿。"

两人倏然分开。苏微尘侧过了身，不敢看楚安城的眼。

她缓了缓，平复了呼吸，方推开了苏时卧室的门："那件白色毛衣应该在右边柜子里。"

替苏时找出了毛衣和其他衣物，又在苏时房间里磨蹭了许久，估摸着楚安城应该是回房了，苏微尘才离开。

谁知才一拉开门，便见楚安城依旧靠在方才两人接吻的墙边。

他明显在等她。

苏微尘面热似火，一时退回苏时房里也不是，越过他去自己卧室也不是。进退不得之下，她只好戳在了原地。

偏偏楚安城也没动静，他一直保持着那个姿势不声不响地瞧着她。

在他深深的目光下，苏微尘感觉自己似被四面八方团团包围了的一只猎物，根本无处可逃。

最后是苏微尘败下阵来。总不能跟他这样你对着我我对着你，僵持到天亮吧。

"呃……晚安……"她垂下睫毛，抬步准备回房。

然而，在擦肩而过之际，楚安城再度抓住她的手，一把将她扯进了自己怀里。他凝视着她，轻轻道："我不想晚安……"他的嗓音似有薄醉的微醺。

这一次，他吻得十分温柔，深的浅的，这样那样，总不肯停歇。

有了偷拍照片的事件，楚安城伪装得十分彻底，眼镜、帽子、口罩、围巾已经全部上阵了。

他与苏时两人推着车子，一会儿到东，买春联、窗花等红红火火的吉祥物，一会儿又到西，买过年必备的糖果、坚果、薯片、话梅等各式零嘴。还要采购牛奶、水果，以及牛排等各种肉类。

大包小包的塞满了整个后备厢。

三人一起贴春联、窗花，一起摆放花草，一起用红色软装点缀家里。

"不对，再高一点。

"还是不对，苏微尘，你这里有点歪。"苏时指挥着。

苏微尘转过去摆弄，没料到楚安城与她同一时间低头，两个人头碰头地撞在了一起。

楚安城探出手，趁苏时转头的那个刹那揉了揉她的额头。他的眼底，有一种淡淡的宠溺。

苏微尘有一刹那的失神。

她不知两人之间怎么了，算什么。

这种铺天盖地的欢喜是爱吗？她不知道，也弄不清。

唯一知道的是，她一点也不讨厌他的接近。

三个人一起给鸭绒抱枕换红色中国风的套子。苏微尘孩子似的与苏时玩追逐游戏，只剩摇头叹气却甘之如饴的楚安城一个个地换抱枕套。

楚安城拆了各式巧克力，把买的各种零食满满地摆放在八宝盘里。

苏微尘在吃巧克力，苏时见了盯着她嚷嚷着："苏微尘，少吃几颗，你准备过完年失业啊。"

苏微尘做委屈哭泣状："大过年的，我就吃几颗巧克力，还不准……"

苏时拿她没办法："好吧好吧，一天只准吃一颗。"

苏微尘破涕为笑。

家里一片热热闹闹的过年的喜庆味。

三人一起过除夕。因为苏时曾经说过吃火锅热闹，像一家人的话，所以楚安城和苏微尘一致决定吃火锅。

三人各显神通，苏微尘负责洗菜择菜，苏时负责搬菜，楚安城则荣升为火锅底料主厨。

三个人在家煮火锅过除夕。

吃过晚餐，一起整理好餐厅厨房后，楚安城便陪苏时打游戏。两个人盘腿坐在二楼起居室的大屏幕前，操控着手里的遥控器，玩得不亦乐乎。

苏微尘窝在一旁柔软的沙发上，捧着iPad看连续剧。她不时被两人的惊呼声、催促声打断。偶尔抬头，便能看见一大一小两张灿烂的脸。

三个人的除夕，原来真的会比两个人的热闹。苏微尘心里这样想着，随后含笑低头，继续看剧。

她总喜欢把头发扎成一个球，露出白嫩光洁的额头。她窝在他的右首，哪怕不抬头，他也能感受到她温柔的存在。

这是三十年来楚安城过的最简陋，却又是最温馨安宁的除夕。

夜半时分，苏时到底没撑住，打了半天游戏说累了休息一下。

苏微尘替他去拿小毯子，顺便进了洗手间。可才一踏入，一阵头疼便骤然袭来。苏微尘扶着洗手台，一时间无法动弹。但是很奇怪，不过片刻，头疼又如潮水般退去，她又恢复如初，无任何异样了。

此时，她搁在起居室的电话闪烁了起来。楚安城取过一瞧，丁子峰三个字亮得刺眼。他抬眼瞧了瞧苏微尘那紧闭的卧室门，垂下眼便将手机关机了。

他若有所思地凝视着面前的木质茶几的底部，一秒后，他将手机搁在地上，用脚尖踢了进去。

等苏微尘出来的时候，苏时已经趴在沙发上酣睡了过去。

"把他抱进房间吧。"

"好。"楚安城抱起了苏时，两人很有默契地把苏时安置在了小床上。

苏时睡得甚是香甜，并无半点察觉，苏微尘温柔地替他掖好了被子。殊不知，这一幕也被某人温柔凝视着。

苏微尘熄灯后，在门口与他告别："楚先生，晚安。"

楚安城忽地轻轻开口："说好的一起守岁呢？"

苏微尘胸口一窒，猝然抬头望向了他。

楚安城的眼里有光，他凝望着，似乎在等待着她的答案。

这真的只是男女之间的暧昧吗？为何有些时候，她觉得她是被他爱着的？

这真的是她的错觉吗？

苏微尘没有任何经验，所以根本无从分辨。

两人留在了起居室。苏微尘在沙发上舒服地坐下，继续追剧。

她抬头便可见他正动作熟练地加咖啡豆，煮咖啡。

他十分专注，仿佛在做一件与弹奏钢琴一样重要的事情。以前曾听人说过，认真的男人最好看。她不知道别的男人是不是这样的，但此刻，暖醺灯光里的楚安城，好看得紧，叫人移不开眼。

片刻后，咖啡的浓香就已经充斥了整个起居室。

楚安城端了一杯过来，小巧的骨瓷杯子，有奶白色的爱心拉花。

"我每天都很忙。偶尔一个人的闲暇时间，我就喜欢待在家里，煮一杯咖啡。有的时候，看到一颗颗的咖啡豆在自己手里变成一杯香气四溢的温热咖啡，心里头就会觉得静静的，不用去想很多的东西……

"不过我经常在各地演出，也没有那么多的时间煮。于是，每到一个地方，我习惯了去品尝他们当地的特色咖啡……"

那天晚上，她品尝了他的手工咖啡，听他讲述他的故事。

室外是此起彼伏的鞭炮声，烟化在空中盛放又在空中坠落，一切的一切都远如浮云。

室内，寂静欢喜的两个人，寂静欢喜的一个美好天地。

苏时说，这是他有记忆以来过得最开心热闹的新年。

年后，春夏装大批上市，苏微尘早早便开始了工作。幸好是在室内，虽然穿了极薄的夏装，但室内暖气足，不用忍寒挨冻，拍摄工作十分顺利。

楚安城一直没说什么时候走。她也没提什么时候搬家。

仿佛彼此有一种心照不宣的默契。

这一晚工作结束，照例是丁子峰送她回家。

车子在不知不觉中已经到了楚家门口。苏微尘正欲下车，丁子峰忽然探手拖住了她的手臂，脸色郑重地道："苏微尘，先别下车。有件事我想了很久，决定要跟你说。"

从来嬉笑怒骂，吊儿郎当的丁子峰竟有这般认真的神情。他目光黑亮灼热得叫人害怕，女人的第六感令苏微尘心中突突直跳，大觉不对。她逃避道："下次再说吧，很晚了，我先下车了。"

"嗒"一声，车门落了锁。苏微尘想走也走不了。

丁子峰凝望着她，一鼓作气地说了出来："苏微尘，一直以来我都很喜欢你。"

当日在医院，他从苏微尘的举动就看出了端倪。于是，拒绝接受的他当天就离开了洛海，去了千里之外的异国海滩度假。

某个日落时分，他一个人静坐在沙滩上，默默地看着一对对的情侣从眼前来了又去，去了又来。

自己是要一直默默地守在苏微尘身后，还是大声勇敢地告诉她，他喜欢她，他想要跟她在一起？

苏微尘的性子他是知道的，若是把那层纱揭开，很可能以后连朋友都做不成了。

丁子峰踌躇不已。

但是，他宁愿为自己做过的后悔，也不愿为自己没做的而遗憾。

他不能白白放手，让美好的苏微尘像流沙般消失在他以后的生命里。

那一日，丁子峰如醍醐灌顶一般，突然想通了。

于是，今晚的他就这样做了。

车里瞬间安静到了极致。苏微尘的反应是"嘿嘿"一笑，故作痴傻地在他面前晃动着五指："喂，醒醒！丁子峰，你给我醒醒。愚人节还没到呢。"

丁子峰完全无视她的插科打诨，直勾勾地望着她，神色语气是从未有过的严肃："苏微尘，你知道我不是开玩笑。"

潘多拉的盒子终究是被打开了，避无可避。苏微尘垂下了眼帘，一时间根本不知道可以说些什么。

丁子峰轻轻地道："苏微尘，只要你愿意，我会一直在你身边的。

"苏微尘，我会把苏时当作我的亲弟弟一样，陪伴照顾他长大。

"苏微尘，我说的每一个字都是认真的。

"而他呢，你觉得他可以吗？"

小小的车厢里，丁子峰的每个字都如金石，掷地有声。

楚安城可以吗？苏微尘不知道。她从来都没有细想过，也从来没有奢望过。

她唯一知道的是，楚安城曾经对电话那头的人说过，他与她没有任何关系，也不可能有关系。

这句话，如今想来，胸口还是会发涩发疼。

苏微尘绞着手指，好半天终于讷讷地开口："对不起……"

丁子峰温柔地截断了她的话："苏微尘，你知道我想听的不是这三个字。"

苏微尘实在不知怎么表达才不会伤害他。

好半天，丁子峰才开口："是因为他，所有你才拒绝我，对不对？"

苏微尘的睫毛突地一动，避而不答："我先下车了。"

丁子峰捉住了她的手臂，目光锐利："原来你真的喜欢他！"

苏微尘躲避着他如探照灯般让人无所遁形的目光："我没有喜欢他，而且这一切都与他无关。"

"你不喜欢他？这一切与他无关？"丁子峰无声无息地笑了，"苏微尘，你觉得我会傻到相信你吗？！"

苏微尘不答。

"苏微尘，你知道我为什么喜欢你吗？"丁子峰的声音低柔得像是在喃喃自语。

"是因为你有着傻傻的固执的单纯。"丁子峰顿了顿，然后一字一顿地说，"所以，苏微尘，你喜欢什么，你讨厌什么，都在你的眼睛里，骗不了人的！"

苏微尘能说的只有"对不起"三个字。然而，她嘴唇轻启，却怎么也无法说出这三个字。

　　丁子峰忽然凑了过来，他仿佛抑制不住一般，想吻她的唇。苏微尘心头大惊，车内根本没有什么空间，她只好推着他，拼命往后仰头，希望能避过。

　　但下一秒，丁子峰的唇已落在了她的唇畔。

　　苏微尘蒙了数秒，她惊慌侧头，闪躲着想用力推开他，可是她推不开丁子峰强势的拥抱——在旁人看来，这便是情侣之间的热吻缠绵，肢体接触。

　　一直到丁子峰的手无意中打到了方向盘，车子发出了"嘀嘀"的喇叭声。这突如其来的声响，让丁子峰骤然冷静了下来。

　　他离开了她的唇："苏微尘，对不起，我……"

　　"丁子峰，开门！我要下车！"这是苏微尘记忆中第一次疾言厉色地对丁子峰说话。

　　车锁打开的那个瞬间，苏微尘跳下车，似一只受了惊吓的小兔，飞快地跑进了屋子。她现在唯一想的，只是奔向安全温暖的所在。

　　她靠在门后，揉着发涨的额头，试图厘清这一团混乱。大门的冰凉，隔着柔软的衣物一点点地透了过来。

　　周遭一片黑暗静谧。她却在这一片夜色里头，看到了楚安城。

　　他双手抱胸，站在不远处的落地窗前。

　　很明显，方才的那一幕他全部看在了眼里。

　　苏微尘如坠冰窖，全身发颤。她讷讷开口，试图解释："事情……事情不是你想象的那个样子的。"

　　楚安城这才慢慢地转过了身，把脸对着她。他一声不吭，只是隔了远远的距离，冷厉地瞧着她。

　　也不知过了多久，他嗤声一笑，缓缓道："很抱歉，我对你根本没有任何想象。"

　　他的声音并不冷，只是很漠然，仿佛在说与自己完全无关的事情，其中充满了浓浓的讥讽鄙夷。

　　而后，楚安城大踏步转身离开。

　　苏微尘一直怔怔地站在客厅，目送着他修长的背影消失在了楼梯处。

也不知过了多久，客厅的大吊灯突然亮了，刺眼的灯光令苏微尘反射性地闭眼。

再睁眼的时候，楚安城的身影再度出现了。

唯一不同的是，他手上多了一个行李箱。他黝黑无底的眸子，不带一丝温度："苏小姐，我今晚就回美国。已经过了春节了，你随时可以搬走。"

他这是在下逐客令！

苏微尘垂下了睫毛。脚上萌狗的眼睛，黑黑大大的，无辜得叫人怜爱。苏微尘一动不动地盯着它，仿佛在与它对峙。

楚安城拉开了门，强抑着自己疯狂的想要转头再看她一眼的冲动，毫不犹豫地跨了出去。

"啪"一声，是门关上的声音。

地板干净铮亮，隐约可以照见她的轮廓。

忽然，只听"吧嗒"一声响，似水滴落在了地板上，接着又是一滴，再一滴。

鼻子处热热的，苏微尘一抹，指尖微暖。

是血，触目惊心的朱砂色！

Chapter 10

思 念

从此，

楚安城整个

青春的美好仿佛

都被囊括在了

这几张

照片里头。

楚安城就这样离开了洛海。

苏微尘和苏时搬进租屋的时候，洛海城还是一片寒冷。

开始确实有点不习惯。不是因为租屋小，而是因为少了那个人。

吃饭的时候，她经常会布置三个人的碗碟，会后知后觉地想起来，他们已经搬离了楚安城的房子。

很多个夜晚，她会无缘无故地醒来。那些从未对任何人说起的秘密，与他之间的那些说不出口的亲密接触总是会浮现在脑海，她想要挣脱，却越挣越清晰。

苏时每周两天在周明仁那里学习。最初的时候，他总是开口闭口都是"楚师兄"。

楚师兄这样，楚师兄那样……

但是，渐渐地，苏时也仿佛意识到了楚安城再不会出现在他和苏微尘的生活里了。于是，连他都开始闭口不提了。

偶尔苏时脱口而出"楚师兄"三个字，他自己也会止住，转移话题。

这一日，周明仁打电话找苏微尘，说了一个德国钢琴赛事，说想安排苏时参加。

苏微尘自然一口应下。

她拼命地接活，让自己忙得团团转。

她和丁子峰都尽量当那晚的事情没有发生过，如常地合作。丁子峰似乎自动自觉地退回到好朋友、男闺密的位子，偶尔请她和苏时吃饭，插科打诨，一如既往。

搬离的那日，她在起居室的沙发下找到了自己丢失的旧手机。

她怔怔地握着手机，不可抑制地想着楚安城。

对自己根本得不到的东西一直念念不忘，那是奢望。

她知道自己不应该想他。

可是，她总是控制不住。

这段时间，凌霄会不定时地联系她，比如这一日："荼蘼路那边有一家餐厅推出了樱花料理，有没有兴趣？"

苏微尘沉吟片刻，终回了个"好"字。

白慧力挺凌霄："他是个有心的。苏微尘，条件这样好的人，错过了可没有下一个了啊。"

苏微尘总是浅浅微笑，而后视线望向窗外，凝结在虚空处。

有些人出现过，后来他们虽然再不出现在你的明天里，却真实地在心上留下过痕迹。

她并没有把楚安城与她之间的一些事情告诉白慧，比如那些吻。

那是她一辈子的秘密，她会一直深埋在心底。

与凌霄第二次吃饭，是在洛海第三高中附近。这是凌霄提议的地点，两人约在学校大门口。

苏微尘收工后，打车前往。

已是晚春了，整个洛海花灼灼柳绿绿，一城的斑斓美景。车窗外的街景一幕幕闪过，忽然间，一个熟悉的小区大门跃入了眼帘。

苏微尘心口顿时便是一窒。

她搬离这里不过两个多月，但如今回忆起来，却仿佛已经是上辈子般久远的事了。

那些日子，偶尔记起，真真如梦般虚幻。

苏微尘只瞧见那曾经落满烂漫黄花的蜿蜒小路……再往里头去，就是她居住了数月的房子了。但是车子速度极快，倏忽而去，她根本来不及定睛细瞧。

到了学校，正值放学时间，穿了白衣黑裤校服的男女生们背着书包三三两两，鱼贯而出。

凌霄已经到了，正在校门口接电话。今日的他脱了西装，只穿了件白衬衫，卷了衣袖，领口微敞。他只是翩翩然地站在一旁，阳光帅气的外表便已经吸引了很多少女的羞涩眸光。

然而那一秒，苏微尘想起的却是楚安城的淡漠脸庞——她觉得自己快疯了。每次遇到一些与他相似的人，或者与他关联的物，楚安城的一切便会倏然跃入脑海，怎么也赶不走。

片刻后，凌霄结束通话，徐徐抬头："嗨，苏微尘。这里是我以前的高中，我毕业后就再也没来过，介不介意陪我进去走走？"他那样大方熟稔，仿佛两人已经认识了极长时间似的。

"好啊。"

洛海第三高中是W省最有名的高中之一，在以升学率排名的当下，它绝对是整个W省父母心目中最好的高中。

怪不得凌霄能如此成功，在高中起跑线上便已赢过旁人大半了。

历史悠久的学校，路旁树木高大苍翠。两人慢步而行，引来不少下课学生好奇探究的目光。

凌霄在一间教室的门口止住了脚步，凝望着后面的板报出神。夕阳的光线打在他眉目俊秀的脸上，竟不及他闪亮。

苏微尘再一次觉得纳闷不已：这么耀眼的凌霄怎么会需要相亲呢？！

"以前这个板报就是我跟那个女孩子负责的。我负责抄写，她负责版面设计。她在设计方面特别有天分……"他沉浸在回忆里，缓缓微笑。

"高考后，她被洛海大学的设计系高分录取了呢。"

苏微尘静静地听他说下去。然而等了许久，凌霄却一直不再开口。于是，她问："后来呢？"

凌霄看着她道："后来，我也不知道她发生了什么事情。一夜间，她与所有同学都失去了联络。"

凌霄抬步跨进了教室，停在了窗户边的一个位置上。他伸出手，一点点地摸过课桌，眷念不已："她就坐在这个位置。而我，坐在她身后的身后。

"每天从进教室到离开，我都可以偷偷看她——至今我都还记得她的头发，又黑又亮，风吹过的时候，发丝微扬，美过所有洗发水的广告。

"苏微尘，来，你坐一下这里。"

凌霄大约是在圆自己的一个梦吧。苏微尘依言入座。凌霄与她隔了一个座位坐下。

"苏微尘，世界上大概再没有像我这样的人了吧，跟一个女孩子约出来见面的时候，口中提及的却是另外一个女孩子——你肯定觉得我这个人有问题吧？"凌霄这样对她说。

"呃，是会觉得有点奇怪。"苏微尘选择实话实说。

凌霄陷入了一阵奇怪的沉默。良久后，他才开口，一字一顿："苏微尘，其实你就是那个女孩。"

凌霄的声音从身后一点点地传来，苏微尘一时没听明白。

"苏微尘，我从来没有告诉你，那个女孩子的名字也叫苏微尘。"

苏微尘终于听懂了。凌霄的意思是他从前就认识她。他知道她是谁。

苏微尘一时呆若木鸡。

也不知过了多久，她才找回说话的能力："世界上同名同姓的人多了去了，她虽然也叫苏微尘，但并不表示那个人就是我啊。"

"但是世界上长得一模一样又同名同姓的概率有多少呢？"

这一回，苏微尘真正地惊住了。

"这就是我无意中听到你的名字后，执意要跟你见面的原因。事实上，在与你见面之前，我已经从白慧那边拿到了你的照片，我很确定你就是我认识的那个苏微尘。"

凌霄带来了一些照片，其中一张是两人在板报前的合照。

"这是我们参加学校板报大赛，我们得了一等奖，所以在那一期板报前合影留念。"

仔细一瞧，里头的两人赫然是她和凌霄。当时的她留着一头及肩长发，略有些婴儿肥的白皙脸蛋，满满的都是胶原蛋白。

"还有这张是大合照。"凌霄一一指给她，"这是我们的班主任。这是语文老师，英语老师，物理老师，这个就是你。"

一色的校服，很难辨认。苏微尘仔细地看了又看。

"这个是我。这个是关妍，你以前跟她是同桌。我现在跟她还有联系，下次有机会我们约出来一起见个面。"

"好啊。"苏微尘侧头想了想，但依旧是徒劳无功，她对关妍这个名字一点熟悉感都没有。

"这个叫韩天明，学法律的，现在在洛海最大的盛世集团法务部工作。"

凌霄将同学们的近况一一道来。最后，他笑道："同学们都混得不错。不过说到我们那一届啊，最有名的应该是钢琴王子楚安城，他现在可是全球知名人物啊。"

苏微尘身子一震："楚安城？钢琴王子楚安城？"

"对啊，不过他跟我们不是一个班的。是五班的。"凌霄若有所思地望着她道。

原来，他与她还曾经在同一个学校读过书啊。

后面的话，苏微尘听得恍恍惚惚。

那个夜晚，苏微尘再次不可抑制地想起了楚安城。所有与他一起的日子，如电影的慢镜头，不停地在脑海中回放。

如今的他，一切都好吗？

如今的他，在美国，每天还是弹两个小时钢琴吗？每天还是跑步健身吗？

如今的他会给别人做海鲜意大利面吗？会做牛排吗？

她这样想念他，想得心口都发疼了。

可……也只能是想念而已。

不日，苏微尘在凌霄的安排下见到了关妍。

打扮干练、妆容精致的关妍，一直坐立不安地等待着苏微尘的到来。

苏微尘缓步而来，一点点地接近，终于真实地站在了她眼前。关妍泪光闪动，上前紧紧地拥抱住了她："苏微尘，真的是你。凌霄跟我说他找到了你，我起先还不信呢！"

虽然这个女生的脸陌生如路人，但是苏微尘一点也不抗拒她的亲近。

"凌霄说你不记得以前的事情了。"

苏微尘点点头。

"没关系。我跟你聊聊我们以前的事情，或许你会慢慢地想起来的。"

苏微尘客气地道谢。

"谢什么。咱们以前可是同桌，每回下了课，都要手牵手去洗手间呢……"关妍将很多过往的事一一道来。

就这样，因为凌霄和关妍，苏微尘渐渐地找回了一些同学，偶尔也与他们小聚。

只是，无论他们怎么讲述，她依旧对过往无任何记忆。

有一次他们聊起楚安城，但由于是隔壁班，他们也不清楚具体的情况。只说，楚安城在高中时是校草，比现在还高冷。

原来，他从高中起就是扑克脸啊。

不知为什么，那一日的苏微尘有些小小的开心。

凌霄一直不远不近地陪伴她，从不给她半点压力。

虽然，她承认白慧说得对："苏微尘，你错过了这个寺，再没有下一座这么好的庙等着你了。你醒醒吧！"

说到凌霄，白慧每每恨不得给她浇上一桶冰水，把她浇醒。

只是，有人出现过，虽然消失了，却住进了她的心里。苏微尘的心里再无半点空间留给旁人了。

不久后，德国那边的钢琴大赛公布初赛名单，苏时很顺利地入围了初赛。

再遇到楚安城，是在德国小城的街头咖啡店。

丁子峰陪他们来到德国参加比赛。丁子峰把必须由他陪同的理由说得极为充分。一来，他没到德国玩过，就当旅游一趟。二来，他肩可以挑手可以提，可以做他们两人的挑夫兼保镖。三来，他当年可是出国留过学的，英文不错，还可以兼职翻译。

苏时听后，一口就答应了："苏微尘，你就让丁兄陪我们去吧。"

"对啊对啊，多个人多个照应啊。你们可是第一次出国，有个任何万一，都会影响苏时比赛的。苏微尘，你肯定不想这样的事情发生，对不对？"丁子峰打蛇随棍上。

丁子峰的话其实不无道理。苏微尘最后答应了下来。

不得不承认，丁子峰的确十分能干，三人的出国事宜，从签证到机票再到酒店等所有事情都是他一手包办。他甚至还联络好了一户德国家庭，可以每天让苏时练两个小时的钢琴。

三个人提前来到大赛所在的城市，顺利入住了酒店。

苏时和苏微尘第一次出国，自然什么都好奇。与国内截然不同的建筑风格，各色精致的街头小店，在蓝天白云的衬托下，步步皆是风景。

这一日，三个人一路逛街去吃饭。叽叽喳喳的苏时突然停住了脚步，怔怔地瞧着前方某处。

苏微尘顺着他的视线望去，整个人顿时如遭雷击。

前方那个侧坐在街角喝咖啡的人，干净的眉眼，乌黑的短发，清瘦的侧脸，熟悉的背影……

苏时已经撒开腿跑了过去："楚师兄。"

那人似是一愣，而后他迅速地转过了头，向来从容不迫的他脸上迸发出了一种惊喜。

他起身大踏步走向了苏时，一把抱住了他，宠溺地揉着他的头发。最后，他放开了苏时，目光深深地移向了苏微尘。

两人的目光在空中静静地交会，那一秒，苏微尘听见了自己心脏扩张收缩的声音。而后他的目光越过她，停留在了空中。苏微尘清楚地看到了楚安城脸上那一闪而过的凝滞。

楚安城收回视线，客气地与他们打招呼："丁先生，苏小姐，好久不见！你们好。"

半年多的时光浓缩成了这么简简单单的几个字。听见他无关痛痒地唤她"苏小姐"，也不知为何，那个瞬间，苏微尘忽然觉得心中大恸，很想哭泣。

事实上，也只有楚安城自己知道。在这些日子里，有多少次，他控制不住打开手机，盯着里头储存着的那个电话号码。有多少次，他会想起三个人一起居住的光景片段。她温柔地照看花草，手工制作各种家居布艺，她为他的手指挑刺，还有，他吻她的时候，她唇间美好无比的味道……

甚至他偶尔打开衣柜，看到那条挂着的手工围巾，心口处便会无端地抽疼。

很多时候，他会无缘无故地发呆。所有与她有关的人和事，都会在猝不及防的时候，触动他内心最深处的疼痛。

如今的她，长发轻垂，眉眼如昨。唯一与过往不同的是，她戴了副黑框眼镜。薄薄的一层镜片，遮住了她目光里所有的细微闪动。

在异国他乡的街头，在热烈如瀑的阳光下，苏微尘听见丁子峰的声音似远似近地响起："楚先生，你好。"

楚安城邀请他们入座，并把他们介绍给了自己的经纪人："Mark，这是我洛海的朋友。"他特别介绍了苏时："这就是我跟你提过的小师弟苏时。以后啊，他绝对可以超越我。"

Mark 与苏微尘、丁子峰一一打过招呼，他的注意力全被苏时吸引了过去："你就是他在我面前再三提起的小神童啊？"说到这里，他似想起了一事，脸色突变："你们这次来德国是参赛的吧？"

苏时连连点头："对啊。楚师兄，我后天比赛，你来看我比赛，好不好？"

楚安城明显一愣，他与 Mark 对视了一眼。

此时，苏微尘等人点的咖啡端了上来。Mark 抬腕看了看时间，道："不好意思啊，我们跟人约了时间，要先走了。你们慢用。"

两人与他们三人道别后，才走了几米，苏时追了上来，递给楚安城一张酒店的名片："楚师兄，我跟苏微尘住在这个酒店，你有空来看我们。"

楚安城说："好。"他几乎不敢直视苏时殷殷期盼的目光。

苏时在他面前欢快得像只兔子，目送他远去，再三与他挥手："楚师兄，拜拜。"

楚安城没有来探望他们，甚至连一个电话也没有。苏时有一些小小的失落。

苏微尘劝慰他："你知道的，你楚师兄是个大忙人，他肯定是有事，所以才没时间过来。"

那个时候苏时和苏微尘都不知道楚安城担任了这个赛事的评审。

一直到比赛当日，苏微尘与苏时在比赛的评委席上，看到了盛装出席的楚安城，才恍然大悟。

那场比赛，还冤家路窄地碰到了上次比赛的第一名得主雷诺。

雷诺满满的傲气："不错嘛，你也来了。"

苏时只是一笑，并未太过在意。

有苏微尘和楚师兄在这里陪着他，苏时就觉得心里稳稳当当的，他什么都不怕。楚师兄说过的，他只要发挥平时的水平就好。其他如奖杯名次，有是奖励，没有也无所谓。自己喜欢，自己乐在其中最重要。

心态好，一切自然就好。苏时发挥得十分出色。

苏时所在的年龄组A组，只有一轮比赛。所有曲目必须背谱演奏，可以自行决定是否演奏重复段，但演奏时间不得超时。

苏时演奏了李斯特的音乐会练习曲（Concert Etudes）《森林的呼啸》（*Waldesrauschen*），《侏儒轮舞》（*Gnomenreigen*），《轻盈》（*La leggierezza*），《叹息》（*Un sospiro*）。

苏时完成得很棒，评委和观众不吝啬地给出了热烈的掌声。

最煎熬的还是等候最终结果。

终于，宣布了比赛成绩，苏时拿到了A组第一名。

苏微尘、丁子峰、苏时三人团团而抱，喜极而泣。

不远处，是楚安城落寞的目光。身为评委，虽然是另一组的评委，为了避嫌，他只能站在原地，眼睁睁地看着他们欢喜哭泣。

被国内捧为音乐神童的雷诺并没有拿到任何的奖项。当雷诺的母亲看到苏时在众人鼓掌中上台时，眼中闪烁着羡慕、嫉妒，以及深深的恨意。

这个世界上，就是有很多人，那么见不得旁人好。

当时的苏微尘并不知道，这一场比赛即将完全颠覆她与苏时的生活。

在苏微尘和丁子峰、苏时三人回到洛海的第二天，媒体便爆出了史上最大猛料："被誉为最新钢琴神童的苏时是国民男神钢琴王子楚安城的私生子。"

"钢琴王子楚安城徇私舞弊，为捧私生子不遗余力。"

博人眼球的夸张标题，一夜间登上了各大报纸网络微博等媒体的头条。

某工作室更是一日连爆三个猛料，就"钢琴王子与钢琴神童背后的女人"等进行大幅报道，并指出三人此前早已经同居，并同时刊登出了三人曾经同进同出的画面。

去年在奶茶店门口网友的爆料亦被再度翻了出来。

接着，媒体又拿了苏时和楚安城的照片对比相似度等等，与此同时，苏微尘的模特生涯也被大肆挖掘。

网络上各种流言蜚语不断，微博、微信一时间都被"楚安城"三个字刷屏了。

而那一日，楚安城是在凌晨时分被经纪人Mark的电话吵醒的："楚，马上上网搜一下你的名字。"

Mark的语气是从未有过的凝重，令楚安城意识到了事情的严重性："Mark，发生了什么事情？"

数分钟后，楚安城面色铁青地僵坐在发亮的电脑前。

Mark说："楚，关于比赛一事，我们必须马上召开记者会，澄清我们在得知苏时参赛时就已经向大会申请退出评委一职。我也会想办法向大会申请公布苏时比赛时每个评委的打分情况。但在这之前，我现在必须要清楚地了解一件事情。"

楚安城说："你问吧。"

"苏时跟你到底有没有关系？他到底是不是你的私生子？"

楚安城平静地道："事情其实很复杂……"

"苏时不会真的是你的私生子吧？！"

在地球的另一头，苏家。

"叮叮叮"，门铃几乎快被按坏了。苏微尘睡眼惺忪地拉开门："这么早？"

面色焦急的丁子峰把自己的手机递给她，而后径直去开他们家的电脑，打开了许多页面："苏微尘，你看看，这些是什么？"

苏微尘完完全全目瞪口呆："这……这绝对不可能！他们神经病啊，根本就是胡说八道！"

丁子峰目光奇怪地盯着她："苏微尘，苏时有没有一丝可能是楚安城的私生子？"

苏微尘双手叉腰，只差没有破口大骂了："怎么可能？！丁子峰，你是不是也疯了啊！"

苏微尘张牙舞爪的模样令丁子峰心头如释重负："既然没有，你马上召开记者会澄清。"

"我又不是名人，用得着这么大阵势地开记者会吗？再说，这些抹黑的事情是澄清不了的，到时候越描越黑……"对于这个建议，苏微尘是害怕和逃避的。

"苏微尘，这次情况不一样。你得为苏时想想——如果你不澄清，不对那些造谣媒体提出警告的话，以后苏时就会一直被冠以私生子三个字。苏微尘，你可能无所谓，可是，苏时还有很长很长的路要走！"丁子峰一一道来，对她晓以利害。

"再说了，目前这件事情对楚安城的影响最大，如果不澄清的话，有可能他会在钢琴界无法立足！"

苏微尘咬着下唇，茫然相问："真的这么严重吗？"

"你说呢！"丁子峰很少这样疾言厉色。虽然丁子峰不喜欢楚安城，可他与楚安城的竞争是君子之争。

在这个白种人自以为优秀，看低中国人一等的世界里，很多白种人能轻易得到的认同，中国人却往往需要付出更多的努力才能获得。中国这么难得才出了一个世界认可的楚安城，绝对不能因为这种故意的人格抹黑、诬赖陷害令他消失于世界钢琴界。

"好！我开！"

同一时间，苏微尘的手机收到了无数条微信消息，凌霄的，白慧的，关妍等人的。每个人在安慰她的同时又都欲言又止，苏微尘一一回复：谢谢关心。我没事。

如此烦心的事情，令她的头痛毛病更严重了，她一连吃了几颗止痛药方止住。

被媒体连日追逐的苏微尘终于在报道出来后的第三天，在丁子峰的陪同下召开了一场记者会。

苏微尘从来没见过这种阵仗，闪光灯此起彼伏如闪电，叫人根本睁不开眼。

台下的记者开始抛出一个比一个尖锐的问题："苏小姐，关于苏时是楚安城的私生子的传闻，你有何解释？"

"请问你跟楚先生是怎么认识的？"

"苏小姐与楚先生到底是何关系？为何会同居一室？"

"苏时真的是楚安城的私生子吗？那么按照年龄推算，你在二十岁左右就生下了他。你的目的何在？"

…………

苏微尘说："我与楚先生是因为苏时在周明仁老师那里学琴才认识的。在此之前，我跟我的家人从未见过楚先生，苏时怎么可能是楚先生的儿子呢？这个报道实在太侮辱人了！对于毫无根据的报道，我们……我们……"

有记者打断了她的话："苏小姐，你在撒谎。根据我手上的资料，你与楚安城在高中就是同一届的。难道同一届的学生，彼此间会不认识吗？你这种谎言我们是不会相信的。"

苏微尘说："我……我不知道，因为我——"

就在此时，有服务生拉开了侧门，有一个清瘦高大的身影进入了会场。

会场突然有几秒钟陷入了奇怪的静止。而后记者们的闪光灯如探照灯，一时间整个会场简直要闪疯了。

"楚安城——"

"是楚安城！"

"楚安城出现了。"记者们如潮水般，蜂拥而上。

"楚先生，关于报道你有什么要澄清的？"

"请问楚先生，苏时真的是你儿子吗？"

…………

有人来到了苏微尘身畔，从她手里取过了话筒。

苏微尘愕然抬头。站在身畔的，赫然便是楚安城。身着意大利某厂商常年跟踪他的身材数据定制的高级西服，那么清贵得体。

楚安城默不作声地伸出手，拉着她站了起来。

他与她并肩站在一起，他一直牢牢地握着她的手不放。那一刻，苏微尘忽然觉得自己安全至极，她忽然不再惧怕那些尖锐的问题和刺目的闪光。

楚安城环视全场，平静地开口："本人楚安城，在此想澄清一点：所有有关苏时与我的报道都是不真实的。对于各大媒体不负责任的报道我们将驳斥到底。"

现场一阵骚乱："楚先生，请你提供具体证据……"

"楚安城先生，钢琴大赛正在针对此事进行调查，是真的吗？"

"楚先生，那么你的意思是所有关于您与苏小姐的报道都是真实的吗？"

楚安城再度示意大家少安毋躁。接下来，他掌控了局面："在这里，我想要跟各位媒体朋友说明以下几件事情。"

众人屏气凝神，静待着他给出答案。

"第一，我与苏微尘小姐确实在很多年前相恋过……我们是彼此的初恋。"

苏微尘骤然转头，瞠目结舌地望着楚安城的侧脸，整个人完完全全呆若木鸡。

怎么可能？她什么时候跟他相恋过？

"不过，后来我去了美国，十年未曾回过洛海。而苏小姐由于事故失去了之前的全部记忆。所以，现在的她是一个没有过去的人。她早已经不记得我这个人，也不记得过往的一切了。

"现在的我对苏小姐而言，完全是个陌生人。"

她曾经与他相恋过？！楚安城的话如层峦叠嶂中的迷雾，让苏微尘茫然四顾，却完全找不到出路。

"第二，关于报道的私生子这件事情，我可以明确地答复大家：苏时绝对不是我和苏小姐的私生子。这一点，请在场的媒体朋友务必帮忙代为澄清，不要再以谬传谬了。"

有记者尖锐地提问："楚先生，爆料的周刊据说掌握了你和苏时的DNA检验报告。"

楚安城目光尖锐地直视着他，停住了话头。

整个会场亦安静了下来，大家聚精会神地等待着楚安城的答复。只见他唇角微勾，坦然自若地道："对于这份传说中的报告，我本人也很期待。我和我的律师团希望他们能尽快拿出来，公之于众。到官司开庭的时候，也可作为证据。

"今天记者会后，对于那些继续诽谤我的名誉、胡乱刊登报道的媒体，我的律师团将会代表我全权追究处理。

"另外也希望在座各位有良知的媒体朋友，为了小孩子的健康成长，尽量少报道或者不要报道这件事情。谢谢大家！"

嘈杂的会场中所有的人与事，仿佛如浪潮一般都从身边倏然退去了。苏微尘愣在了那里。怎么可能？到底是怎么回事？

最后，是楚安城手心的温度将她拉回了现实。楚安城紧紧地握着她的手，与她十指相扣，朝众记者欠了欠身："各位记者朋友，我们再一次感谢大家今天的到来。"

不远处的丁子峰望着两人紧握的双手，颓然闭眼，失落离去。

这一次，他发现自己真的已经输了。

对于彼此相爱的两个人，他再怎么赌都是输。

那个刹那，他决定退出这一场自导自演的单恋故事。

滂沱大雨哗哗地落下，楚家室内安静如古刹，可以清晰地听见雨落在地上的声音。

苏微尘低低地问他："我们以前真的认识吗？你为什么一直不告诉我？"

楚安城目光深深地瞧她，却不答她的话。

她的脸色白得犹如透明一般，显然这两日她受了很多的苦。楚安城有一种想抚上她的脸庞，将她拥入怀中的冲动，可是想到那一晚她与丁子峰的吻，他生生地压抑住了。

苏微尘已经习惯了他的沉默，道："原来是真的！我们很久以前就认识了。"下一秒，她脱口而出："可……就算我们以前相恋，也不代表你会是苏时的爸爸呀。"

楚安城瞧着她，忽地笑了："一男一女在哪种情况下会让人误会他们有孩子呢？"他的声音又轻又慢，却从骨子里透着一种讥讽嘲笑。

楚安城瞧见她苍白的脸上红晕渐生，冷哼了一声："苏微尘，如果不是我最近跟你相处了近半年，我会以为你在装纯情！"

"当年我跟你什么都发生过！就在我这个屋子的隔壁。当然，信不信由你！"

苏微尘后退了一步，环顾熟悉的四周，再度瞪目："你是说，我以前就住在这里？"

楚安城敛下了那抹嘲讽的笑意："不错。至少我认识你时，到我出国前，你都住在我的隔壁。"

透过玻璃窗望出去，郁郁葱葱的小区笼罩在一片雨雾蒙蒙之中。

十年前，她居然就住在这个别墅的隔壁。

怎么可能？有记忆以来，她的房子都是租来的，在洛海品流极其复杂的城郊地带，跟这里的环境完全是天上地下的区别。

最可悲的是，与楚安城一起居住的半年时间里，她每天进进出出，都没有认出那是自己以前的家。

楚安城的视线停留在一张照片上。干净柔软的沙滩，碧蓝无垠的海水，不远处白帆点点，海鸥掠过。白衣少年伸出手，无奈地微笑着欲拦阻对面的女孩拍照："苏微尘，衣服都湿透了，不许拍！"

苏微尘已经"咔嚓咔嚓"按下了快门，从照相机后面探出了一张无辜无赖的俏皮笑脸，她吐舌道："已经拍了，而且拍了好几张。"

从此，楚安城整个青春的美好仿佛都被囊括在了这几张照片里头。愉快，伤感，素白，惨淡，悄无声息。

Chapter 11

那时

他心甘情愿地
为她做
任何事情。
楚安城
这样想。

十年前，洛海。

琴声潺潺如溪水流动。梁念静悄无声息地推门进了琴房，在钢琴边的几案上，搁下了一杯凉好的温白开。

美妙的音乐声自楚安城灵活的双手下流泻而出，梁念静欣慰万分："安城，你爸爸和你的钢琴老师商量了，说要给你报名在德国举行的国际青少年钢琴大赛。"

钢琴声戛然而止。楚安城冷冷地抬头："我不会去参赛的。"

梁念静叹了口气："安城，你别这样，再怎么样他都是你爸爸。"

楚安城愤怒地反驳："我没有爸爸，私生子是没有爸爸的！还有，我弹琴不是为了他。"

十八岁的楚安城，正处于人生最叛逆的年华，每每尖锐得像只刺猬。楚母试图与他讲道理："安城，你爸爸他也是为了你好……"

楚安城冷笑着讥讽道："是啊，为了我好，所以让我一直给他们家儿子捐献骨髓……"

"安城——"梁念静喝断了他的话。良久，她叹了口气："你现在为什么会变得这么偏激？你以前不是这个样子的！你小时候很乖很听话的……"

"那是因为我不知道他另外有个家！不知道我自己是个私生子！"楚安城猛地一按钢琴，愤然起身。

梁念静幽幽地叹了口气："但这和你弹琴有什么关系？"

"当然有关系。让我去比赛，不就是为了他的面子吗！好让他跟人炫耀！"

"安城，你去参加比赛，一来是检验自己的钢琴水平，二来也是去增长见识。能得奖是最好，不能得奖我们只当去旅行就好。"梁念静苦口婆心地劝他。

"再说了，周老师那边已经帮你报名……"

"反正我是不会去的。他要去就让他去比赛吧！"

因为父亲楚宏远，楚安城一次又一次地与母亲争吵。

梁念静被儿子脸上的疯狂吓到，一时愣住了。那一次，楚安城飞快地冲出了家，健步如飞地跨过与隔壁户相连的栅栏。

"安城，安城……"母亲的声音从身后追了上来。

出了小区大门，拐弯处便是一个公交车站台，有一辆车正要关门发动。楚安城不假思索，一个箭步便蹿了上去。车门在自己的面前缓缓闭上，车子行驶的那个瞬间，楚安城看到了母亲从小区门口远远追出来的身影。

小时候，楚安城还懵懵懂懂的，不明白为什么自己的爸爸不跟自己住在一起。母亲对他说父亲为了他们，要去很远的地方工作。说父亲很辛苦，要他体谅父亲，要他乖乖的。于是他便很乖很听话。

他深信不疑，一直努力学习，一直努力练琴。

他记得他第一次拿了一个儿童钢琴方面的大奖，爸爸开心地拍着他的头鼓励他，特地带他和妈妈去国外玩了几天。

渐渐长大的他发现了一个秘密：每当他拿了奖，爸爸就会回来奖励他，带他跟妈妈去吃好吃的。

这样的生活一直持续到了高中，直到他突然发现父亲有另外一个家。

公交车里头响起了制式的女声："请大家自动投币。"起先楚安城还不觉得，后来连播了两遍，加上车上人的目光，他才恍然大悟：自己还没投币。

一摸，楚安城顿时尴尬地发现自己身上没有一毛钱。他方才这般匆忙地冲出家门，根本没有考虑到钱包。

而苏微尘自他一上车就认出了这个男孩子是自家隔壁新来的邻居。他们搬家那天是星期六，她一进自家小院就听见了清脆悦耳的钢琴声。

最初半天，苏微尘还觉得很幸运，可以免费听人弹奏。可半天之后，她就恨不得去拆他的钢琴了。这家伙一直在弹同一首曲子，简直是魔音穿脑，直让人欲发狂。

　　十天半个月后，也渐渐地习惯了。她虽然不懂音乐，但十分佩服这个孩子的毅力。那可真是杠杠的啊！以后绝对能成大器！

　　在苏微尘的想象中，一直以为隔壁弹琴的是小孩子。某天早上，她比平时晚起了二十分钟，才看到隔壁家的那个孩子，其实是个大男生，很高很瘦，一眼望过去叫人想起竹子。白衬衫黑长裤，苏微尘一呆：他竟然还穿了他们学校的高中制服。

　　那天的日光如瀑，从天空落下来。楚安城戴了耳塞听歌。他闭着眼仰着头，清秀的脸部线条，清冽的气质，仿佛天边一道光，闪到了苏微尘的眼。

　　之后，苏微尘就开始有意无意地注意他。这才发现他竟然就是关妍口中在学校女生中引起不小轰动的转校生——楚安城。

　　甚至他们班里的女同学都经常拿他做话题，窃窃私语。说他弹得一手好琴，童年便拿过全国大奖，被誉为钢琴天才。也说他非常冷漠，一张脸经常面瘫似的。

　　总之，整个高中都流传着楚安城的传说。

　　公交车里，苏微尘在偷偷的注视中，发现了楚安城脸上那一闪而过的尴尬——他没带钱。她不知道自己哪里来的冲动，上前替他在投币箱里投下了一元硬币。

　　之后，苏微尘便回了自己的座位，从她的视线望去，只见楚安城拉着把手，一直面无表情地瞧着窗外。等她下车的时候，他依旧保持着那个姿势。而他的身后，是一车的空位。

　　一连几日，两人都在公交车上遇见，一起坐到学校那一站，各自进校。

　　不过楚安城从来都是冷冷淡淡的模样，彼此目光偶尔接触，他都毫无表情地移开。

　　也有一两次，苏微尘在自己房间的阳台上，看到他跳过两家间隔着的白色栅栏，从自家院子跑出小区，然后他母亲追上去的场景。

　　星期六上午，苏微尘舒舒服服地窝在暖暖的被窝里，不愿起身。她是被一阵钢琴声吵醒的，而后亦听了许久许久的琴声。这几乎已经成了她每个星期六星期日的常态。

起床的时候已经近中午了，隔壁的钢琴声还是没有停。苏微尘边刷牙边想：都弹了一上午了，还在弹，难道手不会酸、不会累吗？

苏微尘换了厚厚的羽绒服外出，与关妍吃饭逛街，回家路上顺道去了超市采购。

到家的时候，已是傍晚了。隔壁的琴声已经停了，取而代之的是尖锐的吵架声。

"我不去，说了不去。"男生大吼着。随后是他母亲的声音，低低的，也不知道说些什么。

"反正我怎么也不会去的。要去你去好了，别来管我。"男生极不耐烦的话语落下后不久，隔壁传来"砰"一声极响的关门声。楚安城"嗖"一下跳过了栅栏，到了她家的小院。

正开门的苏微尘愣住了，吃惊地张嘴望向他。楚安城大约也没料到会撞见她，亦怔了怔。

隔壁他母亲的呼唤随着脚步声渐渐接近："安城，安城……"

楚安城眉头大皱，便跨上了台阶，推着苏微尘进了屋子。苏微尘愣愣傻傻地望着他，只见他嘴唇轻轻一动："借我躲一下。"

屋子里静悄悄的，一地橙红的夕阳光线。苏微尘清晰地听到他急促的心跳，听见他母亲唤着他的名字渐渐远去。

他仰着头一动不动地靠在墙上，嘴角紧绷成了一条线。

她不知道那天楚安城待了多久，只知道他临走时淡淡地对她说了一句："那天谢谢你了。"直到他的身影消失，苏微尘才慢了一拍地反应过来他说的应该是那天的一块钱公交车费。

后来又有一两个星期没见过他，再见是在小区不远处的一家牛肉汤店。她晚自习回家，经常会少坐一站路，去那家店里喝一碗热气腾腾的牛肉汤。

牛肉汤店主营夜宵，因汤头鲜美，夏日有各种烧烤，冬天有最地道的炭火火锅，所以生意十分火爆。

这一晚，苏微尘推门进去的时候，里头已经满座了。

那老板娘自然是认识苏微尘的，微笑着迎了上来："小姑娘，今晚生意特别好，都坐满了。就那桌只有他一个人，你不介意拼个桌吧？"

自己每次只喝一碗牛肉汤，算是店里最小的生意了，难得老板娘不介意，每次都热情得像招待一个大客，苏微尘自然是表示没问题。

老板娘把她引到了桌子前，对那人道："小伙子，店里位置实在不够了，让她跟你拼个桌吧？"那人抬头瞅了她一眼，默不作声地对老板娘点了点头。

清隽淡漠的一张脸，不正是隔壁的楚安城？不过他的眼神极冷淡，仿佛根本不认识她一般。

牛肉汤异常鲜美，苏微尘把汤喝得点滴不剩。寒冷的冬日，因这一碗热汤，整个人都暖融融的。

起身付钱的时候，老板娘却对她摆手道："你拼桌的那个小伙子帮你付过了。"

苏微尘"哦"了一声，围好围巾，背起双肩包，走出了店门。

没想到出了门，才走了两步，便瞧见楚安城戴了耳机，双手插兜，站在路边。瞧着模样像是在等人。

苏微尘犹豫着要不要上前把钱还给他，或者跟他说句谢谢。可想到方才他那拒人千里的冰冷眼神，她便怯懦了。算了，不要多事了，回家。

路灯晕黄，橙子般的颜色，一盏一盏挂在空中。走了一段路，隐约觉得后面有人跟着。洛海的治安虽然一直不错，可那细碎随行的脚步声总让人心里头惶惶，苏微尘索性转过了身，一瞧究竟。

只见不远处，听着音乐的楚安城正默默地跟在她身后。

原来是他！苏微尘顿时心头大定。

后来的一段路，仿佛知道自己安全极了，苏微尘再无半点彷徨担忧。

在那个冬天，两个人在店里相遇了好几次，每一次楚安城都给她付钱，出了门，在路边等着。

终于有一次，苏微尘忍不住叫住了他："喂，你在等我吗？"

楚安城瞅了她一眼，不言不笑。苏微尘取出了钱，塞给他："给你钱。"楚安城定定地看了她两眼，面无表情地转身就走。

钱掉落在了地上，苏微尘在他身后气愤地跺脚："喂，你给我站住，站住！"结果她越喊他走得越远。

苏微尘没法子，蹲下来捡钱。本以为这晚她应该是一个人回家了，结果拐了个弯，便瞧见楚安城戴着耳机，双手插兜，如往常般站在路边等她。

苏微尘有点光火，也不理睬他，大步往前走。不过无论她脚步快还是慢，楚安城都紧紧地跟在她身后，如往日般一前一后地回了家。

第二天一早，苏微尘到达公交车站的时候，楚安城早已经在等候了。照例是戴着耳机，双手插兜，站在路边等车。

有些话语是不必宣之于口的。这些日子以来，两人之间如有默契一般，每日都会同一时间到公交车站，然后一前一后地上车，一前一后地下车，一前一后地去学校，各自进自己的班级。

但两人从来不说话。

第二日下午是自习课，安静解题的苏微尘忽然听得班级女生们一阵骚动，全部拥向了窗户边："哇，楚安城。"

"是楚安城，他好帅。"

苏微尘忍了许久，还是没忍住。她转过头，透过干净的玻璃窗，果然瞧见了下面操场上正在上体育课的楚安城。一班五十来个学生，穿着一式的学校校服，但是很奇怪，楚安城整个人仿佛是一个发光体，她一眼便从人群中认了出来。

如有感应一般，操场上的楚安城抬头，远远地望着她。

苏微尘低下头，一时间也不知道怎么了，心怦怦地跳个不停。最近的她奇怪极了，每次看到楚安城，总有一种想落荒而逃的冲动。可是见不到他的时候，却又总是想起他。那种患得患失的欢喜与美好，总是让她心口一阵阵地疼痛窒息。

楚安城等人开始绕操场跑步，也终于结束了他们班的这一次女生骚动。

关妍推她："苏微尘，你在想什么呢？"

苏微尘这才回神，她掩饰道："这道数学题，我解不出来，头都想疼了。"

"我看看——这道题啊，要用这个公式。"关妍一步步地演算给她看。苏微尘完全不在状态，但她还是装作听懂了般地一直点头附和。

苏微尘咬着笔沉吟了很久，终于向关妍问了一个困扰了她很久的问题："关妍，如果一个男生帮一个女生付了一些钱，想还他呢，他又不要，女生呢，也不想一直欠着那个男生，你觉得那个女生应该要怎么做？"

"很容易啊，买点同等价值的东西还男生就行了。或者……"

"或者什么？"

"或者女生也可以织条围巾或者手套给他。"

"围巾不是应该女朋友送男朋友的吗？"

"无所谓啦，暗恋啊，有点小喜欢，还有朋友之间，也可以送啊。"

听着好像不错的样子哦！苏微尘羞涩之余，有点小小的心动。

到底是要买东西还是织围巾呢？苏微尘纠结不已。

几天后，苏微尘在一个古旧小弄堂里找到了一家很小的毛线店。她站在老旧褪色的窗前踌躇了许久："你好，我想买毛线。"

店里有个老婆婆伛偻着腰在收拾毛线，慢腾腾地转过了身："小姑娘，你要哪个颜色？"

"黑色。"

老婆婆问："你要买多少？"苏微尘一下子被问住了。从未织过任何东西的她，哪里知道要买多少？

"小姑娘，那你告诉我你想要织什么？"

苏微尘面上一热，支支吾吾了半天："想织条围巾。"

"围巾啊，买几两就够了。你以前织过围巾吗？"

苏微尘诚实地摇了摇头。

老婆婆和蔼可亲得很："在我这里买毛线啊，我可以教你织毛衣、围巾的。如果你有时间的话，随时可以过来。"

苏微尘眼前一亮："真的吗？太好了！"

"这是我自家的屋子，我就住在后面。我每天一早就开门了，你随时都可以过来。"

老婆婆笑笑，建议她道："那你要不先买三两毛线，多的还我，如果少你再加。这样也不浪费。"

老一辈人就是实在。苏微尘连声道好。

"要是你不赶时间的话，我现在就可以教你怎么起针，怎么织，你把这个基础的学会了，回家就可以慢慢织了。"

"不赶，我有空。"

老婆婆拿出了黑色的羊毛线团，在老式的秤上称了重量，然后取了一对棒针颤颤巍巍地递给了她："这棒针很便宜，就免费送给你吧。"

苏微尘连连摆手："不用不用，我买就好。"

老婆婆笑道："婆婆说了送你，不用给钱。"

"不不不，我必须付钱。"

"说了送你，不收钱。"

"不行的，婆婆不收我钱，我就不要。"

老婆婆实在拗不过她："好吧。"

那个冬日晴暖的午后，苏微尘与老婆婆在毛线垫子垫着的竹椅里头，一个认认真真地教，一个乖巧听话地学。

老婆婆直夸她聪明："小脑袋瓜子真灵光，一学就学会了。"

弄堂长长的尽头便是马路，车流涌动。但弄堂深处却清幽静美，偶尔还能听见隔壁家养的画眉鸟的叫声。

如今的年轻人都不流行自己织毛线了，整整一个下午，老婆婆就她一个顾客。

老婆婆似很喜欢她，在苏微尘走的时候，拉着她的手一个劲地说："你有啥不懂的就过来啊。在婆婆这里学，婆婆包教会。"

苏微尘与老婆婆处了半日，竟觉得极投缘。

苏微尘走到弄堂尽头的时候，转身一看，老婆婆扶着竹椅站着。斑驳的围墙下，孤孤单单的一个伛偻身影，凄凉寂寥。

那个瞬间，苏微尘便决定了：下个星期天一定再来请教婆婆怎么织围巾。

就这样，每个星期天的下午，苏微尘都会买点小吃食去找婆婆，与她一起消磨半日时光。

四个星期后，苏微尘就成功地织好了人生中的第一条围巾。

不久后便是圣诞节，那天正好是星期六，关妍、凌霄等人组织了很多人去KTV唱歌。

关妍一见苏微尘就眨眼："听说五班的冯青涵邀请了钢琴王子楚安城，

他等下也会过来。"苏微尘有些惊愕。就他那副高冷模样，居然也会跟同学一起唱K？

大家玩得正high(高兴)，忽然有人推门进来，众人在那一刻一下静了下来，所有目光都落在了门口处。居然真的是楚安城！

冯青涵起身朝他招手，甜甜微笑："楚安城，来这里坐。"冯青涵与楚安城同班，自然有旁人无法企及的优势。

楚安城见苏微尘身边有空位，便走了过来，挨着苏微尘身旁坐了下来。但两人也不交谈，如同从未接触过一般。旁人也瞧不出半点端倪。

那天下午，所有女生一个劲地往苏微尘身边挤过来，都存心与楚安城搭话，想引起他的注意。

凌霄点了情侣对唱歌曲《因为爱情》，在邀请苏微尘对唱的时候，楚安城忽地插话道："这首歌我会唱。"

难得高傲清冷的楚安城说会唱，凌霄便含笑道："如果大家不介意，那就我们两个男生合唱。"

众人纷纷起哄，直说介意，太介意了。

凌霄十分绅士："那我把这件幸运的事情让给在座的一位女生吧。"

"我来。"

"我会唱！"一时间，除了苏微尘，其他的女生都疯狂不已。

最后是冯青涵脱颖而出，抢到了话筒，与楚安城合唱了这首情歌。

在所有人屏气凝神中，楚安城娓娓唱来："给你一张过去的CD，听听那时我们的爱情……依然随时可以为你疯狂……"他的嗓音略带一丝沙哑，如咖啡里头的那一缕醇香，叫人不由得沉醉其中。

难得有机会可以听楚安城唱歌，众人听得如痴如醉。

唱到中途的时候，楚安城的目光不着痕迹地移了过来，深深地瞧了苏微尘一眼。

四目相对，苏微尘只觉心里怪怪的，仿佛那首歌他是唱给她一个人听的。她整个人仿佛被浸在蜂蜜水里，载浮载沉，漂漂荡荡，一个下午酥酥软软甜甜的。

楚安城待了一个多小时，便在众女生的依依不舍中离开了。

苏微尘则与关妍待到了傍晚时分方挥手告别，各自回家。她正准备打车回家的时候，忽然瞧见了对面转角处咖啡店，落地玻璃窗边，有一个戴着耳机的熟悉身影。

是楚安城。哪怕是坐着看书，他也依旧一副苍白冷漠、拒人千里的模样。

苏微尘微微一笑。她知道他在等她，等她一起回家。

苏微尘走上前去，在玻璃窗外站了数秒。果然，楚安城很快便背了包出来。

苏微尘也不说话，越过他向前走去。

回程的路其实很长，两人一前一后地走着，如往日一般，觉得不过短短一瞬。

到了牛肉汤店的那个弄堂口，楚安城停住了脚步："我饿了。一起吃饭？"

苏微尘"哦"了一声。

或许是因为圣诞平安夜的缘故，店里的生意反而没有往日好。楚安城也没有征询她的意见，入座后直接点了炭火火锅和配菜。

两人默默无言地吃完，又默默无言地回家。

清亮的路灯下，苏微尘叫住了他："喂，我有东西给你。"

她从背包里取出了盒子，递给他。楚安城愣愣地瞧着，没有动。

苏微尘掀开了盒子："是条围巾。谢谢你请我喝了那么多碗牛肉汤。"见他依旧怔怔的，瞧着盒子里那一团毛茸茸的黑色，仿佛瞧见一个怪物似的。

苏微尘也不知怎么的，忽然便觉得又恼又伤心委屈，她把盒子塞给了他："是我自己织的，不是什么值钱的东西。你不要就扔掉好了。"

她怕他真的拒绝，转身就跑回了家。那天晚上，苏微尘脑中翻来覆去地不停想：他会不会真把围巾扔掉啊？

第二天 早，苏微尘背着书包才来到公交站台，便看到已在等车的楚安城。

黑黑的围巾，配了他那件藏青色的牛角扣呢外套，特别好看。

这天，隔壁楚安城家又吵架了。苏微尘去取晚饭，刚到自家草坪，只见楚安城利落地跳过两家之间的小栅栏，来到了她家院子，闪进了她家。

苏微尘去厨房把饭菜倒出来装盘。等一切都弄好，她才发觉屋子里头一丁点声响也没有，以为他已经回家了。

她出了厨房，才发现楚安城还在，盘腿坐在自家落地玻璃窗前的地板上，居然在抽烟。很快地，他便抽完了一根，又取出了一根，正欲用打火机点燃。

苏微尘唤住了他："喂，你要不要跟我一起吃饭？"

楚安城抬头望向了她。苏微尘以为他会拒绝，结果他居然起身朝她走了过来，径直拉开餐椅坐了下来。

父母因为长期不在家，怕她饮食不均衡，营养不够，所以在小区边上定了一个小饭店为她提供饭菜。

菜是很普通的回锅肉，汤则是清淡的番茄蛋汤。苏微尘自己不会煮饭，所以不挑食，做啥吃啥。按她母亲的话来说，她这个女儿很好养活。

只有一盒饭，苏微尘从厨房取了两个碗出来，拨了大半的饭给他。

苏微尘问："你今天不练琴了吗？"楚安城不说话。

苏微尘说："我爸爸在五福工作，我妈妈经常两边跑。我老妈每次一回来也总是唠叨我，说我瘦了什么的，吧啦吧啦一大堆。我有时候也会跟她吵……"说到这里，她冲他眨眨眼："那就是代沟啊，你懂的。"

她这是在委婉地劝他别跟母亲吵架。这样的唠叨，却这样俏皮而又温暖。楚安城竟也不觉厌烦，只是他们家的情况不是三言两语能说明白的，他唯有苦笑一下，低头吃饭。

苏微尘扒了一口饭，想了想，开口道："吸烟对身体有害，还是不抽的好。"

226

好一会儿，她才听到"嗯"的一声轻响。

又一日下午，楚安城来敲门："喂，下午你有空吗？"

苏微尘说："有，干吗？"

"那你要不要来听我弹钢琴？"

苏微尘眼睛一亮，脱口而出"好啊"，但是话一出口，她反倒犹豫了。他母亲看着不大像是个容易相处的人。

楚安城仿佛懂得读心术，说："你放心，我妈这两天不在家。"

苏微尘第一次去了楚安城的家，进了他的琴房。

琴房很漂亮，大大的水晶吊灯下，黑色的钢琴每一寸都锃光瓦亮。

楚安城坐下来，掀开了钢琴盖。他好看的双手开始在琴键上飞舞——他乌黑的头发，挺拔的坐姿，还有眉清目秀的侧脸……

苏微尘不知要如何形容，唯一想起的只有四个字：宛若王子。

那是楚安城第一次为她弹奏德彪西的《月光》。如泉水细流，安宁舒适的音符，让苏微尘深深陶醉其中。

一曲终了，楚安城转过了头，凝望着她说："苏微尘，这首曲子送给你。"

那是他第一次唤她的名字。苏微尘也是第一次知道自己的名字是如此动听，在楚安城口中唤来，如同春日里刚融化的潺潺雪水，里头夹杂着残冰叮咚。

楚安城好看的唇角微微上扬。苏微尘也不知道自己怎么了，明明应该说他弹得很好的，可她脱口而出的居然是："其实你笑起来很好看。你为什么平时都不笑呢？"

楚安城略显委顿，他垂下了目光，转移了话题："苏微尘，你要不要来弹琴？"

苏微尘说："我不会。"

"来，我教你。"他的笑容还有声音都如同一种诱人的蛊惑，苏微尘仿佛中了魔咒一般，顺从地在他身边入座。

两人并肩而坐，四周俱是彼此的气息。

楚安城伸出修长的手指，先示范了几个音，弹奏的是最简单的《小星星》。

苏微尘在琴键上照葫芦画瓢。楚安城说："不错哦。不过手指的姿势不对，要这样。"他的手指轻轻地碰触到了她的，苏微尘如触电般地缩了缩。

楚安城亦停顿了数秒，随后他的手覆盖住了她的手背，拉着她温柔地一一拂过每一个键。音乐在他们的手下如调皮的小猫叮咚跳跃。

那天下午，楚安城教她弹奏，也为她弹奏。

"苏微尘。"她的名字在他唇齿间咀嚼，仿佛有淡淡的蜂蜜甜味。

"干吗？"苏微尘怔了良久才答他。不可否认，她很喜欢他唤她的名字。

"苏微尘。"他凝望着她，又唤了一遍。他的声音像是在她心里落下的雨，掉落在心瓣上，一直响个不停。

苏微尘轻轻抬头，望进了楚安城乌黑的眼。在四目相对中，她看见了他好看的唇缓缓落下。

苏微尘听见自己的心跳，仿佛拨浪鼓般"咚咚咚咚"地迷失在一片粉红的幕帘里。那个深冬的晴暖午后，彼此的初吻里，有他唇齿间淡淡的气息。

花一样的少男少女，彼此相恋。阳光都因他们的笑容而明媚，世界都因他们而甜美。

当然，偶尔也会有小风波。

"那个人是谁？"

"哪个人？"这样没头没脑的质问，让苏微尘一头雾水。

"跟你一起写板报那个。"

"哦，你说小超人凌霄啊。"

"小超人？"

"对啊，他功课运动一把抓，超级厉害，所以我们班给他取了个绰号叫作小超人。"

楚安城冷哼一声，极度不屑："大言不惭！他弹琴有我厉害吗？"

苏微尘愣了愣。她终于后知后觉地发觉了楚安城的不对劲。她小心翼翼地扯了扯他的衣袖道："喂，你在吃醋吗？"

"没有！"

这简直就是此地无银三百两啊。苏微尘笑了："你在吃醋哦！"

"说了没有！"楚安城恼羞成怒。

"明明有耶！"

"没有！"

"你有！"

这回，楚安城回答她的是一声冷哼。

本以为这件事情过去了，半晌后，楚安城突然冒出了一句："写板报就写板报，头碰头的靠那么近干吗？"

她跟小超人靠得很近吗？一直是她负责版面设计，小超人负责抄写啊，最多就是偶尔交流一下意见而已。苏微尘歪头想了半天就是想不起什么时候跟小超人靠得很近。

楚安城磨着牙恶狠狠地道："下次不许挨那么近！听到没？！"

虽然一副凶神恶煞般的表情，但是苏微尘心底却是甜甜蜜蜜的欢喜，半点讨厌都没有。她点点头，轻轻地应了声"哦"。

楚安城还是不满意，霸道得紧："这不行，必须说'我知道了'。"

"我知道了。好烦啊。"

"霸道总裁"终于满意地微笑了，把手伸到她面前："指甲长得好快，又长了。快帮我剪掉。"

苏微尘取出了一套修甲工具，温柔地低头，细心地给他修剪。

冬日的薄阳融融，照亮客厅的每一寸地板。

每年学校一放寒假，楚安城与母亲梁念静都是去国外度假。

这一次，楚安城找了个借口，说是不想去玩，只想在家里好好练琴。梁念静一听儿子这么懂事，顿时欣慰不已："好，好，好。你要练琴，妈妈留下来陪你。"

楚安城说："不用了，你还是按原计划跟他去度假吧，我一个人没问题的。再说了，林阿姨还在。""他"是指他父亲。"林阿姨"则是他们家的家政阿姨，负责每日的晚餐和卫生。

梁念静本欲再坚持，楚安城道："你不去的话，我就不练琴。老妈，天天看着我这张脸，你不腻烦啊。"

梁念静被他逗笑了，伸手摸了摸他的脸，动情地道："妈妈我啊，看我们家安城，一辈子都看不够。"

楚安城板着脸说："去海边好好玩。"楚安城其实有点感动，但是身处叛逆期的他并不轻易表露出来。

梁念静不禁莞尔："好。"

儿子最近这段时间像是转性了似的，乖巧听话了很多。梁念静顿觉自己这些年的辛苦没有白费，什么都值了。

梁念静走后的第一天，楚安城醒来就到阳台上用杆子敲苏微尘的窗户，并配合敲打节奏唤她："小猪，起床。大懒猪，起床啦。"

苏微尘被他闹醒，"砰"地打开窗，揉着眼，蓬头垢面地与他相对："要不要每天这么早啊？现在是寒假。"

"那你还要不要监督我练琴？再晚林阿姨就来搞卫生了。"楚安城将时间安排得极好，除了去钢琴老师那里学习外，其他时间，早晚就在自己家练琴，下午则在苏家与苏微尘一起做作业，复习功课。不耽误练琴和学业，也成功避开林阿姨的视线。

渐渐地，敲窗声一响起，苏微尘就会伸着懒腰，睡眼惺忪地打开窗："来了。"

两人会一起做早餐。看着她笨手笨脚的模样，楚安城总是一脸嫌弃："苏微尘，见过手脚不协调的，没见过像你这样手脚不协调的。猪都比你聪明！"

苏微尘刮了一指尖的巧克力酱，威胁他："你居然敢小看我！你再小看我试试。"

楚安城笑："我就小看你，怎么？不服啊！"

苏微尘坚决不服！

"离远点。我要煎荷包蛋了。"楚安城嫌恶的语气里满满的都是宠溺。

看到煎锅的油已经在冒烟了，苏微尘调皮地把手指上的巧克力酱涂在楚安城脸上，然后咯咯笑着跑出了厨房。

楚安城又好气又好笑，只好无奈地拿起鸡蛋，敲破蛋壳……

不过片刻，餐桌旁的苏微尘翻动着白瓷盘里的煎蛋，歪着头左瞧右瞧："虽然我不会煎，但是你煎得也好像——"

"喂，苏微尘，怎么说话的呢？我表示很生气。"

苏微尘瞪大了圆圆的眼睛："你生什么气？"

楚安城冷哼了一声："好像电视剧里，演到这里，女主角都会亲吻男主角……再不济，也会喂男主角吃早餐。"

苏微尘脸忽地红了。楚安城一本正经地说："这样吧，我牺牲一下，给你亲一下。"

"才不要呢。"

"可是我今天很想吃石榴。"

苏微尘如被剪掉了舌头，顿时面红耳赤，话也不会说了。

说起这石榴，还有个典故。前些日子，两个人经常偷偷在一起做功课，苏微尘会准备水果点心。那个季节盛产石榴，苏微尘便经常买石榴。

她会把石榴籽一颗颗地剥在细白的碗里，与他一起分着吃。

有一日，两人嬉闹，楚安城把碗里剩下的石榴籽全部倒进了嘴里。苏微尘气急，不肯理他。

楚安城低头便用含了石榴籽的嘴吻住了她，唇齿交缠，与她分享了一嘴的石榴籽。

此后，楚安城亲吻她的时候，经常会说要吃石榴。

甜蜜的两人，甜蜜地闹腾。

"那给我修指甲。你看，又长了。"

苏微尘抱着他的手给他修剪。

"还有脚——"

苏微尘陪伴楚安城弹琴，自己拿些布料窝在舒适的沙发上做手工。

楚安城对她制作的可爱布娃娃和布包、抱枕等布艺装饰非常惊诧："苏微尘，你居然无师自通。"

苏微尘俏皮地微笑，自吹自擂："我也是天才啊，布艺天才。"

楚安城摇头失笑："啧啧啧，我终于明白什么叫作给点颜色就开染坊了。"

苏微尘发现高冷孤傲的楚安城越来越开朗了，也越来越爱笑了。

"居然敢这样说我！好好弹琴，不然晚上不给你饭吃。

"乖啦，快去弹。否则我下午不带你去看秦婆婆。"

这样的口头威胁，不过是玩笑而已。但每一次，楚安城都会乖乖听话。

他出生至今，从未这般听话过。这大约就是爱的魔力吧！他心甘情愿地为她做任何事情。楚安城这样想。

这日下午，两人来到小弄堂，发现秦婆婆的木门木窗都紧闭着。敲了半天，也没有人应。敲门声倒是引来隔壁人家"吱呀"一声打开了门："你们找秦婆婆？"

苏微尘说："对。你知道她去哪儿了吗？"

隔壁那妇女长叹了口气："她前儿个摔了一跤，把膝盖给摔裂了。现在在对面街道那家医院躺着呢。没儿没女的，实在是可怜。这几天我们这几户邻居轮流去照看她。"

楚安城道谢后，立刻拉着苏微尘来到了医院。

秦婆婆一见他们倒是又惊又喜："你们怎么来了？"

秦婆婆的腿打着厚厚的石膏，笨拙地搁在床上。苏微尘顿觉鼻酸眼热，心疼不已："怎么好好的会摔成这样？"

秦婆婆哪怕是躺在病床上，无法走动，依旧笑眯眯的："老了，腿脚不利索了。这不，一早起来，没注意门口结了冰，结果一打滑就成这样了。唉，这腿啊，估计是再利索不起来喽。"

苏微尘宽慰她几句，道："秦婆婆，你一个人住，也没有人照应，其实你可以考虑一下住养老院啊。现在的养老院设施都不错，而且老年人多，在一起也挺热闹的。"

秦婆婆忽地叹了口气："我也考虑过，但是一直舍不得那老屋。"说到这里，她远眺窗外失落不已。

"其实这么多年我一直住在老房子是有原因的。我啊，一直在等我女儿回来……"

跟秦婆婆认识了这么久，从未听她提及有个女儿。苏微尘极为惊讶："那她人呢？你都这样了，她也不来看看你。"

秦婆婆这才将埋藏多年的往事——道来。苏微尘方得知秦婆婆有一个养女，是当年秦婆婆和她老公收养的。

"收养她的那一年，我跟我们家老头子都已经四十开外了。也是那个孩子跟我们有缘。她被她亲爸亲妈遗弃了，扔在了巷子口。

"我还记得，那年也是一个冬天。有天夜晚，下了整整一夜的大雪。说来也奇怪，第二天我无缘无故地起了个大早，天寒地冻的也不想生火做早饭，便拿了保温壶准备去巷子口买热豆浆，我们家老头子就好那家的豆浆。我走到巷子的小角落，听到了孩子'哇哇哇'的哭叫声。我走近一瞧，角落里搁了个竹篮，里面有个女娃，裹得严严实实的，只露着一张冻得红通通的小脸。

"你说奇不奇怪，女娃一见我就对着我笑了。我做梦都想要个孩子，便赶紧把她抱回家了。后来靠街坊们帮忙，去办理了各项手续，就收养在了名下。"

"后来呢？"

"唉，也怪我跟她爸，四十多岁才有了这么一个孩子，第一次当爸妈，都不知道怎么为人父母，把她给宠坏了——到了初中的时候，她跟人学坏了，每天逃学到社会上混。后来上了高中，没毕业就跟人跑了。我跟她爸找了好久，后来可算是找到了。但这孩子就跟中邪了似的，怎么也不肯跟我们回家……

"我一把鼻涕一把泪地在她面前哭……她爸气疯了，打了她一巴掌，让她永远别回来了……

"后来我生了场病，等她爸再去找她的时候，就已经找不到了。房东说她跟那个男人跑了，还欠她三个月房租没付呢。又过了几年，她爸也走了，只留下我孤零零的一个人……"

"她一直没回来看过你吗？"

"没回来过，"秦婆眼里闪动着细微的光，"虽然她没有回来看过我，不过啊，她还是记得我这个妈的，每年都会给我寄钱——她心里啊，还是有我这个妈的。"

秦婆婆皱皱的嘴角浮起了笑容："我记得我女儿她笑起来可好看了，这两边啊，有两个大酒窝呢。"

"婆婆，你很想见她是不是？"苏微尘轻轻地问。

秦婆婆叹了口气："想啊。这些年来，日日想，夜夜想。"

那是秦婆婆所有生活动力的来源。苏微尘很想帮帮秦婆婆，便对楚安城说："我们一起去帮秦婆婆找她女儿吧，哪怕让她们只是见上一面也好啊。"

但是线索很少，两人一点进展也没有。

有一天，楚安城忽然告诉她："苏微尘，找到秦婆婆的女儿了。我们一起去见她吧。"

苏微尘惊讶不已："你怎么找到她的？"

楚安城似乎并不想多提，支吾道："我找了个人帮忙。"

事实上楚安城为了苏微尘，第一次主动找了父亲帮忙，才找到了秦婆婆的女儿。至于父亲是怎么让人找到的，这个具体经过，楚安城不知，也并不想告诉苏微尘。

根据地址，两人找到了一个酒吧。他们去的时候是傍晚，门口有服务生拦住了他们："对不起，两位，我们要到七点才开始营业。"

楚安城说："我们是来找秦波的。"

那服务生想了半晌，才恍然大悟："哦，你们找BOBO姐？"

他们在酒吧最里头的员工间见到了秦婆婆的女儿——秦波，BOBO。浓妆艳抹的一张脸上，还有省得不能再省料的衣服。她没有笑，所以根本看不到秦婆婆描述的美丽酒窝。

秦波斜着眼上上下下地打量了他们一番："听说你们找我？"

楚安城向前一步："我们是秦婆婆的朋友。"

秦波顿时一愣，她垂下眼，从烟盒里抽出了一根烟。她的语气多了些许温柔："我妈让你们来找我？"

苏微尘说："秦婆婆住院了——"

秦波取打火机的手一顿，她瞬间抬起了眼："我妈怎么了？"

苏微尘将情况一一道来："前段时间下大雪，秦婆婆一早出门买东西，不小心滑了一跤，把腿给摔断了。"

秦波垂下浓密乌黑的假睫毛，咬着红唇，语气却极轻描淡写："严不严重？医生怎么说？"

"医生说，秦婆婆年纪太大了，恢复起来估计会很慢，需要卧床几个月，要好好照顾她。"苏微尘问道，"你……能不能回去看看秦婆婆？"

秦波"啪"一声点燃了烟。她姿势妖娆地抽了一口，沉默了良久，才缓缓道："我对不住我妈，我没脸回去。"

苏微尘上前道："秦婆婆她很想见你——她天天念着你。哪怕手脚越来越不方便了，她到现在也还一直住在你长大的老房子里。秦婆婆说那是因为她怕搬了，你就再也找不到回家的路了。"呛鼻的烟雾中，苏微尘看见秦波的手指一颤，烟灰掉落了下来。

"她一直在等你回去。

"人生就是见一次少一次的过程。秦婆婆今年已经七十二岁了，可能再过几年，你想见也见不着她了……"

秦波一直不停地抽着烟，缄默不语。

不久后，有人在门上敲了敲："BOBO姐，快要开场了。"

楚安城拉着苏微尘转身离去："秦婆婆就在他们家对面的医院，骨科

12号床。去不去，你自己决定。"

两人到了大门口的时候，方才带他们进去的服务生追了过来，他递上了一个信封："这是BOBO姐让我给两位的。"

苏微尘打开一看，发现是一沓钱。她叹了口气，伤心地道："看来她是不会去看秦婆婆的。我们白找了，也白来了。"

楚安城揉了揉她的头发："小猪，别难过了。或许她只是还需要时间考虑而已。"

此时，酒吧里音乐声骤然响起，舞台中央灯光投下。有人随着音乐摇摆，妖娆起伏，情色暧昧。众人发出了此起彼伏的口哨声和尖叫声。

苏微尘转头望去，那个轻纱微拢的性感女子，正是秦婆婆的女儿秦波。

"走吧，小猪。"

第二天下课后，两人买了水果去医院。两人陪着秦婆婆聊天，苏微尘给秦婆婆用热水泡热香蕉，剥给秦婆婆吃。

离开的时候，苏微尘怕秦婆婆不肯收，就偷偷地把秦波给的钱塞在了她的衣兜里。

坐了电梯下来，楚安城突然用手肘碰了碰她。

苏微尘说："干吗？"

"你看，秦波在那里。"顺着楚安城的视线，苏微尘看到秦波在住院部的大门口徘徊。

苏微尘忙拉着楚安城躲在一旁，偷偷地观察秦波。她显然很烦躁，一根接一根地抽着烟。

好半晌，秦波按灭了烟头，来到了电梯前。她伸出了手，犹豫再三，终于按下了电梯键。

两人尾随着她进了下一趟电梯，山来便看到她远远地站在秦婆婆的病房门外。那两扇病房的门仿佛是两头吃人的獠牙巨兽，秦波不敢再向前一步。

苏微尘很是着急："你说她会进去看秦婆婆吗？"

楚安城沉静地道："我想她会的。"

然而只见秦波摸出了一盒烟，她握在手里，踌躇不已。最后，秦波似一咬牙做了一个决定。她转身，朝苏微尘他们的方向走来。

"你看她要走了——"苏微尘实在忍不住了，她从躲藏处走了出去，拦住了秦波，"来都来了，为什么不进去看看秦婆婆呢？"

秦波绷着脸不说话。今日的她素着一张脸，连眉毛也只是半截，却露出了高鼻大眼肤白的好底子。

"我陪你一起进去，好不好？"秦波没有拒绝，苏微尘便趁势拉起了她的手。

"秦婆婆，你看谁来了？"随着话音，苏微尘看到秦婆婆眼里陡然亮起的光芒。

秦婆婆怔怔地瞧了秦波半晌，忽然笑了，她喜极而泣："波波……你来看妈啊……"

那天下午，秦婆婆拉着秦波的手，有说不完的话。

两人站在病房外，欣慰地看着这一个美好的团圆画面。楚安城揉着她乌黑的发，说："小猪，你真是太爱管闲事了。可是——"他停顿了数秒，轻轻地道："可是我居然一点也不讨厌。"

Chapter 12

离 别

漫天风雨中，
她似一头被重伤后
遗弃的小兽，
奄奄一息。

在苏微尘的劝慰下，过年后楚安城与母亲的关系虽然比以前缓和了不少，但难免还是会有摩擦。

这天傍晚，苏微尘再一次听见隔壁房子的争吵声。她合上了书，不由得轻轻地叹了口气。

楚安城偷跑过来的时候，心情极其不好："我妈让我去参加我爷爷的寿宴，我不想去。"

"为什么不去呢？他怎么说也是你爷爷，是个长辈。百善孝为先。作为晚辈应该尊敬长辈。"

"你不懂啦——反正我不想去。"

"你也不想阿姨伤心，对不对？你看在阿姨的分儿上，就去吧。再说了，你爷爷怎么说也是长辈。"虽然不知道楚家内部的关系，但苏微尘一如往常般柔声劝解。

楚安城沉默不语，显然有几分被说动了。

几日后，楚安城还是衣着得体、礼貌有加地去了楚家老爷子的寿宴，且当众演奏了两首钢琴曲给老爷子祝寿。

出色的弹奏，美妙的音乐令众人惊叹不已。

当时在场的还有老爷子的一位世交好友，他精通音乐，一听之下便惊为天人。他对楚家老爷子说："我这辈子钢琴方面的人见得算多了，但从没见过你孙子这样的。他是个钢琴天才啊，可千万别埋没了啊。"

楚老爷子顿时对楚安城这个孙子刮目相看了起来。寿宴结束后，那老友当即给联系了美国顶尖音乐学院，老爷子立刻就拍板决定送楚安城去美国。

老爷子亲自安排楚安城的未来，甚至连对她也看高了几分，梁念静自然是喜出望外。但这消息对楚安城却如晴天霹雳，他根本不肯去。若以前是因为叛逆的话，如今则是因为苏微尘。

梁念静十分坚持，甚至根本没有任何商量的余地。毕竟楚家老爷子决定的事情，从来说一不二，无人敢违背。

有一天晚上，楚安城与母亲吵完架，偷偷地来到苏微尘家。

那是个大雨天，风拍打着窗子，呼啦作响。

才几步路，楚安城就被淋成了落汤鸡。苏微尘给他拿毛巾擦头发："怎么又跟你妈妈吵架了？"

楚安城默不作声地摸了摸她的脸，良久后，才说："苏微尘，我妈要我去美国。"

外头的雨疏一阵密一阵地打在窗户上，清脆有声。

苏微尘怔怔的，不说话，内心却恍惚不已，她隐约觉得自己就快要失去楚安城了。

楚安城说："苏微尘，我不去。我要留在国内，跟你一起念大学。"

那一晚，楚安城第一次跟苏微尘说起了自己的身世："苏微尘，你知道我是怎么出生的吗？"

苏微尘轻轻地道："没关系，你不用告诉我。"

楚安城的爸爸从不出现，楚安城的母亲没有任何工作，但楚安城母子的生活品质却极高，苏微尘再傻也能大致猜到几分。

"我想你也早就猜到了。我妈是我爸爸在外面的女人，就是现在别人说的情妇，小三。或许唯一不同的是，我妈是得到楚家老爷子承认的。

"有钱人是不是都这样，不差钱，只要DNA验出来是他们家的孩子，生多少个，他们都负责养？当年的我就是这样生下来的。"

楚安城苦涩微笑："是不是发现所有私生子的故事都差不多？特狗血！"

苏微尘握住了他的手，轻轻地道："没有关系。对我来说，你就是你，你是楚安城。你有没有父亲，你的父亲是谁，对我根本就不重要。"

楚安城忽然抱住了她，他的下巴抵在她柔软的发间，嗅着她的气息。

"苏微尘，其实不是这个样子的。其实我生下来就只是个充电器，只是个备胎而已。

"我的父亲跟他原配生下的长子，在我出生那一年，查出来患了血癌，就是俗称的白血病。楚家所有的人，除了我，没有一个骨髓与他匹配。我所有的童年印象，就是每过一段时间，便会有一辆黑色的车子带着我跟妈妈去医院，做各种检查配对。有白衣服白口罩的医生带我去一个房间，我孤零零地躺在病床上，医生会让我的身体弓成一只虾……有东西扎进骨头里，事后又酸又疼……我每次都求妈妈，下次不要再去医院了，可是我妈永远只是紧紧地抱着我，不说话。

"不过，每次去过医院后，我父亲总是会出现，会买各种玩具给我，会带我跟我妈去吃好吃的……因为可以见到父亲的缘故，我并不是特别抗拒去医院，只是怕疼，厌恶做各种检查……"

苏微尘曾在不止一部电视剧里看到过取骨髓的钢针，长长的尖尖的，仿若厉鬼的獠牙，瞧见就让人腿脚发软。

"而我一直也不知自己只是个备胎，我活着的唯一目的是让楚家的长子长孙活着。直到后来，楚家的长子长孙，我那位准备做第四次骨髓移植的大哥最终还是去世了，我才结束了我的备胎日子。

"一般骨髓移植最多做一两次，但楚家有钱有势，请来全球最顶尖的医学专家，又有我这个备胎……"

原来，这是楚安城可怜的童年，所以他才会这般冷漠忧郁，仿佛与整个世界为敌。眼眶湿润的苏微尘紧紧地抱着他，低低地唤他的名字："安城。"

从未有过的疼惜怜爱仿若潮水将苏微尘团团包围，她缓缓地在他发间落下一吻，说出了一生的誓言："没有关系。就算全世界都没有人爱你，至少还有苏微尘会爱你。"

这是楚安城听过的最甜美的话语。他牢牢地抱住她，想把她嵌入自己的身体里，成为自己的一部分，那样的话，就永远也不会分离了："苏微尘，我也爱你。"

楚安城坚持在国内完成高考。他对老爷子的说法是，想检验一下这三年自己的学习成果，无论怎么样，都算对自己有个交代。做事情，最重要的是有始有终。

"有始有终"四个字打动了楚老爷子，他终于点头应了下来。

楚安城却是另一番打算："反正我好好考试，要是能进第一等的大学，老爷子估计也不会多坚持的。"

苏微尘心头惘然，她隐约觉得事情没有这么简单。但有楚安城的陪伴，最艰苦的高三半年，变得甜美很多。两人彼此鼓励，互相支持！

两人也约定，一起报考洛海大学。两个人充满了憧憬，就像歌词中唱的：明天就像是盒子里的巧克力糖，什么滋味，充满想象。

时间便在日历中一天天地掀了过去。

高考前一个月，苏母亦回来陪伴苏微尘。两人的见面时间反而不多。虽然无法相处，但彼此知道对方一直在那里，在无声无息地支持自己，亦心安得很。

高考那三日，两人轻松上阵，发挥正常。苏母放心地回了五福。

高考后，两人为了放松心情，相约去珍珠沙滩玩。

楚安城在沙滩上画了一个大大的爱心，里面写上了她和他的名字。潮水汹涌而来，一点点地冲去……

他蹲下来背她："小猪，上来。"

苏微尘说："干吗？"

"叫你上来就上来。"他一贯就霸道。苏微尘趴了上去，他背起她："小猪，你最近是不是又胖了？"

胖这个字眼向来就是所有女生最痛恨的，苏微尘也不例外："哪儿有！你才胖呢，你们全家都胖。"

"重得要死，我都快背不动了。"

敢说她胖，说她重！苏微尘哼了一声，挣扎着要下来："嫌我胖，就别背我。放我下来，你背别人去吧。"

"不放！"

"放我下来……我要下来！"

"坚决不放！

"我是富贵不能淫，贫贱不能移，威武不能屈。反正就是不放。"

"放我下来——"

"打死也不放，就是不放。"

不止不放，他紧紧地把她驮在背上，去追逐踩踏海浪。

　　一阵潮水涌来，苏微尘"啊"一声尖叫，生怕掉进海里，赶忙牢牢地搂紧了他的脖子。楚安城却乐得哈哈大笑。

　　两人踏着潮水，追逐着浪花，被海水打得浑身湿透。

　　苏微尘拍了好些照片，留下他狼狈的模样。

　　楚安城抬手遮脸："苏微尘，衣服都湿透了，不许拍！"他不让她拍，苏微尘偏偏更是要拍。她索性上上下下，左左右右，各个角度地拍摄了许多张。

　　远处残阳如血，海与天连成一片，身着白色衬衫的少年——

　　镜头里的楚安城，笑容清隽悠长。苏微尘一时怔住了。

　　"怎么了？"楚安城轻轻地问她。

　　苏微尘轻轻道："你笑得真好看。"

　　楚安城给了她一颗"栗子"："终于发现我的帅了吗？"

　　苏微尘说："是啊，衰啊！小时候被猪亲吻过的那种衰！"

　　楚安城"怒了"，满沙滩地追着她"打"。

　　一沙滩银铃般的笑声，微风吹过，最后消散在了天际。

　　两人靠坐在沙滩上，目送着夕阳一点点地隐去。

　　楚安城说："苏微尘，你知道吗？是你让我学会了微笑。你就是上天赐给我的小太阳。"

　　枕在他肩膀上的苏微尘照例跟他贫嘴："太阳多刺眼啊，我才不要做太阳呢。"

　　"那做小星星吧，一闪一闪的多好看。"

　　楚安城哼起了调皮动人的节奏："Twinkle, twinkle, little star. How I wonder what you are! Up above the world so high, Like a diamond in the sky……"

　　低醇的嗓音娓娓唱来，这是苏微尘听过的最好听的《小星星》。

　　但她就是喜欢贫："唱得不错哦。以后要是没钱了，你可以去街头卖唱哦。"这么浪漫美好的氛围，她也可以胡思乱想，楚安城好笑又无奈："猪啊！"

　　"你才是猪呢！"

　　"苏微尘是猪！"

"楚安城才是头猪！"苏微尘对着海大喊，最后赢下了那一场斗嘴。

年少的他们，年少甜蜜的斗嘴……

楚安城一直记得那天的美丽夕阳，碧蓝海面宛若水晶。还有苏微尘干净明媚的笑颜以及她乌黑飞扬的头发……

苏微尘忽然转头，轻轻地道："你不要老是跟阿姨吵架，阿姨她其实也很不容易。"

楚安城捏了捏她的鼻子："苏微尘，我发觉以后你跟我妈相处，应该会没有婆媳问题。"

苏微尘娇羞不已，抢起拳头作势要捶他："谁说我要嫁给你，我才不嫁呢！"

"你不嫁？太好了！你这么能吃，我还担心迟早会被你吃穷。"他声音里有掩藏不住的淡淡笑意。

苏微尘顿时俏脸一板，一拳捶了过去，手下没留一分力道。楚安城"哇哇"大叫，顺势捉住了她的手，拦腰抱住了她，仿佛抱了世界上最珍贵的宝贝。

苏微尘仍旧做出生气的模样，默不作声地推开他。楚安城遂做妥协状："好吧，好吧，我勉为其难地答应娶你吧。"

苏微尘哼笑："这么为难就算了。我以后嫁别人去。"

楚安城瞪眼："谁会娶你？"

苏微尘脸一扬，骄傲地道："想娶我的人可多了。"

楚安城大笑不已："那我就把他们通通都赶走。"而后他敛下了笑容，一字一顿地说："这个世界上，除了楚安城，谁也不能娶苏微尘。"

"……"苏微尘一时作声不得。

他说："苏微尘，我要我们永远在一起，永远不分开。"

那一刻，苏微尘不知道楚安城已下定决心要留在国内陪她一起念大学。她凝望着他，缓缓地答："好。"

可是最后，他们还是分开了。离那次发誓不过是两个多月的时间。

两个人终究还是别离了。

当苏微尘打开门看到楚安城母亲的那一刻，她便知道楚安城的母亲终于还是发现了他们的事情。

楚母对着她微微一笑："你叫苏微尘，是吗？"

苏微尘怯怯地点了点头。

楚母说："我是安城的妈妈。请问我可以进来吗？"

苏微尘侧过了身："阿姨，你请进。"

楚母说："我们搬过来一年多了，都没有过来拜访你们。对了，你父母呢？"

苏微尘去厨房倒了一杯水给她："我爸妈在五福。"

楚母说："微尘——我可以叫你微尘吗？"苏微尘点点头，心里七上八下的，慌乱不已。

"你坐。阿姨有话要跟你聊聊。"

苏微尘紧张地绞着手指，垂下了眼："请问阿姨要跟我聊什么？"

楚母顿了顿，方开口："微尘，阿姨知道你跟我们家安城是好朋友。"

苏微尘睫毛一直颤动着。不知为何，她对楚安城的妈妈有些没来由的害怕。

"微尘，你知道吗？今年美国最顶尖的柯蒂斯音乐学院给安城提供了全额奖学金，邀请安城去念书。

"这样的机会是可遇不可求的，但是，安城他不肯去。他说要留在国内。

"微尘，你可不可以帮阿姨劝劝安城，让他去国外念书？"

苏微尘用指甲抠着手心，讷讷道："我怕……我没这个能力。"

梁念静不说话了，她端起了杯子，慢条斯理地喝了一小口，方缓缓地道："我记得很清楚，安城六岁那年，也是这么一个好天气。他第一次触摸到了钢琴，就喜欢上了，两只小手就搁在琴键上，不停地弹，怎么也不肯离开……

"教钢琴的老师很吃惊，他说安城是个音乐小神童，让我一定要好好培养。安城就是这样开始了学琴的日子。微尘，我把安城培养到现在非常不容易。安城的音乐之路正好刚刚开始，可是，他说他不去美国了，他要留下来，跟你在一起。

"微尘，阿姨我求你了，安城现在应该是好好学习的阶段，请你别毁了安城。请你成全安城，好不好？你也不想安城这么多年的苦白吃，这么多年的钢琴白练，对不对？"

苏微尘垂着头，一直不说话。面对楚母的苦苦哀求，她不知道可以说些什么。

"微尘，你是知道我们安城的身世的，他不是一般家庭的孩子。这些年来，我为了他付出了我所有的青春，我所有的努力都是为了安城。"

最初的时候梁念静亦是不知，楚宏远让她生下孩子的目的，不过是想要通过孩子来救楚家的长子长孙。她眼见着楚宏远每天抽时间到私人病房来陪她，抱着孩子出去散步，她只觉什么都满足了。

楚家的长子长孙楚程风需要移植骨髓，可是赫赫有名的洛海楚家，居然找不到一个骨髓可以配对的。只有她的安城可以。

她亲耳从楚宏远口中知道这件事情的那天，是个大晴天，天蓝得不可思议，阳光明晃晃地逼人而来。梁念静却全身冰冷地呆立在客厅，目送着楚宏远的身影一点点地离去。

原来她的安城从一开始就只不过是个替代品，是个备胎，是备着给他的孩子换骨髓的。原来他从来没有在乎过他们母子一点点。

如果不是因为他儿子有事，他会不会让楚安城出生呢？梁念静这样问自己。然而这个问题，她自己竟也回答不了。

小孩子对医院总是有种莫名其妙的害怕。可安城小小年纪，去医院却比逛公园的次数还多。他总是瑟瑟发抖地拉着她的袖子，稚声稚气地哀求："妈妈，我不要去医院……妈妈，我听话，我乖，我一定好好练琴，再也不偷懒了……妈妈，我不要去医院……"

她知道安城的苦，眼看着那么粗的针扎进安城瘦弱的脊椎骨，她每次都止不住地掉泪珠子。

安城学钢琴，老师说他很出色，说让她好好培养，日后一定会有大出息的。人争一口气，佛争一炷香。听说楚家小儿子楚随风很出色，所以梁念静存了一较高下的念头，平日里把安城管得极严。

安城不肯练琴，她就用鸡毛掸子打。很多时候，安城小小的身子上青一块紫一块的，都是她抽出来的痕迹。她白日强硬，晚上就摸着他的小脸掉眼泪。

楚安城八岁那年就拿了全国钢琴比赛的一等奖。楚宏远这才第一次正视了孩子的存在。他特地买了一份昂贵的礼物，过来看安城，甚至还特地让秘书安排时间，带他们去国外旅游了一趟。梁念静欢喜极了。

"对，在我的内心深处，一直存着让安城争气，让他为我争口气的念头。可是，我是安城的妈妈，我所做的一切，是真心为安城好的。

"微尘，求求你了。你帮我劝劝安城吧。他留在国内，一辈子就毁了……"

"……"

梁念静又是哭又是求，年纪轻轻的苏微尘根本招架不住。

这次谈话，以苏微尘的点头作为结束。

梁念静出门前，拉住了苏微尘冰凉的手："微尘，阿姨真的很感谢你。"

苏微尘一点也不想要她的感谢。因为那意味着，她与楚安城的分离。

她不要和楚安城分开。

那一天，是盛夏八月的十八日，也是苏微尘的生日。

楚安城对于两人恋爱后苏微尘的第一个生日，自然早有安排。这些天，他有空便会去面包工坊，跟蛋糕师傅学做蛋糕。

苏微尘喜欢提拉米苏，他便一遍一遍地跟着师傅学，希望能给苏微尘惊喜。

在咖啡中冲入适量开水，凉凉后加入朗姆酒拌匀备用。蛋黄加入白糖，隔水加热至融化，凉凉加入马斯卡彭奶酪，并用搅拌钩搅拌至蓬松。打发好奶油和奶酪，并搅拌均匀，把备用的饼干在咖啡酒里浸一下，让饼干充分吸收咖啡酒，铺在模具底部。然后，倒上一层奶酪糊，铺一层浸泡过的饼干，再铺一层奶酪糊。最后，放入冰箱冷藏。吃之前，再撒上一层可可粉就可以了。

师傅的话，他用笔一条一条地记了下来，以便学习实践。

那日傍晚时分，他终于成功地做出了一个提拉米苏，得到了师傅的一连串夸赞："不错，不错。学得这样快。你这个孩子能静心，做什么都有条有理。"

楚安城跟师傅再三道谢。

难得遇到个好苗子，师傅亦惋惜不已："这么有天分，为什么不肯跟我学做糕点呢？"

楚安城并不知道，自己成功做出提拉米苏，欢欣喜悦的这一刻，母亲梁念静正在苏家，对苏微尘软硬兼施，逼着她离开自己。

　　楚安城兴冲冲地提着自己做的蛋糕回家。可怎么也拦不到计程车，楚安城只好用走的方式。可走到中途，天空毫无预警地下起了滂沱大雨。

　　等楚安城护着蛋糕回家，点燃蜡烛捧至苏微尘面前的时候，已经全身湿透了。

　　"苏微尘，生日快乐。"

　　他看到了苏微尘眼里闪烁的泪光："这是我亲手做的，是不是感动得不得了？"

　　苏微尘睫毛轻轻颤动，一颗泪珠顺势滑落，悄无声息地坠落在了蛋糕上。但人就是这样，一旦掉了一颗，后面的就再也忍不住了。

　　一时间，苏微尘的泪"吧嗒吧嗒"地掉下来。

　　楚安城有点吓到了，手忙脚乱地搁下蛋糕，哄她："苏微尘，你也不用感动成这样。今天是你的生日，不能哭。再说了，你已经够难看了，这一哭简直比丑八怪还难看十分。"

　　苏微尘想笑，可眼泪却像断了线的珠子，一连串地掉落下来。楚安城用手给她擦，然而越擦越多。

　　楚安城急了，最后他用吻，吻上了她的眼："不许哭。"

　　两人相拥着亲吻，唇齿交缠。

　　楚安城忽地在她耳边急促喘息："苏微尘，我好难受……"

　　楚安城如疯魔了似的，热烈地吻着她，笨拙地脱她的衣服……苏微尘触碰到了他滚烫的皮肤，如他落在她耳畔炽热欲焚的呼吸——她推了推他，没推开……

247

　　苏微尘喊痛，他手忙脚乱地哄她，两个人狼狈至极，却也甜蜜无比。

　　等两人吃蛋糕的时候，已经是深夜了。

　　楚安城一口一口地喂她吃蛋糕。可是，那么绵软清甜的蛋糕，吃进苏微尘嘴里却犹如黄连入口，全是苦味。

　　苏微尘大口大口往嘴巴里塞，连吞咽都困难。

　　她那样甜蜜快乐却又如此伤心欲绝。她从来不知道这两种极端的感觉竟然可以交织在一起，让她想笑却更想哭泣。

每吃一口蛋糕，都仿佛看到时间的沙漏在一点点地减少。

那是她和楚安城仅有的时光。

她答应他母亲的那些话，终究在几日之后说出了口。

"其实你应该去美国柯蒂斯音乐学院念书的。"

聪明如楚安城，瞬间察觉到了不对劲，他慢慢地抬眼："苏微尘，你怎么知道柯蒂斯音乐学院的事情？我从来没有跟你提过学院的名字。

"你是不是见过我妈？"

苏微尘不敢看他的眼，只说："你应该去。"

"我不想去，我没兴趣。"楚安城的回答斩钉截铁。

"你有旁人所没有的才华，为什么要白白浪费呢？"

"我不觉得有什么浪费的，每个人的追求不同。"楚安城握住了她的手，深深地凝视着她的眼，"苏微尘，在这个世界上，有的人想要升官，有的人想要发财，有的人想要出名。但是这些都不是我想要的。

"我从小到大的梦想是想要一个真真正正属于我的家。

"或许你永远不会懂得在不正常家庭长大的孩子，对正常家庭，对那种幸福生活的渴望。但，我的梦想就是这么简单。我想要一个我爱的也爱我的人，我想要跟她一起组成一个家，我想跟她生几个孩子，一辈子不分开……"

苏微尘无声无息地红了眼眶。楚安城所说的每个字她都懂得，她比以往任何时候都心疼他。"可是，学音乐与你的梦想并不冲突……"

"有冲突的。因为在我所有的梦想里面，都有一个苏微尘。如果有家，那是由苏微尘和我一起组成的。如果有孩子，那是苏微尘和我的孩子。无论以后，我成功还是失败，都要你苏微尘永远在我身边！"幼稚却真挚无比的话，每个字都是铮铮誓言。

苏微尘凝聚在眼眶里的泪不受控制地沿着脸颊蔓延下来。

这一场风波没有分开他们，反而让楚安城与苏微尘两个人的心贴得更近了。

然而在苏微尘与楚安城聊过后的第二天，楚安城母子发生了一次剧烈争吵。

楚安城怎么也不同意去美国，并表示以后再也不弹钢琴了。

"我知道为什么你一直要让我去美国。你想让我成名，想让楚家完全接受我们。可是，我告诉你，我不稀罕。我不稀罕楚家的老头子当我是孙子，也不稀罕那人过来，我更不稀罕楚家的财产——我自己有手有脚，我可以自己赚。

"你说去美国是为了我好，其实你所做的一切都是为了你自己。"楚安城状似癫狂，口不择言。

梁念静颤抖着手，指着他："安城，你是不是疯了？！你居然为了个女孩子对妈妈说这样的话！"

楚安城说："我没有疯。还有，不许你再去找微尘。"

梁念静沉着脸道："我再说一次，跟她分手，去美国。"

楚安城斩钉截铁地回她："不去，我绝对不会去的。"

梁念静深吸了口气："你要是不去美国，我就从这二楼跳下去。"

楚安城愣了愣，但他以为母亲只不过是哄骗他："我说了我不会去的。"

梁念静突然静了下来，她轻轻地说了一个"好"字，然后转过身，走向了阳台。

楚安城忽然大觉不对，他跑了过去。可是，还是慢了一步，楚安城看着母亲往下一跃，他探手想要去抓，可是抓不住。

他眼睁睁地看着母亲往下坠去："妈——"

那天下午，整个小区都盘旋着楚安城的那一声吼叫。

楚安城的母亲从二楼跳了下去，把手给摔断了。苏微尘觉得他母亲说的是真的，为了楚安城，她可以做出任何事情。她可能真的会自杀。

然而，苏微尘不知道的是，更坏的事情还在后头等着她。

几日后，有一辆车在她下课回家的路上截住了她。司机下车说："苏小姐，楚先生找你。"

苏微尘愕然转身。后座有人按下了车窗玻璃："苏小姐，你好。我是安城的爸爸，能跟你聊两句吗？"

成功人士打扮的楚父，成熟英俊，瞧上去不过三四十岁的年纪，若是站在楚安城身边，都会以为他只是楚安城的兄长而已。

楚父十分客气，在咖啡店入座后给她点了果汁和蛋糕。

"苏小姐，你别紧张。我们随便聊聊。"

咖啡店极其高档，角落里还有人在弹奏钢琴。

苏微尘怎么可能不紧张？她听楚安城说过，他父亲的家族事业做得很大，经常空中飞人一般地出差。这么忙碌的人，居然会特地抽出时间跟她谈话。

"苏小姐大概已经知道了吧，安城他已经被美国柯蒂斯音乐学院录取了，并获得了全额奖学金。"

苏微尘僵硬地点了点头。

"我们楚家并不稀罕什么奖学金之类的，但安城能拿到，证明他有这个实力。也从侧面说明，我们安城有这个天赋。对不对，苏小姐？"

苏微尘绞着手指，再度点头。

"苏小姐，我知道我们家安城喜欢你。"说到这里，他微微笑笑，"年轻的时候，谁没有喜欢过一个人呢。

"但是，为了年轻冲动的喜欢，轻易地放弃自己的天赋，是非常错误的一件事情。作为安城的父亲，我绝对不允许这样的错误发生，也不允许安城毁掉自己的前途。"

苏微尘咬着下唇不说话。

"苏小姐，爱情不能当饭吃。你们如果结婚，这么年轻，大学都没有念，也没有一技之长，靠什么生活？让安城像他一样为客人弹奏？"楚父的目光淡淡地扫向弹奏钢琴的那个人。

苏微尘一怔。她根本无法想象高傲的楚安城为了赚钱给旁人弹奏的样子。

"或者做服务生？进工厂打工？安城倒是个能吃苦的。但他素来傲气，以他这样的性格受得住委屈吗？

"一个男人最大的成功是事业的成功。哪怕你们真的在一起，总有一天安城也会后悔。到了最后，他会恨你。

"苏小姐，我言尽于此。你好好考虑一下。"

苏微尘这头还未考虑清楚，还在医院的梁念静又遣人把她找到医院："苏小姐，听说你父母是在五福开电子代工厂的。对了，听说你父母去年年中用工厂和合同订单做抵押跟银行借了很多款，购买厂房，购买进口设备，准备扩大生产，是不是？"

苏微尘愕然抬头。父母从来不会跟她讲任何有关工作方面的事情，但她惊讶的是，为何梁念静会了解得这般清楚。

梁念静把文件袋递给了她："你可以看看这是什么，注意看最后第二条。"

这是一份金额极大的代加工的合同。甲方是父母的公司，乙方是楚氏企业下属的一个子公司。第二条有一个特殊条款，写了楚氏具有无条件毁约的权利。

梁念静说："苏小姐，离开安城。不然，我让安城的父亲撤掉订单，到期的银行贷款回收后不再批下，你父亲的资金链便会立刻断裂。到那个时候，拖欠的工人工资、拖欠的原材料款等，立刻会让你父亲的小工厂倒闭……

"或许你觉得银行不是我们楚家开的，我没这个能力，但洛海所有的银行多少还是会给楚天集团一点面子的。你父母贷款的银行如今回收了有些日子了，要再审批下来的话，没有楚氏担保订单的话，怕是有困难的。"

苏微尘在这一天才知道，原来楚安城来自洛海城大名鼎鼎的楚天集团。

梁念静口中的小工厂是父母一生的心血。而且，苏微尘知道梁念静所说的，绝对不是开玩笑。她为了楚安城这个儿子真的什么都做得出来。

苏微尘颤抖着开口："你不能这么做……"

梁念静说："苏小姐，只要你答应离开安城，我就绝对不会这么做。我还会为了感谢你，让安城的父亲多多照顾你们家。"

其实，这些日子，苏微尘已经隐约察觉到了父母那边的不对劲。前些天一直在吃饭的那家小店，老板娘对她说："苏小姐，你父母这个月没有给我结钱。"

苏微尘说："可能是我妈这段时间忙，忘记了。多少钱？我给你。"她平日里有存钱的习惯，所以当即付清了小店的餐费。

苏微尘拨打过好几次父母的电话，但都是关机，打不通。后来母亲打电话回来，却是一个从未见过的新号码。

苏微尘曾试探性地问："妈，你怎么换号码了？"

苏母语焉不详："妈妈的手机不小心弄丢了。"又说："微尘，在房间的保险箱里有一张卡，密码是你的生日。里面有一点钱，你如果要用钱的话，就自己去取。爸爸妈妈最近太忙，抽不出时间回洛海看你。你，要好好照顾自己，知道吗？"

苏微尘咬着唇点头："好的，妈妈。你和爸爸也要好好照顾自己。"

又过了几日，她与楚安城逛街，回来的时候，有几人在小区门口堵住了她："喂，你是不是苏运年的女儿苏微尘？"

楚安城挡在她前面，蹙眉道："你们找她有什么事？"

那几个人凶神恶煞般地指着她的鼻子道："苏小姐，你父母跟我们借了高利贷周转。借的时候只说借半个月，等银行的款拨下来就还我们，如今都快两个月了，连一毛利息都不付。你跟你父母说，如果他们不想还，就别怪我们对你不客气。"

楚安城一把推开了他的手："怎么说话的？耍流氓是不是，当心我报警。"

"好啊，去报警啊。欠债还钱，天经地义的事。就算警察来了，我们也不怕。"

那几个人嚷嚷着把门口的几个保安引了过来："怎么回事？"

"算了，算了。"苏微尘扯着楚安城的袖子，劝他息事宁人。

"苏小姐，我们只想谋财，不想害命！"

幸好那几个人这次只是口头威胁而已。起到应有效果后，那几个人便上车离开了。

楚安城目送他们离开，忧心忡忡地问："小猪，你爸妈是不是出什么事了？"

苏微尘白了一张俏脸，强撑着说："没事，没事。他们肯定弄错了。"饶是苏微尘再傻也知道父母那边肯定是出问题了。

如今看来，楚母说的话半分也不假。

那一天，苏微尘不知道自己是怎么从医院回到家的。她知道自己应该答应的，可是她舍不得楚安城。

她辗转反侧，想了整整一夜，哭了整整一夜，终于下定了决心。

第二天清晨，天才蒙蒙亮，苏微尘便来到楚家门口，楚母特意出院在家等她。

她与楚母达成交易的时候，楚安城在楼上睡得正香甜。

楚安城醒来，第一眼看到的便是母亲梁念静白皙姣好的脸庞。

梁念静温柔地微笑，伸出右手宠溺地摸了摸楚安城的脸："安城，今天陪妈妈去一趟菜场吧？"母亲爱怜的目光以及挂着绷带的受伤的左手，令楚安城无法拒绝。

两人在传统的市场转了一圈，梁念静买了许多楚安城爱吃的菜。

楚安城拎着大袋小袋的菜无言地跟在她身后。忽然，他看到母亲垂着的右手翘着根小指。

所有往事陡然来袭。小的时候，他最喜欢黏着母亲了，无论母亲上街或者做其他的，他都爱跟着母亲。而母亲的右手总是会留一根小指头给他牵。

母亲一直很疼他，无论他想吃什么，都会牵着他去买。

心有所动，楚安城上前一步，默默地牵起了母亲的小指头。

梁念静一阵眼酸鼻热，两个人徐徐地走了一大段路。她轻轻地开口："安城，听妈妈一句话，去美国吧。"

楚安城摇头："不，我不去。"

梁念静说："你爸爸也不会允许的。再说了，你是知道你爷爷脾气的，他决定的事情，是断不会更改的。"

楚安城答她："那我宁愿没有这个父亲，以后也不去楚家。"

梁念静说："傻孩子，你是他儿子，是楚家的孩子。这个事实永远不会改变。"

楚安城的回答依旧铮铮有声："无论如何，我都不会去美国的。"

梁念静重重地叹了口气。

那个时候，楚安城并不知道苏微尘这边已经找到了小超人凌霄，那个让楚安城吃过好几次醋的阳光男孩："凌霄，你能帮我一个忙吗？"

凌霄凝视着她，若有所思地想了想，然后答了个"好"字。他连什么忙都没有问就一口应了下来。

苏微尘亲手制造了移情别恋的故事情节。虽然很狗血，却是最直接有用的。

先是让楚安城撞见几次暧昧——对占有欲极强又没有安全感的楚安

城而言，只要几个状似亲昵的举动，就会令他勃然大怒，吃醋不已。

　　而后，在一个雨夜，在明知道楚安城会等她回去的夜晚，凌霄牵手送她回家，在她家门口亲吻了她的脸……

　　苏微尘永远记得，那个大雨滂沱的夜晚，楚安城瞪着她，双目红似野兽："楚微尘，告诉我，这不是真的。"

　　苏微尘第一次感谢大雨，将她潸潸的泪水冲刷得半点都看不见，她"坦荡荡"地回视着他："是真的，楚安城，我现在已经不爱你了。"

　　她挽起了凌霄的手："凌霄现在才是我的男朋友。"

　　楚安城疯狂地摇着头："我不信，我绝对不会相信的。苏微尘，是你让我学会微笑的。你答应过我，会让我一直微笑下去的。"

　　那一刻，苏微尘终于明白了什么叫心如刀割。她知道无论自己有多痛，楚安城都比她更痛。

　　可是，她必须要完成自己的任务。

　　她踮起了脚，凑近了凌霄，吻住了他的唇。而后，她望向了楚安城，一字一顿地说："这样你相信了吗？"

　　楚安城脸上的肌肉抽动，仿佛被万箭穿心般地痛楚。他缓缓后退一步，转身大步离去。

　　大雨滂沱中，苏微尘一点点地瞧着楚安城消瘦的背影远去。

　　苏微尘知道她成功了，因为楚安城一直没有回过头来。她眼睁睁地看着他离开，从她视线尽头消失。

　　雨点如豆，劈头盖脸地砸下来。她如囚徒，被困于黑漆漆的密室里，绝望地看那道缝隙慢慢关闭。终于，最后的一丝光线也消失了。

　　"楚安城，对不起……对不起……"浑身湿透的苏微尘缓缓地蹲了下来，喃喃地从唇齿间唤出了他的名字。

　　漫天风雨中，她似一头被重伤后遗弃的小兽，奄奄一息。

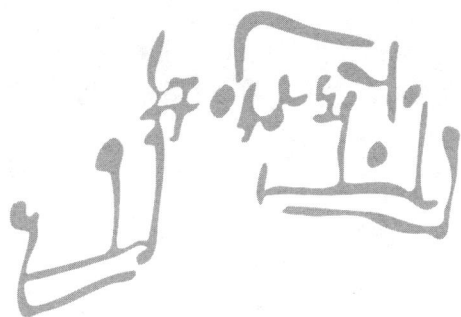

Chapter 13
一生

十年，所有的
光阴悄然远去，
在楚安城口中
凝结成了
短短的故事。

十年，所有的光阴悄然远去，在楚安城口中凝结成了短短的故事。但字字句句，俱是心上的悲喜。

　　"凌霄？我们班的那个小超人凌霄吗？"听完了楚安城所说的往事，苏微尘毫无印象，她亦十分惊讶。

　　楚安城点了点头。

　　此刻的苏微尘终于了解了，为何那个时候他的眼里总有对她的厌恶。

　　因为他恨自己当年的移情别恋。他一直当她是水性杨花，转身就可以劈腿的女人。

　　可是，自己怎么会爱上凌霄呢？！

　　更奇怪的是凌霄也从未跟她说起过这件事情。苏微尘实在有些想不通。

　　窗外大雨滂沱，亦如分离那一日般。楚安城有一瞬间的恍惚，缓缓地收回了视线："后来就跟杂志报道的一样，我去了美国的柯蒂斯音乐学院，很幸运地遇到了一位叫文潜的老师。第二年，我参加了那场肖邦国际钢琴比赛……"

　　此后，就如同所有杂志报纸报道的那样，他以惊人的姿态横扫古典音乐圈，出现在了所有人面前。

　　十年之后，他功成名就，风光无限地回到了洛海。

　　不可否认，楚安城当年答应恩师文潜参加那场比赛，其中一大部分原因的确就是为了苏微尘。他当时参加的一个很重要的目的就是要拿名次，他要让苏微尘知道放弃他是多么错误的决定。

她和小超人连替他提鞋都不配！那个时候，他对他们两个恨得咬牙切齿。

他的确是做到了！

他从大师手里接过奖杯，所有的灯光聚集在头顶的那一刻，他对着镜头缓缓微笑。很多评论人说他的微笑带着一种决绝的高冷孤傲。

他们说得很对！他就是笑给苏微尘看的。

他很想知道她有没有后悔！后悔放弃他，选择了凌霄。

再后来，很多演出公司争抢他。在文老师的建议下，他加入了最好的一家。从此开始了世界巡回演奏，场场爆满，所到之处，粉丝无数。

一开始，他总是会不由自主地想：苏微尘会不会看到这些报道呢？她是不是悔得肠子都青了呢？

他到美国最初的日子，就是用这种恨意来支撑他所有的不适应与辛苦。成名后，又用对她的恨意来扛住所有的压力与疲累。

然而，日复一日，年复一年，他想起她的次数，越来越少了。尤其是最近这两年，他忙得连轴转，有的时候努力去想，都已经想不起她的脸了。

甚至在马路上遇到肖似她的身影，他都已经波澜不惊了。

楚安城以为自己已经忘记她了。

他一度是真的这样以为的！

可直到再遇，楚安城才恍然明白，那仅仅只是他以为而已。

楚安城凝望着苏微尘："你一直问我，为什么我这么讨厌你。我的回答你还记得吗？"

怎么可能忘记呢！他对她说："我讨厌的是我自己。"

楚安城说："我说的每个字都是真的。我讨厌我自己。"

他讨厌自己，明明知道她水性杨花的个性，可十年之后，居然还会不可自控地被她吸引。

再一次遇到苏微尘，是在他回洛海后的第三天。那天，他途经某个街道，看到了转角处的美丽花店，便心血来潮，买了一束白百合去拜访周老师和师母。

那个时候的他，并不知道命运的巨轮，已经再一次开启，再一次将两人联结在一起。

在周老师家的客厅，苏时口中的"苏微尘"三个字，如子弹瞬间击穿了他的心脏。楚安城坐在沙发之上，却仿佛灵魂出窍了一般，眼睁睁地看着她朝他走来——哪怕她浓妆艳抹，再不复往日的清纯美丽。但这个人，真的，真的是她！

是那个他曾经在梦中无数次想亲手掐死的苏微尘。

足足有半分钟的光景，楚安城觉得自己如死去般，根本无法动弹。他仿佛在空中，冷眼旁观着一切：看着她微笑着客气地与周老师说话，与师母说话，含笑把眼神移到他身上。

但她的眸光根本没在他身上做任何停留，她只是礼貌性地投来一瞥而已。她好似完全不认识他了。

楚安城也不知道怎么的，只觉得胸口处先是蹿起一股讥讽悲凉，随之而来的是排山倒海的怒火。不过十年而已，她居然已经忘记他，忘记过往的一切了。

愤怒归愤怒，楚安城没有想过要怎么样，也没有想过会怎么样。

毕竟也不可能会怎么样了！

虽然那晚回到酒店想起她浓妆艳抹的可笑打扮，楚安城就发笑。那个他恨足了十年的人，如今混到这个地步。

去他妈的只要你过得比我好。他才不是什么圣人呢！见苏微尘活成这样，他是真真正正地开心快活！

他高兴极了。

对酒当歌，人生几何？于是那一晚，他在酒店套房开了一瓶又一瓶红酒。

然而在喝得酩酊大醉后，他站在一整片落地窗前，凝望着洛海的万千灯火，却怎么也扬不起千斤重的嘴角。

十年了。他离开这个城市已经整整十年了。

为了世人眼里的成功，他一路奔跑，从未停下来喘口气。

可就在那个刹那，他发现他连自己为什么要这么一路奔跑都不知道。

楚安城只觉自己疲累至极。他第一次产生了想好好休息一段时间的念头。

那么多年的时光，足以颠覆一切。青春年少时的爱恋，所有往日的光阴，对楚安城来说已经遥远得如同记忆里的碎片，他也根本不想再去拼凑。

对于早已经散落天涯的两个人，一切早已随风消散。

他是这样以为的。

他没有想到会在自己的演奏会上再次见到她。这一次的她衣着得体，盈盈浅笑着坐在台下。他一时竟觉得恍如梦中。

年少时，那些痴傻得叫人发笑的情话，他也曾跟她说过：苏微尘，以后我的每一场演奏会，你都要坐在第一排，因为每一场演奏我都是只为你弹奏的。

那晚吃夜宵时，在餐厅明亮的灯光下，他仔仔细细地打量她。十年光阴，她的容貌似乎没什么太大的变化，眉眼耳鼻俱是时光里的旧模样。

与此同时，他也发现了很奇怪的一点，她好像真的不认识他。

这并不是靠演就可以演出来的。

她每次望向他的时候，都是隔着距离的客气，眼神平静如枯井之水，半点别的情绪也没有。那完完全全是对陌生人的态度。

本来安排要去欧洲度假的楚安城决定在洛海留一段时间。做这个决定的时候，倒真的并不是为了她。他只是为了自己。

只是他没料到周老师会突然发病，会把苏时交托给他。

当时楚安城脑子里有个清醒的声音一直在告诉他：快拒绝。你必须拒绝。但面对一夜间骤然苍老的周老师，他实在是说不出口。

他愿意教苏时的另一个原因，是惜才。像苏时这样有天赋的孩子，若是基础打不扎实，也就别提日后了。

除此之外，他根本不愿意与苏微尘有过多的接触。

然而，随着他一点点地进入苏时与她的生活，他终于了解她为什么会不认识他了。因为她失忆了。

她不知为何，丢失了过往所有的记忆。在她的脑海中根本就没有他这个人的存在。

怎么会这样？！这么八点档的剧情居然活生生地发生在她身上！

这十年来，他那么努力地想成为更好的人，想好到让她后悔。可是却从未料到竟是这种可笑的局面：他想在她面前趾高气扬、耀武扬威，但她早已经不认识他了。

这种感觉就像一个人努力了很久很久，最后发现只得到了一个臭屁。楚安城满心说不出的失落与不甘。

不过，似乎这样也不错。楚安城得知后的第一个念头竟是这样的，连他自己都惊讶万分。

她不记得他了，对他如对旁人一般客气恭敬。他完全用猫戏老鼠的态度在与她接触。他毫不掩饰自己对她的厌恶。

在苏家教学时，他发现她的工作并不轻松，甚至连吃饭都很难准时。每晚回到家，眼角眉梢都是疲累。

而她的生活，似乎也简单到不能再简单了。除了苏时口中的"丁兄"外，根本没有其他杂七杂八的男人。

可他不知道自己怎么了，渐渐地又开始在意起她来。

小得仅容转身的屋子，被她打理得干净整洁，温馨动人。

她照顾花草时那一低头的温柔，她制作手工时的耐心与专心，甚至连她趴在地上跟地板"较劲"的模样，他都贪恋。

看书、看电视到感动处会潸然泪下；看到乞讨者一定会去给钱，哪怕他们这一日的饭钱还没有着落；看到流浪狗流浪猫，总会爱心泛滥。

这个美好的苏微尘不是早已经不在了吗？

为什么她给他的感觉还是如过往般单纯善良呢？！

多可笑啊。当年抛弃他的那个人，他竟然还会对她产生莫名的感觉。楚安城只觉自己又可气又可恨。

他明明是厌恶她的，想狠狠地推离她。可是他的做法却偏偏相反，他得知她无处可去的时候，以苏时学琴威胁她，让她住进来。

让她住进来干吗呢？楚安城自己也不知道。清醒的时候，他会骂自己：楚安城，你疯了不成？但是，他如饮鸩止渴一般，完全控制不了自己。或许有的时候，他亦不想控制。

他内心深处希望她是美好如初的。但又时时期待着看看她何时会露出见异思迁的狐狸尾巴。

那样近距离地与苏微尘同居一个屋檐下，楚安城只觉自己是温水里头的青蛙，好受又难受。

那么一点点地接近她，楚安城发现自己又如同十年前般，慢慢地被她吸引。他清楚地知道自己在玩火自焚。他也试图逃离，不止一两次！

但是，每每失败。尝试过后，他只想更接近她。

他在圣诞节前落荒而逃，逃回了美国。但他在那边心心念念的却都是洛海，洛海的一切——还有她！

虽然他一再对自己说："回去只是因为苏时。不能耽误了苏时。"然而，这样的谎言，却连自欺欺人都做不到。

回到洛海后，圣诞节那晚，他冷眼旁观丁子峰可笑的表演，怒火中烧。他怒什么、火什么呢？丁子峰追她，跟他又没半毛钱关系。

他却似嫉妒的丈夫一般，狂吃醋。借了喝酒之名，为的就是给丁子峰点教训。

然而丁子峰非但没收敛，第二天居然还跟他宣示"主权"。他简直要气炸了。

还有那条围巾，明明是她当年亲手织给他的。她曾说过，这是她这辈子织过的第一条围巾。他会留着那条围巾，当初全然是因为恨意。那个时候的他需要一些实物让他牢牢记住她的恶心。

他生日的那天，亲自下厨做牛排给她吃。那晚他收下她手机套的钱，傻傻地装作她送他的生日礼物。

他不知自己在做些什么。但他知道自己沉浸在其中，不可自拔。偷拍事件，照片的曝光，令他知道一切都应该结束了。他准备离开洛海回美国。

若不是家里进贼的事情，楚安城觉得自己应该早把洛海的一切放下了。他不会再一次泥足深陷。

但是，发生了就是发生了，没有时光机可以穿梭回去令时光倒流。

楚安城清楚地记得那夜在飞机上接到保安经理的电话，说他家进了两个贼，他全身的血液瞬间冰凉的感觉。他第一次意识到，苏微尘对他还是如此重要。

那一刻，他想立刻奔跑到她的身旁，拥着她，保护她。后来，他也这样做了。他牢牢地抱着她，全然不顾旁人好奇打量的眼光。

从那一夜开始，他决定让自己尽力抛弃过往，对她好好的。

之所以会做牛排，还有苏时说好吃到可以吞下舌头的那个意大利面，是因为楚安城曾经答应过苏微尘，以后他负责做饭，她负责吃就行了！

当年他曾经答应她的，那些年少时最荒唐的认真，如今的他都一一做到了。

可是，有关他所有的一切，她都已经忘记了。

所有的一切，不过是他一个人的独角戏而已！

可纵然如此，他还是深陷其中，迷恋不已，不愿自拔。他仍想伴着她，有一日算一日。

在他看到丁子峰与她相吻的那一刻，他瞬间便想起了她与凌霄的背叛。他忽然发现了自己的不可救药。会在同一个坑里摔两次的人，这个世界上大概也就他楚安城吧。

他毅然决然地再度离开洛海。而且这一次，他不会再回来了。

他一定会忘记她的。在飞机上，他一再地告诉自己。

然而这所有的一切，他如何能对她一一说出口呢？

十年时光在两人静静的凝望中流过。

"那后来呢，我们家怎么样了？苏时是谁？"在楚安城的讲述中，他从头到尾都没有提到过苏时。

"我也不知道。但我唯一能确定的是，苏时不是我们的孩子。"虽然他一度深深地期待过，但他偷偷去检验的DNA报告单却否认了这个说法。

"喂，私生子，你给我站住！"郑瀚嚣张地带着跟班截住了苏时，"都说你爸是那个钢琴王子，真的还是假的啊？"

"喂，私生子，大赛什么时候收你的那个奖杯啊？"

"真是丢死人了。把中国人的脸都丢到国外去了。"

"你才是私生子，你们全家都是私生子！"苏时毫不示弱。

"妈的，还嘴硬。兄弟们，给我揍他。"一大群人拥了上来，将苏时包围在其中。

看来今天怎么躲也躲不过了。苏时索性把身后的书包一甩，准备干架。忽然，只听身后有个声音轻飘飘地传了过来："看来有人把我以前说的话，都当成耳旁风了。"

郑瀚回头，颤声道："钢琴王子楚安城……你……真是苏时的爸爸？"

"是不是，跟你有关吗？"楚安城不屑地回答。

"看来你把我上次说的话忘得一干二净了吧。既然知道我是楚安城，就应该知道我是楚天集团的谁！"

郑瀚哭丧着脸："我爸说你是楚家的三少爷。"

楚安城微微一笑："恭喜你！答对了！"

郑瀚说："我走，我走还不行吗？我保证以后看到苏时绕道走还不行吗？"也不待楚安城回答，郑瀚识相地带了兄弟们作鸟兽散。

"楚师兄。"苏时飞扑上去，眼里噙满了泪水。

"傻啊你，看情况不对就跑啊。所谓三十六计，走为上计，知道不？还傻站着等人揍啊！"楚安城抱着他，故意揉乱他的发。

苏时笑出了泪水："我才不怕他们呢！坚决不跑，打死不跑。"

楚安城爱怜不已："傻苏时，走吧，苏微尘在外面等我们呢。"

苏时慢腾腾地在身后跟着他。走了数步，楚安城听到苏时轻轻地问他："楚师兄，我真的是你和苏微尘的私生子吗？"

楚安城止住了脚步。他缓缓转身，在苏时面前蹲了下来："苏时，虽然楚师兄也很想做你的父亲，但是，真的不是。报纸上那些都是胡说八道的。"

苏时垂下长而卷的乌黑睫毛。良久，他轻轻地说："他们说我是私生子，其实我半点也不讨厌。"

楚安城再度将他拥在怀里，心疼道："哪怕不是，苏微尘和我，也会一直爱你的。"

苏时颤着睫毛，含泪抬眼："真的吗？你保证吗？"

楚安城说："楚师兄什么时候骗过你？要不我们来拉钩好不好？"他伸出了尾指。

"拉钩上吊，一百年，不许变！"

一百年，那是一段很长很长的时间。

苏时笑了。

经过此事，楚安城反倒无所畏惧了，经常光明正大地帮苏微尘去接苏时放学，然后陪苏时回白己家练琴。苏微尘则在工作完成后来接苏时。

三人亦经常一起吃饭。

苏微尘不知道彼此这样子算什么，她也无法傻傻地开口问他。

她只是怕，怕自己会再次习惯他的存在，怕他会跟以往一样，悄无声息地离开。

有些东西若是得到过再失去，是会要人命的。她宁愿从未得到。

但苏时很开心，很享受楚安城的这种陪伴。

这一日，在用餐时，苏微尘踌躇再三，最后还是对他开了口："明天晚上凌霄安排了一个饭局，都是我们以前高中的同学，你要不要和我一起去？"

"好。"他望着她，这样回答。

第二天，两人便一起去接苏时下课，准备送苏时回家后便赶去凌霄订的饭店。

也不知怎么的，苏微尘推门下车的时候，被路边台阶一绊，整个人迎面扑倒在地。楚安城忙上前扶她："你没事吧？"

苏微尘扶了扶眼镜："我没事。刚刚想事情出神了，没注意到台阶。快走吧，快到苏时的下课时间了。"

此时，有个人径直朝两人走了过来："请问，你是苏微尘吗？"

经过媒体一事，苏微尘十分戒备，她环顾四周，不见任何摄影器材，又见那女子打扮朴素，脂粉未施，不像是记者之类的，便点了点头："我是。"

那女子说："我能跟你聊聊吗？"

楚安城却断然拒绝："不好意思，我们没空。"他拉着苏微尘转身便欲离去。

那女子对着他们轻轻地道："楚先生，苏小姐，你们不认识我了吗？"

苏微尘有些惊讶，她疑惑地望进了楚安城的眼。

"哪怕你们装作不认识我，也不能否认我是苏时生母的事实。"

那女子的话犹如平地惊雷，苏微尘顿时惊愕万分。这回连楚安城都动容了："你说苏时是你的孩子？"

"不错。我很肯定苏时是我的儿子。"

苏微尘摇头："不，我不相信你的话。如果你说苏时是你的孩子，请你拿出证据来。"

"我当然有证据。苏时右边的屁股上是不是有一块像月牙的胎记？"听到这话，苏微尘顿时瞠目结舌。她从小帮苏时洗澡，自然知道他身上确实有这么一块胎记。

那女子自然也瞧出了苏微尘的异样，她吸了吸鼻子，又哭又笑起来："苏小姐，你知道我说的没错，对不对？

"苏小姐，你如果不相信的话，可以随时让我和苏时去做DNA检验。现在科技这么发达，有很多办法可以证明的。

"苏小姐，这是我的联系方式。你让苏时跟我联系，好不好？"她强塞了一张字条过来。

苏微尘拉着楚安城的手，对她避之不及："走，我们不要在这里听她胡说八道了。苏时快下课了，我们去接他。"她又扭头警告那紧跟着她的女子："不许你接近苏时，否则我报警抓你。"

这时候，学校大门打开，孩子们鱼贯而出，家长们蜂拥而上。

那女子不知是由于苏微尘的警告还是因为其他考虑，真的没有借机接近苏时。她只是站在马路一旁，远远地看着他们接苏时上车回家。

苏时每天下课后必然是吃过点心，然后再去练琴做作业。

自打方才见了那个自称是苏时母亲的人，苏微尘便一直心神不定，给苏时倒牛奶，连杯中牛奶溢出来了都不知道。

苏时喊她："够了，苏微尘。牛奶都漫出来了。"

苏微尘这才回神，把杯子递给了他。苏时"咕咚咕咚"地喝光了牛奶，吃了几片饼干，便说："我去练琴了。"

楚安城扯了一张纸巾递给苏微尘擦手："你怎么了？还在想刚才碰到的那个人吗？"说着，他自己也察觉出了异样："你是不是想起了什么？"

苏微尘咬着下唇，低声道："我什么也没有想起。我只是看到她，就觉得害怕——我怕她把苏时抢去。"她顿了顿，如呓语般地道："我有种很强烈的感觉，觉得她有可能真的是苏时的母亲。"

楚安城沉默了数秒，方开口道："其实，我们是认识她的。"

苏微尘愕然抬头："我们认识她？"

楚安城点了点头："我们十年前就已经认识她了，只是你已经不记得了。她是秦婆婆的女儿——秦波，BOBO。"

"她就是秦婆婆的女儿秦波？"苏微尘十分惊讶。

可是，苏时怎么会是秦波的孩子呢？

她失忆了，办理领养手续的父母也已经去世了，这个答案估计再无人知晓。

根据楚安城的推测，大约是秦婆婆的女儿生下孩子后把孩子扔给了秦婆婆，那时候秦婆婆已经七十多岁了，自然无力抚养。估计是苏微尘的父母看在女儿的分儿上，领养了苏时。

然而这一切，仅仅只是他的猜想而已。

楚安城说："苏时有权利知道他的生母是谁。但目前，我们也无法证实秦波的说法。"

"她说苏时的屁股上有月牙形的胎记。苏时真的有！"

"我找人去查一下这件事情，等有结果了再说。"

苏微尘点了点头。在她的内心深处，是抗拒的。她不舍得苏时。这些年来，与她相依为命长大的苏时，对她来说，比亲弟弟更亲。

两人赶去饭店的时候，同学们都已经到齐了。

苏微尘推开门，凌霄便含笑站了起来："微尘，来这边坐——"但他的话在看到楚安城的时候戛然而止。

在座众人一时都惊呆了。楚安城却是淡笑如风："大家不介意我来蹭个饭吧？"

凌霄此时的神色已经恢复如初了，他含笑道："怎么会介意呢？楚同学可是我们的学校之光，我们大家热烈欢迎都来不及呢。"

于是，在大伙"热烈欢迎蹭饭"的话语中，楚安城从从容容地拉开了椅子，让苏微尘入座，然后挨着她坐了下来。

凌霄把一切都瞧在了眼里，他的眼神顿时黯淡了几分。而关妍则笑靥如花，热络地招呼苏微尘："微尘，你要什么酒？"

苏微尘还未开口，楚安城就已经说了："她不喝酒的。大家要喝的话，我来陪大家喝。"

众人你瞧我，我瞧你，都懂得彼此眼底的含意：原来他们真的在一起啊！

那天晚上，有两个人被搀扶而出，分别是凌霄和楚安城。

苏微尘送楚安城回家时，他在车子里一路嚷嚷："你看小超人有什么了不起的，不要说弹琴了，喝酒也不如我吧。"

苏微尘又好气又好笑，费了九牛二虎之力把他弄进了屋子。

刚一进门，楚安城便把她压在了门上，他说："小猪，我想好好吻你，吻一个晚上。我从去饭店的路上就这么想了。不，不对……我想你好多好多年了。

"小猪，以后再不许旁人吻你。

"小猪，你是我的，我楚安城的。"

由于喝醉酒的缘故，他的声音怪怪的，如鹦鹉学舌，含混不清。但他说的每个字，都叫苏微尘愣怔不已。

他第一次对她说这样的话，说他想她，说她是他的。

那一刻，楚微尘的心里柔软如絮。

他从来不知道，她也想他。他离开的日子，她亦天天想念。

这一晚，楚安城真的如愿了，他吻了苏微尘整整一个晚上。

认认真真，迷迷糊糊，缠缠绵绵。

好多好多遍。

数日后，楚安城聘请的私家侦探终于约他见面了。

私家侦探递给楚安城一些文件和资料："楚先生，这是按照你的要求所做的调查。根据我目前调查的结果，是这样的——

"苏微尘小姐的父母——苏运年和宋淑芬，在苏小姐上大学的那一年，由于工厂财务出现问题，资不抵债，宣布破产。他们变卖了当时名下的三套房产，其中包括你给我地址的那套联排，以应付资金问题。但是由于竞争对手的恶意鼓动，加上购买机器设备导致资金链严重断裂等问题，苏父工厂的工人们把欠薪的事件闹得极大，还是五福市政府出面才解决了问题……"

楚安城手里的报纸是当年的几张五福日报，其中一张发黄的照片里，一群工人拉了横幅聚集在工厂门口讨薪。而另一张报纸上则用文字形式报道了，苏父工厂的工人们在市政府各级领导的关怀下，终于领到了他们的工资，高高兴兴地回老家过年了。

"第二年夏天，他们收养了苏时为养子。不过我这边查不到任何有关苏时亲生父母的资料。"

"那苏父苏母的车祸是怎么回事？"

私家侦探又递了一份报纸给他："这是有关苏小姐父母发生车祸的报道。当时苏父是小货车司机，疲劳驾驶，发生车祸。苏父与苏母当场死亡。不过那日苏小姐并不在现场，所以逃过一劫。"

"她不在现场？不可能啊，她还因为那场车祸失忆了。"楚安城极为诧异。

"当时现场有三个人，除了苏父苏母外，还有一个人是苏时，并不是苏小姐。你可以看看这个详细报道。"私家侦探十分肯定。

当时正值母亲节，报纸的报道十分感人，说苏母在救援人员到达时已经伤重不治而亡了。但救援人员却在她怀里，救出了毫发无损的孩子。只言片语，描述不尽母爱的伟大。哪怕楚安城此时阅读，都不由得动容。但车祸现场的人数，确实写明了三个人。

"楚先生，我还查到一事，不知道该不该告诉你。"私家侦探欲言又止。

"什么事？"

"我在整个调查的过程中，感觉有件事情特别蹊跷。"

"什么事情蹊跷？"

"在苏小姐父母工厂资金周转方面，楚天集团的一个子公司似乎扮演了不大光彩的角色。"

楚安城陡然一愣："你是说洛海最著名的财阀集团之一——楚天集团？"

"对，就是他们。如果不是他们单方面违约，以苏小姐父母良好的银行信用，银行贷款不可能会批不下来。且苏小姐父母贷款的银行，跟楚氏也有千丝万缕的联系……"

"你的意思是说，楚氏那边有人存心要毁了他们的工厂？"似被人重重揍了一拳，楚安城的表情不再从容。

私家侦探见楚安城神色异样，便温婉地道："不过当事人已经不在了，具体情况也已经无从得知。楚先生，我已经将我所有调查所得告诉你了，那我就先告辞了。"

楚安城说："谢谢你的帮忙。"

私家侦探离去后，楚安城便低头飞速翻阅当年的报纸日期。而后，他整个人如失去支撑一般颓然往后栽去，重重地撞在了椅背上。

那一年，是他人生中的转折之年。他被苏微尘背叛，带着伤心、绝望和恨离开洛海，前往美国。

世界上不可能有如此巧的事情。绝对不可能！

还有，若苏微尘不是由于车祸失忆的话，那么她又是如何失去记忆的呢？

楚安城百思不得其解。

那天夜晚，安静的楚家，只有琴声低回。

搁在一旁的手机，屏幕闪烁不已。楚安城看到了上面显示的人名，并不想接听。

但对方很是执着，楚安城深吸了口气，终于拿起了电话。

母亲梁念静的声音从另一头传来："安城，文老师今天跟我通过了电话。他说私生子这件事情对你影响很大，演出公司目前已经停掉你今年所有的演出安排。你到底做何打算？"

楚安城冷淡地道："我没有任何打算。"

"那嘉丽呢？你知道的，虽然你看着她长大，但她并不把你当作大哥。私生子的事情，你必须好好地跟她解释清楚。"

楚安城一直不作声。

梁念静忽然若有所思地道："上次你打过电话，说要带一个你喜欢的人给我看，你说的不会就是这次事件中的苏微尘吧？"

"是，就是她。妈，你应该对她不陌生吧？"

楚安城的这个反问倒叫电话那边的梁念静愣了愣，一时不知如何回答。她沉吟了数秒，柔声问道："安城，那你对文老师，对嘉丽，对你父亲如何交代？你知道我和你爸爸对你和嘉丽是乐见其成的。"

"感情的事，除了当事人，对谁都无须交代。"

梁念静忽觉不对头，蹙眉道："安城，你今天怎么了？说的话，每个字都硬邦邦的，吃炸药了啊？"

既然母亲已察觉他的不对，楚安城便也不遮掩了："妈，有件事情我本来想过些日子再问你的，但都说到这份儿上了，我今天也就索性开门见山，问个明白了。"

梁念静闻言却是笑了："什么事？好像严重得不得了似的。"

"你告诉我，你有没有听过长运工厂这个名字？"

梁念静一时根本没反应过来："什么工厂？"

"可能时间久了，你一下子想不起来了。我再提醒你两个关键字：五福。五福的长运工厂，经营者是苏微尘的父亲——苏运年。"

梁念静的笑容蓦地凝结了。安城知道了那件事情。

母亲沉默良久。这个反常的反应足以说明一切。楚安城心里一片寒凉："真的是你!

"当年你为了让我去美国，竟然这么不择手段!

"这些年来，我一直不明白，明明前几日还跟我好得像连体婴一样的苏微尘，怎么会转眼就爱上了另一个男孩子。原来，原来都是你搞的鬼! 妈妈，你好狠的心。"

"安城，你听妈妈解释。"

"不用了，这么多年了，我一点也不想听。"

"安城，是，我当时是让你爸爸出面了，但是后面的事情，根本与我们无关——我们根本没有料到，她父母的对头会如此恶毒，把他们资金周转的问题大肆宣扬，鼓动工人讨薪闹事。你爸也曾想过救她父母的，但后来闹得实在太大了，已经覆水难收了……"梁念静将一切都说了出来。

"恶毒? 世上有比你们更恶毒的人吗? "楚安城冷冷地反问，"那个工厂虽然不大，但也是苏微尘父母一生的心血。你们就为了让我去美国，让人家一生的辛苦化为乌有。她父母是没钱没势没有背景，但那些钱都是他们一分一分辛辛苦苦攒起来的，每一分钱都是有血有泪的。你们怎么能那么做! "

"安城，我们也没想到事情后来会发展成那样的……"

"不要再解释了。就算你解释再多，又有什么用? 苏微尘的父母能活过来吗? 是，你们可以厚颜无耻地说，他们的死与你们没有任何关系。可如果不是你们当初抽掉他们的订单，让银行收回资金后拖着不放给人家款，那些对头再怎么也挑拨不起来。如果不是因为工厂破产，她父亲后来也不会去开小货车谋生，也就不会发生那件事故……

"你们是间接的杀人凶手。"

梁念静面色苍白地握着手机，无力反驳。

苏家温馨拥挤的屋子里，响起了一阵门铃声。擦着湿漉漉的头发的苏微尘拉开门，赫然看到了如大树般矗立在门口的楚安城。

他没有跨进来，怔怔地站在门外瞧着她，表情古怪至极。

"怎么了? "苏微尘问他。

或许是她的话惊醒了他，楚安城忽然便跨步进门，双手捧着她的脸，低头吻住她的唇。他的吻那样激烈，仿佛下一秒便是世界末日一般。

"头发湿……"苏微尘想说话，可是最后都呜咽进了楚安城的唇齿间。

这个痴缠的吻是被苏时突兀打断的："苏微尘，是谁按……"门铃两个字被他瞬间张大的嘴巴吞了下去。

楚安城这才放开了苏微尘，搂着还在呆滞状态的她，大大方方地转身："Hi，苏时。"

苏时瞪着黑白分明的大眼，看了看苏微尘，又瞅了瞅楚安城。忽地，他捂着眼转身便跑回了自己房间："我什么都没看见，什么都没听见。你们继续。"

苏微尘羞涩尴尬地想要挣脱他的怀抱，楚安城在她耳边吹了口气，轻笑道："苏时该看的已经全部看到了。你放心，我会和苏时谈的。"

一时间，屋子里温柔安然。楚安城再度将她拥入自己的怀里。

"苏微尘。"他轻轻地唤她。

"嗯。"她低低地应声。

"小猪，我的小猪。"

"嗯。"

两人如孩童般持续着彼此才懂的幼稚对话。

四周静静的，只有一屋子淡淡的灯光，清简如素。

许久后，楚安城敲了敲苏时的门："苏时，我进来了哦。"

他推门而入，苏时在书桌旁看书。楚安城在他的床沿坐下："苏时，你没什么想跟我聊的吗？"

"有。"苏时转过了身，双手抱胸，异常严肃地与坐着的楚安城对峙，"我想问你，你对我们家苏微尘是认真的吗？"

"是。"

"你爱我们家苏微尘吗？"

"是！"

"你以后会不会让她哭？"

"我会尽我所能不让她哭泣。但是你知道的，她这个人看八点档狗血剧都会感动得稀里哗啦的……"

苏时承认此言不假。他挠了挠头，一时想不起还要再问什么，便道："好吧，我暂时没有其他什么问题了，等我想起来再问你。但是，我告诉你哦，你一定要好好对我们家苏微尘。不准欺负她，不准让她哭，要爱她，宝贝她，保护她。不然的话，哪怕你是我师兄，我也不会放过你哦。"

"是，遵命！"楚安城答得极缓，极认真。

门外偷听的苏微尘，一个人无声无息地泪流满面。这个可爱到让人心疼的苏时！不是亲弟胜似亲弟！

而门里面，苏时和楚安城熄了灯，钻进了同一个被窝里。苏时此时已经恢复本性了，他缠着楚安城好奇地八卦："楚师兄，快从实招来，你从什么时候开始肖想我们家苏微尘的？"

…………

两人在被窝里窃窃私语。许久后，屋子里才安静下来。

在卧室里的苏微尘忽然觉得一阵剧烈头痛排山倒海而来，鼻子里有热潮在同一时间狂涌而出，她赶忙跑进浴室，只见鼻间鲜血淋漓。

她抽了一沓又一沓的纸巾，捂啊，堵啊，可是怎么捂也捂不住，怎么堵也堵不住，鲜血不停地流下来。下一瞬，天地旋转，她缓缓倒下。

白色洗手盆里，血迹斑斑。地上，是一团团沾了血的白色纸巾。

还有神志不清的苏微尘。

苏时卧室里，楚安城与苏时此时呼吸绵长，美梦香甜。

第二日，苏微尘失魂落魄地从叶氏医院出来，她一个人茫然地在街上游荡了许久。

苏微尘呆立在街头某处，不知道过了多久，她猛地忆起一事，埋头从包里翻找出了秦波强塞给她的那张字条。

她在手机上，一个字一个字地输入："我是苏微尘。现在能与你见个面吗？"

不过数秒，那边迅速地回了过来。

秦波一进门就看见了靠窗而坐的苏微尘。她的脸色苍白如纸，正望着窗外愣愣出神。

秦波怯怯地走向了她："苏小姐。"

苏微尘似毫无防备一样，猛地回过了头。秦波被她的反应吓了一跳："苏小姐，你怎么了？"

看见是她，苏微尘才堆起了一个笑容："没什么。你请坐。"

秦波客气万分："苏小姐，谢谢你肯见我，肯给我机会。"

点了饮料，服务生端上来后，苏微尘方开口问道："你以前见过我？"

秦波甚为惊讶："是啊，你跟那位楚先生为了我妈曾经来我工作的酒吧找我。不过那个时候的我跟现在的确差别很大。你真的不记得了吗？我看过报道，说你失忆了。我以为……"

苏微尘淡淡苦笑："是真的，我不记得以前的事情了。"

秦波关切地道："呀，是暂时性的吗？医生怎么说？"

"医生也说不清楚。"

那天下午，秦波将当年发生的事情一一道来："我妈出院后，为了方便照顾她，我搬回了家住。那段时间，我们母女之间相处得很好。"说到这里，她停顿了一会儿。"就在那个时候，我发现自己怀孕了。孩子的父亲是我们酒吧的DJ，小我好几岁，他是个喜欢玩乐的人，并不肯对这个孩子负责。

"不久后，我妈发现了我怀孕的这件事情。她对我说起她年轻时千方百计却无法怀上孩子的往事，让我一定要把孩子生下来，说这是一条命，可千万不能把孩子打掉。我一时犹豫不决，肚子就大了起来。最后由于我妈的支持，我决定把他生下来。这个孩子就是苏时。

"苏时出生后，我决定洗心革面，为了他好好努力，再不去酒吧这种地方工作了。可我年纪不小了，又没有一技之长，根本没办法找到好一点的工作。后来无奈之下，我就去应聘了服务员。想着先好好打工，好好学习，以后可以自己开个小店糊口。谁知，老板的儿子喜欢上了我——他年轻老实，心地又善良，我也情不自禁地爱上了他。

"他们家本来就嫌弃我，所以我就把苏时藏得严严实实的。老板夫妻拧不过自己唯一的儿子，终于点头接受了我。

"我妈说既然我决定嫁人，不如就把苏时送人吧。我想了好久，既舍不得孩子，又舍不得他，但最后还是点头了。我那时候以为我还是可以经常去看他的。谁知，我妈把孩子送人一个月后就心脏病发作离开了我。起先是我硬着心肠不去问，我怕问了，会忍不住把孩子抢回来。后来，我想问也问不到了……

"这些年来，我一直挂念他。特别是每年冬天他生日的时候，我都会偷偷地哭一场。"说到这里，秦波不由得红了眼，"我本以为我这辈子再也见不到他了。前些日子，你和楚先生的事情被报道了出来，我看到了苏时。好奇怪，我第一次看到他，就有种似曾相识的感觉。

"或许是我作孽的缘故，老天惩罚了我。这些年来，我和我老公没有能够生育。"

她停顿了片刻，欲言又止地道："苏小姐，你可不可以把苏时还给我？我会一辈子感激你的！

"我保证，我和我老公一定会好好疼爱苏时，好好照顾他、爱他、培养他。"

苏微尘默然半晌，轻轻地道："让我考虑考虑。"

秦波又惊又喜："真的吗？苏小姐，你说的是真的吗？"

苏微尘咬着唇，点了点头。

秦波一再道谢："苏小姐，谢谢你。你的大恩大德，我一辈子也不会忘记的！"

这一日，楚安城与苏微尘相约一起吃饭，苏微尘说收工后直接过去。车子经过一家花店，楚安城心血来潮地停下来，去选购了一束玫瑰花。

这么一耽搁，到餐厅时便晚了片刻。楚安城远远地便看到丁子峰与苏微尘在一起，他吻着苏微尘的侧脸，然后起身离开。

楚安城僵坐在车里，进去后脸色自然已经相当难看了。

用餐时，偏偏苏微尘还不知死活地问他："你什么时候回美国？"

楚安城一怔。他搁下了刀叉，不动声色地瞧着她道："什么意思？你就这么想让我离开洛海？"

此时，丁子峰的身影进入了两人的视线，他旁若无人地挨着苏微尘坐下，落落大方地对着楚安城微笑："楚先生，你好。"

楚安城面色铁青，不做任何回应。

苏微尘缓缓地道："其实，我一直没有告诉你，你离开的这大半年来，我跟丁子峰经常约会。"

丁子峰含笑握住了她的手，与她十指紧扣，宣示主权："我和苏微尘是以结婚为前提交往的。结婚的时候，请楚先生务必来喝我们的喜酒。"

楚安城一动不动地盯着苏微尘，似在等她的话。

苏微尘垂下眼："楚先生，可能是我的一些态度使你误会了。如果是这样的话，我跟你说声抱歉。"

楚安城双手抱胸："你的意思是这些日子以来，我们之间的那些吻都是你的游戏？一直是我一厢情愿，自作多情？"

苏微尘听见自己的声音漠然响起："是，一直是你误会了。"

楚安城的脸色陡然下沉，他磨着牙恶狠狠地道："苏微尘，你再说一遍。"

"是，一直是你误会了。"苏微尘一字一顿地重复着方才所说的话语。

楚安城猛然推开椅子，转身就出了餐厅。

餐厅里，透过清透的落地玻璃幕墙，苏微尘木然地看着他的车子在瞬间发动驶离，绝尘而去。

这个骗子！苏微尘这个脚踏两条船的骗子！这么多年了，居然还在脚踏两条船。

可悲哀的是，过了这么多年，她依然拥有轻而易举伤害他的能力。

一幕一幕的过往，如电影慢镜头般在脑海中不断闪回。

楚安城猛地踩下了刹车——不对。这些天，苏时从未提及这件事情，他也没有看到丁子峰来过苏家。丁子峰和苏微尘若是真有那回事，苏时那晚也不会那么审问他。

自己千万不能被醋意冲昏了头脑。

楚安城冷静下来，细想一切，越想越觉得不对头。于是他掉转了方向，准备回餐厅探个究竟。

车子才到餐厅门口，他便一眼看到了苏微尘。只是很奇怪，她趴在地上，两只手胡乱地在摸地面。而她方才所戴的眼镜，则在她的右前方。

她这是怎么了？就这么一会儿光景，丁子峰去哪里了呢？楚安城一步一步地走近她，也在暗中观察她。

苏微尘依旧在地上摸索着　　她的眼眸低垂着，一颗泪珠无声无息地沿着脸颊滑落。

楚安城强抑住上前扶起她的冲动，他远远地蹲了下来，探手捡起了眼镜，递给了她。

苏微尘却犹未发觉，她又摸了几下，终于碰触到了。苏微尘抬手胡乱抹了把眼，对着好心人道谢："谢谢你……"

她的话音戛然而止。

楚安城一把抓住了她的右手，厉声喝道："苏微尘，你现在最好告诉我到底发生了什么事情！否则，接下来的事情，我保证让你这辈子都印象深刻。"

苏微尘嗫嚅不语。

楚安城说："好，你不说是吧！"他拖着她霸道地向车子走去："我们先去医院检查你的眼睛到底是怎么了，其他的事情，我一件一件再跟你算账。"

苏微尘挣扎："我不去！你放开我……"

苏微尘被他拽上了车，车子径直往洛海叶氏医院行驶而去。

叶氏医院李长信办公室。

李长信看着被楚安城强抓来的苏微尘，默然片刻，道："楚先生，这位苏小姐的病不用检查，她几年前就是我的病人。"

楚安城倏然抬头："几年前？你说她已经在你这里看了几年病了？"楚家与叶氏颇有渊源，楚安城自然也就不客套了。

李长信说："是，但又不是。六七年前，苏小姐曾经在我这里就诊过，当时就诊断出她脑部有个小肿瘤。那个时候我曾经与她，还有她父母，商议过要住院开刀一事。但是那次之后，苏小姐就再也没有来过我们医院，与我们失去了联络。一直到最近，苏小姐再度来到我们医院。当时是我们脑科的另外一个医生负责，由于她的病情已经很严重了，经过我们部门会诊后，才由我负责接手。"

楚安城倒吸了口气："她脑部有肿瘤？良性的还是恶性的？"

李长信点了点头："按目前的各项检查判断，应该是良性。但脑瘤不论良性还是恶性，都势必使颅内压升高，压迫脑组织，导致中枢神经受损，都有可能危及病人生命。你想想这么多年了，脑中一直埋了个定时炸弹……"

楚安城手心黏腻腻的俱是汗："莫非这就是造成她失忆的原因？"

李长信说："由于苏小姐已经不记得她自己具体的失忆时间，所以我们无法诊断到底是脑中肿瘤压迫神经系统造成的，还是她目睹父母车祸惨死的状况而受到刺激造成的，抑或是两个共同作用的结果。"

"那这样的情况是永久性的吗？日后会恢复吗？"

"根据苏小姐所说，这六年来她一次都没有回忆起过去的片段，永久性的可能性极高。不过人脑是世界上最精密的东西，没有人可以给出绝对肯定或者否定的论断。希望楚先生你能理解。"

"我发现她的眼睛似乎也不对，她看不清东西。"

李长信取下了架在高鼻梁上的眼镜，揉了揉眉心："这就是我接下来想对你说的。这六年来，她脑中的肿瘤不断在变大。一开始是极缓慢的，但从去年年底开始，慢慢压迫到了视网膜神经系统，她的视力越来越模糊。最近的检查是几天前，她的眼睛已近失明……"

几日前的某个深夜，正在值班的李长信接到了苏微尘电话："李医生，我是苏微尘。我的情况好像更加严重了。"

"那你明天务必来医院做个详细的脑部检查。如果可以，尽快开刀。苏小姐，你的情况真的不容乐观。"

结果，第二天出来的检查报告令李长信大吃一惊，他当即劝苏微尘必须住院治疗："苏小姐，按目前的情况发展下去，快则一个月，慢则两个月，你就会失明。"

但苏微尘仍旧拒绝住院。她只是怔了片刻，便近乎平静地接受了这个事实："我知道了。谢谢李医生，让你费心了。但我暂时还不能住院。"

李长信无法，只好让她随时与他保持联系。

楚安城失声问道："一个月后就会失明？"

原来，这就是她戴眼镜和经常会摔跤跌倒的原因。

李长信说："是的。目前它已经挤压、推移了正常脑组织，造成苏小姐的颅内压升高。苏小姐的情况，已经十分危险了，必须即刻治疗。但作为院方，我们也尊重苏小姐做的任何决定。"

"针对她的情况，你有没有什么治疗方案？"

"目前我以稳定病情，降低颅内压，减轻脑瘤压迫，减轻视神经负担为主，给她开了一些药。但是这些都治标不治本，只能稍稍延缓失明的时间而已。"

"手术成功的概率呢？"

"损伤不确定，只有百分之三十左右的成功率。所以苏小姐一直不同意手术。"

血液似被瞬间抽干，楚安城整个人一片冰凉："最坏的情况会是如何？"

"有可能全身瘫痪，成为植物人，或者手术当场失败。"

秋日渐凉的日光，洒满了客厅。苏微尘静静地坐在那一片斑驳的光影里，眼帘轻垂，睫毛轻颤。

楚安城在她面前蹲下来："苏微尘，你为什么一直不告诉我?

"我刚刚跟凌霄通过了电话。他说，当年他只是陪你做场戏而已，你根本没有半点喜欢他。哪怕他去年与你再遇，你对他也没有半分男女之间的喜欢。

"还有，你也别想着把丁子峰拿出来做挡箭牌。你要是会跟他在一起的话，早八百年就在一起了，不必等到现在。"

苏微尘不说话。

"苏微尘，你为什么要再一次把我推开呢?

"你怕连累我，对不对? 你希望我过得幸福，对不对? "楚安城伸出手一点点地抚摸她的眉眼，他的声音低柔，犹如细语呢喃，"可是苏微尘，你知道我想要什么吗? 你知道我对幸福的定义是什么吗? "

楚安城温柔地牵起了她的手，牢牢地与她十指相扣："一直都是你! 苏微尘! "

苏微尘泪盈于睫，颤颤抬眸。

"这些年来我一直恨你。那是因为在我所有幸福的画面里，都有一个人，她叫苏微尘。她不在我身边，我所有的幸福都不能称为幸福。"

泪无声无息地掉落下来，"吧嗒"一声坠在了楚安城的掌心。

苏微尘泪流满面："我可能会失明，什么都看不见，也很可能会死，还有可能成为植物人，连生活都无法自理……"

"我知道，医生跟我说得很清楚。"

"哪怕手术成功，我也可能一辈子都无法恢复记忆……"

"我知道。但那有什么关系? 所有的一切，我记得就可以了。只要你想知道，我可以一件一件地告诉你。不急，因为我有一辈子的时间来慢慢告诉你……"

一辈子，多美好的三个字!

她与楚安城的一辈子。

可是，会有一辈子吗?

番外一

一切都是天意

叶氏医院手术室。

楚安城与苏时、丁子峰等人紧张焦虑地守候在门外。

几日前，终于敞开心扉的楚安城与苏微光两人经过慎重考虑后把各种情况交代给了苏时。

苏微尘首先说了苏时亲生母亲一事，苏时目瞪口呆，完全不敢置信："不会的，苏微尘，你们在骗我，对不对？"

苏微尘轻轻地道："臭苏时，你知道的，苏微尘绝对不会拿这种事情跟你开玩笑的。"

苏时的眼眶一点点地红了起来："苏微尘，我不相信，你肯定是骗我的。我就是你的亲弟弟，我怎么可能是别人的小孩，跟你没有半点关系呢？"

苏时倔强地仰着头："臭苏微尘，你快说，你是骗我的，是骗我的！"

苏微尘紧紧地将苏时拥入怀中："苏时，是真的。另外我还有一件很重要的事情要告诉你——"

"什么事？"苏微尘少有的严肃让苏时有一种极其不妙的感觉。

"苏微尘呢，脑子里有一个东西，现在越长越大，而且它还在缓慢移动……"

苏时十分艰难地接受了这两个事实。本就懂事的他，更是一下子像长大成人了一般。

但对于治疗这件事情，依旧无解。

楚安城和苏时是希望苏微尘接受手术的，但想到最坏的后果，两人都却步了。那样的结果，他们连想都不敢想。

　　星期日这一天，苏微尘让楚安城和苏时陪她逛街购物，吃饭看电影。

　　三人过了很愉快的一天。

　　回到家，苏微尘叫住了他们："我有件事情想要对你们说。"

　　楚安城和苏时屏住呼吸等她的话。

　　"我知道你们很纠结要不要让我进行手术。其实我也一样觉得难以选择。

　　"我很想陪着苏时慢慢长大。

　　"我一点也不想死，也不想失明，更不想成为植物人。

　　"我也很想在这个明媚多姿的世界和你一起坐着摇椅慢慢变老……"这是再遇后苏微尘第一次对他如此坦陈心意，楚安城大喜的同时却又觉得大恸。

　　"我想要的东西太多太多了，我怕老天爷都会觉得我太贪心。

　　"所以我决定，让老天爷来帮我做这个选择。"

　　苏微尘在"手术"和"不做"中抽签。

　　最后，摊在三人面前的，赫然是"手术"两个字。

　　苏微尘十分坦然，她把一切交给老天爷，让天意来决定。

　　终于，手术室的灯熄灭了。

　　穿着白色医生长袍的李长信疲累地出来，他摘下口罩对楚安城道："手术是成功的。但是具体怎么样，还要等病人苏醒后才能知道。"

番外二

极简婚礼

楚安城与苏微尘的婚礼，随性决定，极其简单。经历了这些年的别离，经历了苏微尘的手术，虽然苏微尘依然没有恢复记忆，但如今的一切，两人已觉是天赐了。

　　两人带了苏时寒假旅行，在欧洲阿尔卑斯山脚下的小镇小住了一段时日。

　　宁静的小镇有一座中世纪的教堂，古色古香。苏微尘一眼便爱上了。

　　这一日下午，苏微尘和苏时去超市购买生活必需品。回来的时候，天色已晚，屋子里灰暗暗的，只有壁炉里燃着的大火，释出一室的温暖。

　　在噼啪作响的火光里，只见客厅内布满了璀璨盛开的白色玫瑰，银色气球上有一条小小的横幅：My darling，will you marry me（亲爱的，你愿意嫁给我吗）?

　　楚安城则玉树临风地站在其中，凝望着她单膝下跪："苏微尘，嫁给我好吗?

　　"苏微尘，我会爱你，宠你，我会一辈子对你好的，也会一辈子听你的话。"

　　苏微尘捧着超市的纸袋，有点小小的不知所措。

　　楚安城握住了她的手，珍重万千地将戒指套进了她纤细的手指。他将她拥在怀里道："苏微尘，从今天开始，我们再不分开。"

　　苏时在两人身后欢呼鼓掌。

片刻后，苏时突然想起一事："苏微尘，你袋子里装的是柠檬。"

他接过楚安城递过来的袋子一瞧，捂嘴而笑："哎呀，柠檬都快被你们挤碎了——这也太用力了吧！"他转身而去。"你们继续，我来负责今晚的饭菜。"

关上厨房门前，他转头瞧了一眼客厅中紧紧相拥的人。

他抹了抹湿润的眼，轻轻地道："苏微尘，你和楚师兄一定要幸福哦。"

说来也巧，楚随风当时正在欧洲出差，临时得知消息，便一个人开了七八个小时的车来参加他们的婚礼。

他与苏时组成了一个两人的观礼团和证婚人团。

结婚当日，天蓝得不可思议。苏微尘只穿了白色的毛衣配一袭白色纱质拖地长裙。楚安城则是慵懒的白色休闲西服配牛仔裤。

牧师照章宣读，两人甜蜜地对彼此说："I do！"

如此简简单单，便礼成了。

这是楚随风出席过的最简陋的婚礼。但两人手牵手，相视而笑的时候，却仿佛连四周的寒风都感受到了其中浓浓的爱意似的，柔和得不可思议。

梁念静不是没有反对的。哪怕得知一切，她对一无是处，身体状况又不太好的苏微尘仍是意见多多。

结婚前一晚，楚安城只打了一个电话给她，告知她明日结婚之事。梁念静在电话那头不说话。

楚安城也不在意，只轻描淡写地对她说："妈，她要嫁的人不是你，是你的儿子。你只要祝福就可以了。

"妈，她没有欠你什么。而我，欠她一辈子的幸福。"楚安城挂断电话前，只留下了这两句话。

安城的意思是她欠苏微光的。梁念静本欲打回给他，但后来长叹了一声，还是颓然放弃了："莫非这真是命中注定的？"

楚父道："算了，安城喜欢就行了。儿大不由娘，就由他去吧！安城是个死心眼倔脾气的人，这么多年了，你又不是不知道。"

倒是楚随风，哪怕仓促赶来，还是客气地备了一份重礼："给弟媳的。"

一直以来，由于同父异母的缘故，两人总有些隔阂疏离。不过，两人之间又比一般同父异母的兄弟要好许多。毕竟两人所从事的行业不同，各据山头为王，再加上楚老爷子去世时，也早已经把给两兄弟的遗产分配好了，所以没有过多的利益牵扯。

　　楚安城客气地道谢，又说："上次那两个小偷的事情，也多亏你帮忙。"

　　楚随风一笑："谁让他们不长眼，欺负到我们楚家头上来。"

　　两人一时间也无话可聊。就在这沉默中，楚安城听到楚随风的声音轻轻地随风飘来："其实这么多年来，我一直想对你说句谢谢。当年，你救了我大哥那么多次。如果没有你，他不可能多活那么几年。而我母亲，也会更早地承受不住。"

　　这一声普通的道谢，这一句简单的话，却让楚安城蓦地热了眼眶。片刻后，他方道："他也是我大哥。是我应该做的。"

　　这句话说出的那一瞬间，所有过往童年的委屈似乎都随之烟消云散了。

　　而此刻的天边，夕阳正好。

　　幸好，他们兄弟之间还有现在以及无限的未来。

番外三

两个人的细水长流

楚随风按了门铃，有保姆前来开门。

一室舒缓动人的琴声。

楚随风从微敞的门可以看见，苏时端坐在钢琴前弹琴。楚安城则站在一旁监督教导。至于弟媳苏微尘，腹部微隆的她正靠在沙发上织粉色的小毛衣。

正当午后，阳光透过纱帘，悄无声息地照亮地面。

人生不过如此，温婉怡人，两两相伴。

这一个场景，使楚随风脑中不由得闪过了某个人的脸。

那夜，楚随风与楚安城在品酒，目送着苏微尘的身影离开，若有所思地沉吟道："你们难道从来没有争执吗？"

楚安城闻言失笑："当然有啊。昨晚还为了谁洗碗而争执不下。"

楚随风饶有兴趣地追问道："然后呢？"

楚安城耸了耸肩："石头剪刀布，三局定胜负，谁输谁洗碗。"然而，他眼底的幸福却如水流淌，想遮掩也遮掩不住。

楚随风饮了口酒："结果呢？"

楚安城一脸挫败："我默默地去洗碗了。"

楚随风"扑哧"一声笑了出来。他忽然觉得结婚后的日子似乎也并不坏。

又饮了几口，楚随风方将今天的来意告知："你要不要考虑一下来楚氏？当然你的钢琴学校依旧可以继续。"

楚安城摇了摇头，微笑道："我现在很好。衣食不愁，兴致来时去学校教教孩子们。"

楚随风说："我知道。但你是楚家的人，楚氏你也有份啊。"

"从小到大，我一直梦想着有一个家，一个属于我的家。"楚安城凝视窗外，"跟喜欢的人，一起做饭，一起吃晚餐，一起散步兜风，一起看电影，一起听音乐，漫无边际地聊天，偶尔相视一笑，岁月静好地相伴，温暖简单地生活……

"如今，所有我梦想的都已经得到了。"楚安城浅浅微笑。

"做人不能太贪心的。所以，二哥，楚家这担子，有你担着，我就撂下了。"

楚随风身子一震，这是楚安城第一次唤他二哥。

那次的邀请自然是失败了。楚随风三顾茅庐的想法至此也无疾而终。不过，楚安城幸福的家庭生活倒是刺激了楚随风。

当然，刺激他的，不止楚安城，还有蒋正楠、聂重之、贺培安、路周易等人，以至他后来终于结婚了。

至于楚随风结婚，则又是另外的故事啦！

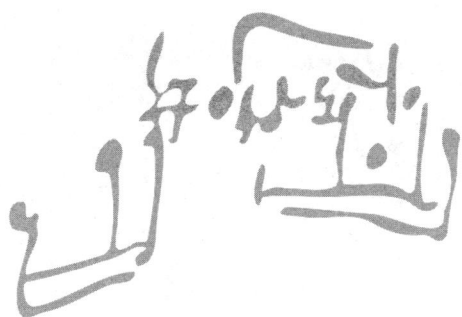

番外四

文嘉丽的秘密

圣诞平安夜，纽约。

文嘉丽站在窗边，将整个城流光溢彩的夜景尽收眼底。然而她却半点也提不起兴致。

她怔怔地想起前几日推开楚家的琴房门看到的那一幕。

楚安城站在窗前，修长白皙的手指轻轻地抚上了自己的嘴唇，眼眸深处闪过一丝笑意，他缓缓地抬眸望向窗外东方那虚空之处，若有所思。

那是个黄昏，纱帘微动，光影交错。

如今，私生子的事件出来后，她终于知道是为何了。

在楚安城的心中，这个叫苏微尘的人，一直占据着十分重要的位置。

过去是，现在是，以后亦是。

或许，她应该好好考虑考虑了。

是执着地继续，还是退一步欣赏别的风景呢？

很多年后，当文嘉丽牵着老公的手与楚安城夫妇再度见面的时候，她很是庆幸自己当年的选择。

从楚安城与苏微尘之间，举手投足的温馨默契，可知这些年来两人的幸福生活。

而两人的见证人之一，当年被誉为"钢琴神童"，又因"楚安城私生子"一事而轰动全球的苏时，如今已经在美国××大剧院成功举办演奏会了。

楚氏夫妻也是因此而来的。

世界好大，变化好多。

但大家都好好的，一起慢慢老去。

这便是最好的结局。

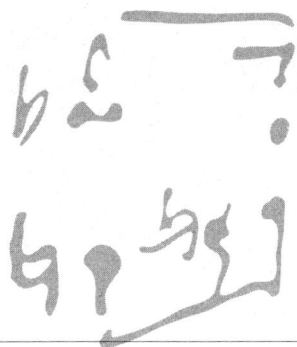

梅子的话

那么多的人，为何是我们相遇？

亲爱的姑娘们，梅子再一次与大家见面了。

2016年已经是我写书的第十个年头了。人生，真的好不可思议啊。

这几年，随着年龄的增长，梅子越来越相信世间有"缘分"两字。每一本书，每个故事，都是一种缘分呢。与爱人，与家人，与朋友，甚至与匆匆一面擦肩而过的陌生人，都是一种缘分。

世上有那么多的人，为何是我们相遇，而不是我与旁的人相遇呢？

世界上有那么多的书，为何你们翻开的却是梅子的这一本呢？

除了缘分，实在是无法解释其中的奥秘啊。

言归正传，当大家看到这里的时候，应该已经把整本书都看完了吧。在这本书里，大家最喜欢楚安城与苏微尘的哪些互动呢？

小小地透露一下：书中关于石榴的描写，灵感来自梅子看的一个纪录片。

那是一个关于台湾老兵回乡的纪录片。有个祖籍山东菏泽的老兵讲述了他的故事：十三岁那一年，由于内战，母亲送他上车离开，在出院子的时候，外婆随手从院子的石榴树上摘了一个石榴给他，让他上车后吃。他当时小，也从未想过这一别会是一辈子，于是上了车就啃石榴。车子开动后，身畔的同学推了推他，说："你妈在跟你挥手呢。"他当时多啃了一口石榴才抬头。结果，当时车子正拐弯，就差那么一秒时间，他抬头已经看不见母亲了。后来，他被国民党部队带到了台湾。几十年中，他与祖国大陆隔海相望。他每次看到石榴就想起母亲，从此，再没有吃过石榴。一九八八年，等到台湾开放老兵到大陆探亲，他母亲已经去世了。他这辈子再没有母亲了。

梅子看得泪流满面。于是，决定要把石榴这种水果写到我的小说里去。

如今，岁月静好，现世安稳，是我们每个中国人的福气。愿我们都懂得珍惜。

我们作为普通人，不可能像军人一样保家卫国。那我们能做什么呢？从小事做起，从我做起吧。不随地吐痰，爱护公物。如果出国旅游，就自觉维护中国人的形象，不要随地吐痰，乱扔垃圾，吃自助餐的时候尽量少取点，吃光再去拿。说话尽量轻声细语（事实上，梅子的嗓门大得不得了，笑起来那可是真正的"魔音穿脑"啊。必须要改正）。

在国外，我们每个个体都代表了我们的国家，代表了我们中国人。很多时候，我们一个不经意间的小小的举动，可能就会给我们的国家、我们的民族抹黑。

还有，尽力做一个善良的人，勿以善小而不为。梅子一直相信善良是一种选择，会获得福报。

小时候，梅子看一些民间故事，经常会看到某某员外，命中无子，但他一心向善，修桥铺路，造福乡邻，积下了很多福报，然后晚年得子之类的。年少的我，对此嗤之以鼻，根本不信。但如今，年岁渐长，反而相信了。故事肯定有虚构成分，但做一个善良的人，尽力做一些自己力所能及求回报的小事，其实就是在慢慢积累自己的福报。积累到一定程度，就自然而然会带来好运。

这一本书的情节，依旧没有什么新颖之处，狗血遍地。（呜呜呜，梅子的小脑袋瓜实在是太笨了，怎么也想不出什么与众不同的设定，梅子也觉得好痛苦。此处省略泪千行……）但跟以往一样，梅子还是尽力描述一个自己心目中破镜重圆的爱情故事。希望大家能够喜欢。

还有关于书中钢琴专业方面的资料，梅子都是查过的，但肯定还是有不够专业的地方，请大家谅解。

每本书其实都有它自己的选择。每本书出版后，梅子回过头来再看，都会觉得其实好些地方好些情节可以再补充之类的。但在当时当地，却只能如此。

不知自己可以写到何时，不知自己可以写些什么。但在自己能写的日子里，梅子想写出自己脑海中幻想的无数种爱情。

感慨之余，唯有感恩。

感谢孤独的写作路上，能有你们一路相伴！

感谢你们阅读我的故事！

下一个故事，我们不见不散。

梅子黄时雨于浙江嘉兴

2016年9月23日

图书在版编目（CIP）数据

亲爱的路人 / 梅子黄时雨著 . — 长沙：湖南文艺出版社，2017.3
ISBN 978-7-5404-7928-2

Ⅰ.①亲… Ⅱ.①梅… Ⅲ.①言情小说－中国－当代 Ⅳ.① I247.5

中国版本图书馆 CIP 数据核字（2016）第 323595 号

上架建议：畅销·青春文学

QINAI DE LUREN
亲爱的路人

作　　者：梅子黄时雨
出 版 人：曾赛丰
责任编辑：薛　健　刘诗哲
监　　制：毛闽峰　李　娜
特约策划：郑中莉　沈可可
特约编辑：王　静
营销编辑：好　红　雷清清
封面设计：YUNYARD - 熊　琼
封面绘图：黄雷蕾　LINALI
版式设计：利　锐
出版发行：湖南文艺出版社
　　　　　（长沙市雨花区东二环一段 508 号　邮编：410014）
网　　址：www.hnwy.net
印　　刷：三河市鑫金马印装有限公司
经　　销：新华书店
开　　本：875mm × 1270mm　1/32
字　　数：284 千字
印　　张：9.5
版　　次：2017 年 3 月第 1 版
印　　次：2017 年 3 月第 1 次印刷
书　　号：ISBN 978-7-5404-7928-2
定　　价：36.00 元

质量监督电话：010-59096394
团购电话：010-59320018